U0901860

大医

（上册）

春溪笛晓 著

青岛出版社
QINGDAO PUBLISHING HOUSE

图书在版编目（CIP）数据

大国医 / 春溪笛晓著. — 青岛 ：青岛出版社，2020.10
ISBN 978-7-5552-9244-9

Ⅰ. ①大… Ⅱ. ①春… Ⅲ. ①长篇小说－中国－当代 Ⅳ. ①I247.5

中国版本图书馆CIP数据核字(2020)第102160号

书　　名 大国医
著　　者 春溪笛晓
出版发行 青岛出版社
社　　址 青岛市海尔路182号（266061）
本社网址 http://www.qdpub.com
邮购电话 18613853563　0532-68068091
责任编辑 李文峰
特约编辑 郑丽丽　孙昭月
校　　对 宋　芸
装帧设计 蒋　晴
照　　排 千　千
印　　刷 三河市良远印务有限公司
出版日期 2020年10月第1版　2020年10月第1次印刷
开　　本 32开（880mm×1230mm）
印　　张 18.5
字　　数 400千
书　　号 978-7-5552-9244-9
定　　价 59.80元（全二册）

编校印装质量、盗版监督服务电话　4006532017　0532-68068638
建议陈列类别：畅销·小说

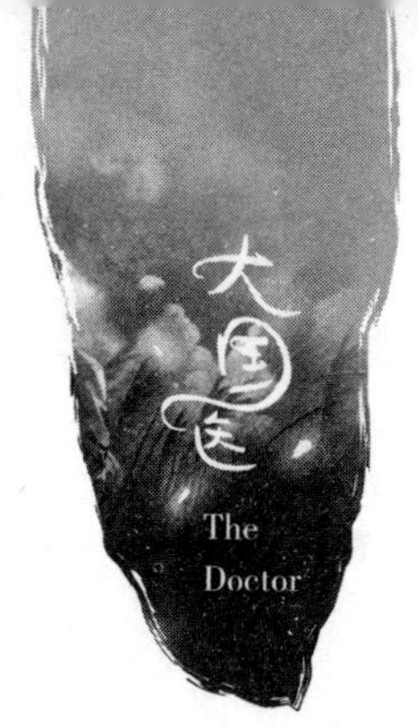

目录【上册】

CONTENTS

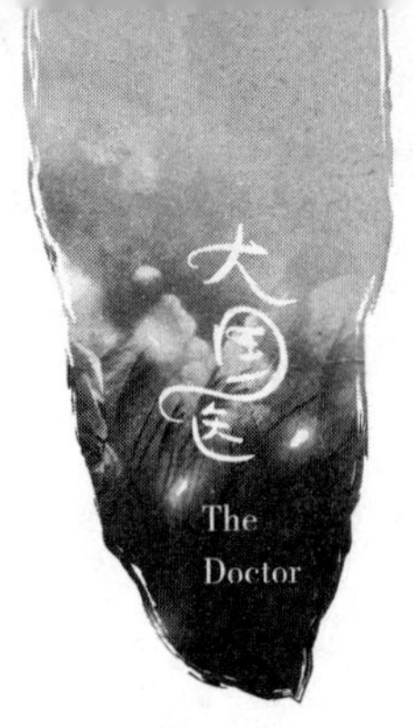

目录【下册】

CONTENTS

第一章

鹿鸣镇

“风轮有变，病在肝胆。”陆则耳边响起一句提示。

所谓风轮，其实就是眼珠的黑色部分。孙思邈所著的《银海精微》里面提到过这句话：“肝属木，曰风轮，在眼为乌睛。”

陆则也不想对这些医学典籍的内容了如指掌，都是那个小老头儿常在他耳边念叨的。

老人姓叶，按照出生日期来算他至少好几百岁了，如今以巴掌大的小人形态常在陆则的左右飘来飘去。

自从陆则过了二十岁生日，也就是小老头儿口中的“弱冠”，小老头儿就时常跟随身扫描仪似的时不时告诉陆则身边一些人的病症。

现在又是这种情况。

陆则面无表情地看向不远处的一个女生。

那女生正在和旁边的同伴说话：“困死我了。最近不知道为什么，我总觉得眼睛疼。”

“没睡好吧，昨晚你不是还熬到一点等抢购吗？”同伴劝她，“你今晚早点儿睡吧，下周就要去医院见习了，可别再熬夜了，要不然你会被老师骂死。”

陆则收回目光。

他们这次返校主要是为了定见习单位。实习可以自己找单位，见习一般来说是由老师带队集体行动的。

见习动员会马上开始，班主任的身影准时出现在教室门口。

班主任姓王，今年四十八岁。老王一走进教室，脸上就露出了灿烂的笑容，和学生们打了招呼，开始做见习动员。

老王倚在讲台边上，开始吹牛：“我当初也是各大合作单位抢着要的人才，要不是我的老师非让我留校任教，我现在肯定已经是‘一号难求’的主任医师了。可惜啊，我投身教育界了，医疗界从此少了一个临床专家，医学界多了一个搞学术的人。”

陆则身边的男生已经在没有老王的班级小群里聊起来了——

“又来了又来了，老王又开始‘想当年’了！”

“按照老王随便抓人给他顶课的性子，我怀疑他当医生会直接让实习生干所有的活儿。”

“我们算不算舍己为人，让省院和二院免遭老王祸害？”

“唉，想想我们可真伟大！”

陆则没看手机，不过也能猜出旁边一群疯狂打字的男生在讨论什么。他把面前摆着的专业书随意地翻了一页，继续往下看。

老王说爽快了，终于进入正题，给大家讲了见习注意事项，接下来就是重点内容：见习单位的安排。

老王说：“人太多，念名字太麻烦，我就不在这里念了，会把见习安排发到班级群里，你们自己到群里看。”

老王说完，往陆则所在的位置看了一眼，对陆则说：“陆则，你来一下。其他人没有疑问的话，可以散了！”

教室里顿时嘈杂起来。

大家收拾的收拾，议论的议论，离讲台远的人大多在骂老王过分：

早说让他们看班级群不就成了？他居然还郑重其事地把他们召集过来听他回忆往昔！也有人好奇老王找陆则有什么事。

陆则也是不明所以，收拾好专业书去了老王的办公室。

陆则一走，有人就在见习安排的文件里找到了原因："咦？怎么陆则被安排去鹿鸣镇了？"

旁边的人一下子围拢过来，对着那份见习安排议论纷纷："什么？鹿鸣镇？鹿鸣镇有医院吗？"

"有的吧，好像这两年扩建了，卫生所扩建成镇医院了。"

"这也太远了吧？怎么只有他一个人被安排去那里？"

鹿鸣镇是近两年才出名的旅游景点。

前两年短视频APP（应用程序）异军突起，大量手机用户上厕所、吃饭、坐车这些碎片时间被短视频占领，随之而来的自然是许多人和许多地点的"一夜爆红"。

鹿鸣镇就是其中之一。

鹿鸣镇是本省的一个偏远小镇，四面环山，只有一条进镇的路，从市区到鹿鸣镇得三个小时的车程。那地方与世隔绝，景色优美，山下有零散分布的村落，山上有洞穴可供探险。

前年有位驴友误入那里之后拍了一个短视频大肆夸赞，说鹿鸣镇是"与世隔绝的桃源小镇，洗涤心灵的洞天福地"。

这位驴友的粉丝奇多，造成的连锁效应可不小，不少人看到这个短视频后慕名而来，把原本每天只有一趟的进镇汽车都挤满了。这些人爬山、钻洞，还配上心灵鸡汤和各种自编自导的故事发到网上，愣是把鹿鸣镇这个名不见经传的山区小镇炒得热火朝天。

紧接着嗅到商机的旅行社也蜂拥而至，迅速推出鹿鸣镇一日游、两日游、三日游套餐，积极创造许多神秘传说和打卡景点，热心地帮助更多人到鹿鸣镇去"洗涤心灵"。

鹿鸣镇就这样火了。

虽然鹿鸣镇是热门景点，可去那里的人大多是外地游客，本地人不喜欢那里。不就是一个破落山区吗？要不是那里游客多了，镇上连医院都建不起，只有一个配置了三五个医护人员的卫生所。

成绩优异的陆则同学被单独安排去鹿鸣镇是怎么回事？这里面不会有什么问题吧？班级小群里又讨论起来，所有人一致认为老王是在坑陆则。

此时，陆则已经到了老王的办公室的门口。他敲了敲门，在老王的示意下走进办公室。

老王拿起手帕擦了把汗，示意陆则坐下，和颜悦色地问陆则："你看了见习安排了吗？"

"还没。"陆则回答。

"你的见习单位在鹿鸣镇那边。"老王说，"你不要有什么想法，我绝对不是针对你。"

陆则看向老王。

老王感觉心里莫名有点儿压力，接着说："事情是这样的，我在鹿鸣镇有个朋友，他说最近旅游旺季，急缺人手，想要个可以帮把手的实习生。你虽然大四了，还没到实习的时候，但我知道你从大一开始就跟着你的师兄师姐去医院见习，已经有了丰富的见习经验。所以，我觉得你去当实习生也是可以的。"

陆则认真地听老王说完，点头向老王道谢："谢谢老师给我这样的机会。"

老王又用手帕擦了下汗。九月的天，就是热啊！

陆则一向是个让人省心的学生，老王见他没有怨言，才放心地让他回去。

等陆则走远了，老王才掏出手机拨了个号码，毕恭毕敬地对那边的人说："张院长你放心，我已经把陆则安排去最偏远的鹿鸣镇了！对，就是那个要坐三个小时的车才能到的鹿鸣镇，外地来的傻子才会去的那个破落镇，以前还是贫困镇来着！哈哈哈，年轻人不知天高地厚，就该让他长长记性！”

张院长其实是副院长，不过谁会那么没眼色地把“副”字喊出来？所以大伙都喊他张院长。

陆则得罪这位副院长的事，还得从上学期副院长的儿子追求系花学妹开始说起。

张副院长的儿子天天追着系花学妹跑。没想到学妹严词拒绝了他，转头却向陆则表白，气得张副院长的儿子回去痛哭了好几天，吃不下饭，硬生生地饿瘦了，从201斤饿到了200斤。

得知事情原委的张副院长很生气。他儿子长点儿肉容易吗？再想到陆则是正院长整天挂在嘴边的爱徒，张副院长就更气了，特意指使陆则的班主任给陆则使点儿绊子。这会儿正院长出国交流去了，没人能护着这个臭小子！

张副院长满意地挂了电话。

老王放下手机，再次拿起手帕擦了擦汗。两边讨好真是不容易啊，不容易！他感觉自己的头发更少了。

这时陆则已经下了楼。

陆则走到教学楼第一层，正好看到那个“风轮有变”的女生落单了，一个人站在那里好像在等朋友。

想到叶老的判断一直挺准，陆则犹豫片刻，上前和女生搭话：“赵琳？”

赵琳转过头，见是陆则，有些受宠若惊。要知道陆则一向很少和她们说话，属于“高冷范”那一类的，连系花学妹主动向他表白，他都无动于衷！

赵琳有些激动：“陆则？”

陆则说：“你去医院查查肝胆吧。”他补充了一句，“你眼睛疼可能不是因为没休息好。”

同样是医学院的学生，赵琳没想明白眼睛疼和肝胆有什么关系，不过陆则主动和她说话这件事还是让她激动不已，她想都没想就答应下来。

陆则转身走了。

赵琳的同伴从厕所出来，赵琳兴冲冲地和她分享刚才的事：“陆神刚才和我说了足足两句话！”赵琳倒不是暗恋陆则，就是单纯感到兴奋。

赵琳的同伴拒绝相信她的话：“不可能，我不信！都当四年同学了，除了同组合作的时候，他什么时候和我们说过话了？”

赵琳把刚才的对话还原了一遍，信誓旦旦地表示真的是陆则主动过来跟她说话的。两个小女生一讨论，觉得陆则不会无缘无故地提醒她，赵琳决定这就去医院检查。正好早上赶过来开动员会起晚了，赵琳还没吃东西，可以马上做检查。

本来赵琳只当是“信仰充值（网络语，指为情怀消费）”，没想到第二天检查结果出来了，她的肝脏居然真的有病变。好在医生说发现得及时，问题不大，只要她按时吃药、按时治疗，很快就能康复。

赵琳觉得不可思议。她在好友的鼓动下打开了班级微信群找到陆则，申请加陆则为好友。

陆则正在收拾行李准备去鹿鸣镇，收到好友申请后看了一眼，点了通过。

赵琳在网络上一向活跃，看起来文文静静的她在陆则通过好友申请之后马上激动地发来一长串道谢的话：“陆则你太神了！我今天看到检查结果差点儿被吓死，肝脏果然有问题。医生说还好发现得早。啊啊啊，谢谢陆则……”

陆则只回了几个字：“不用谢。”陆则一如既往的冷淡风格瞬间冻结了这次聊天。

陆则转头看向行李箱上空的小老头儿，老人束着长发，留着长长的白胡子，很有仙风道骨。

叶老头儿显然听见了刚才的对话，一脸得意："怎么样？见识到我的本事了吧？要不要跟我学？"

陆则的眼睛里一片漠然的神色："你会做手术吗？"

这话题聊不下去了！

陆则收拾好行李，母亲徐淑珍在外面敲门。

陆则停下动作，起身打开房门，只见徐淑珍端着一碗冰糖银耳，有些局促地站在那里。

陆则抬手接过冰糖银耳，对徐淑珍说："谢谢。"

父母离婚后，他头几年跟着父亲。父亲是做工程的，天南海北到处跑，一年换一个地方，他也一年换一所学校。童年的他几乎年年都是还没来得及交上朋友，就转学了。两个爷们儿过得糙，吃饭随便吃，租房随便租，他什么样的生活都体验过。

到了高中，陆则要备战高考，徐淑珍提出让陆则跟她住，陆父也觉得高考这么重要的事该慎重对待，就同意了。于是陆则住进了徐淑珍和继父家里。

住进来之后，陆则才知道继父很有钱，有钱到不介意让他也过上了衣服有专人定制、出门有司机接送的小少爷生活。陆则享受了这么多关心爱护，高考结束后，也不好拍拍屁股就走，平时放假还是会过来小住一两天。只是陆则一向感情内敛，甚至近乎冷淡，和母亲徐淑珍始终不怎么亲近。

徐淑珍听到陆则客气的道谢，心里有些不是滋味。

她往屋里看了一眼，关心地问："东西都收拾好了吗？要不我帮你检查一下有没有漏掉什么？"

陆则不喜欢别人动自己的东西，不过看得出徐淑珍是在小心地讨好他，想了想，点头让徐淑珍进来。

他走到书桌边把冰糖银耳搁下，打开行李箱让徐淑珍检查。

徐淑珍说："你先把银耳喝了，最近天气燥，喝了润润喉咙。"

陆则点头，坐下喝冰糖银耳。

叶老头儿在他的肩侧飘浮着，颇为感慨地说："儿行千里母担忧，真是可怜天下父母心啊。"

陆则没理他。

徐淑珍帮陆则把行李清点了一遍，发现没什么可增减的，有些失落。

儿子什么都好，就是太懂事了，也太优秀了，从来不用她操半点儿心。她转头看陆则一口一口地喝着冰糖银耳，失落的心情慢慢地平复过来。

等陆则喝完了，徐淑珍才问："还要不要喝？要喝的话我再给你盛一碗。"

陆则摇头："不用了。"他并不爱吃甜的东西，这冰糖银耳要不是徐淑珍送过来的，他根本不会喝。

陆则对徐淑珍说，"晚安。"

徐淑珍只能说："晚安。"

叶老头儿目送徐淑珍关上门离开，跟着陆则进浴室，趁着陆则刷牙在一旁谆谆教诲："你对谁都这么冷淡，以后很难找到对象的，知道吗？听说你们这个时代把没对象的人叫'单身狗'，你一看就是'准单身狗'。"

陆则依旧没理他，有条不紊地刷牙洗脸换睡衣，躺到床上把灯一关、眼罩一戴，合眼睡觉。

叶老头儿飘浮在漆黑一片的房间里吹胡子瞪眼，摇头叹气："不听老人言，吃亏在眼前啊。我年轻时也这样，结果一辈子都没讨着老婆，后来孤零零地种了那么多年药草。要是我自己有儿女，一定能有传承我的医术的后代，哪用等这么久？"

见陆则显然已经睡着了，叶老头儿没再感慨，扎进位于陆则意识深处的药田里，勤勤恳恳地给药草浇水去了。他和这片药田寄居在陆家后代的意识之中，但只有有学医天赋的陆家后代才能在弱冠之年开启药田把他放出来。

叶老头儿种了几百年药草才等到陆则这么一个能开启药田的人，偏偏这臭小子一点儿都不想跟他学医，每次他想教点儿东西，这臭小子都问："你会做手术吗？"

这可真是气死人了！

叶老头儿一边提着银壶浇水，一边哼哼唧唧地说道："臭小子你给我等着，早晚我能学会做手术，到时让你哭着喊着求我教你……"

转眼到了第二天。

鹿鸣镇太远，陆则拒绝了徐淑珍让司机直接送他到镇医院的提议。

由于外地游客实在太多，每天仅一趟公交汽车，票根本订不到，陆则直接在网上参加了"鹿鸣镇一日游"的团，两百元包往返包午餐，纯玩无购物。

早上七点半，一辆旅游大巴来到了小区门口。旅游大巴停下，导游小姐下车接人，车门一开，她就看到个高高帅帅的男生站在那里。

这男生只有二十岁出头，明显还是个学生，身上没有丝毫步入社会后的市侩和油滑，面容俊秀，短发显得很精神。总之，这个男孩一眼看过去就是个干干净净、清清爽爽的男神。

导游每天迎来送往，大江南北的旅客都见过，长得这么好看的男生在哪儿都不多见。

导游很敬业地迎上前，问："你好，你是陆先生吗？"

陆则点头，在导游的指引下放好行李，朝她道了谢，找到自己的位置对号入座。他言简意赅地给徐淑珍报了平安，戴上耳机开始听课堂录音。

鹿鸣镇的偏远不是说说而已。

下了车，陆则才发现同车的游客不是拿着自拍杆就是脖子上挂着相机。

陆则两手空空的，反而像个异类。好在他脖子上还挂着耳机，看起来也算是一个合格的年轻人。

正是吃饭的时间，饭店里人挺多。

据导游介绍，这是镇上最好的饭店了，在美食网上排第一，要不是旅行社常年和店家合作，可能根本订不到位置。

鹿鸣镇到底是这几年才炒作出名的旅游小镇，导游吹上天的饭店比起发展成熟的旅游城市来说还是简陋了些，装潢没什么特色，还有点儿旧。不过饭菜的味道应该不错，他们一进店就闻到了阵阵令人食指大动的香气。

很多人是结伴报团的，很快三三两两坐下了。落单的陆则和剩下的人拼了桌。

众人吃过开胃小菜，服务员端上一盘烤排骨，不多不少正好十块，切得整整齐齐，烤得香喷喷的，光是卖相就挺诱人。

陆则拆了副一次性手套，正准备拿一块烧排骨尝尝，却听邻桌的一个中年男人把服务员喊了过去。

中年男人身形高大，脸上长着横肉，面相凶得很。

这人一张口就是质疑："你确定这是一整只鸡吗？怎么我们没吃几口就没了？"

他旁边有个长得跟他挺有夫妻相的女人，跟着质问："对啊，盘子都装不满，一只鸡怎么才这么几块？谁家的鸡这么小？你们这些店家就是黑心，欺负我们人生地不熟！"

陆则看了眼邻桌那大大的盘子。

这么大的盘子，装不满也很正常吧？

那一桌人开始你一句我一句地挑剔，闹得老板兼主厨都出来了。

厨房里太热，老板被热得满头大汗。他看起来老实巴交，拿汗巾把汗擦干了，才客客气气地问：“怎么了？几位是有什么不满意的吗？”

那个一脸凶相的中年男人高声说道：“我怀疑你们上的菜缺斤短两，我们明明要的是一只鸡，你们却只给我们上那么一点儿。你们这是欺负游客，别以为我们是外地人就想‘宰’我们！”

女人跟着戗声：“就是，现在的黑心店实在太多了，出来都不能吃顿安心饭。”

两个人的声音吸引了不少人的注意，甚至有不少人拿起手机开始录像、拍照。

盘子里的鸡肉都吃完了，只剩几堆骨头搁在桌上，还真看不出店家到底是不是上了一只完整的鸡。

老板知道自己这是遇到恶客了，正要认栽赔礼道歉，给对方打个折了事，就看到旁边伸出一只戴着一次性手套的手拿起桌上的一块鸡骨头。

那一桌子挑事的游客也齐齐地看向那只手。即使隔着廉价的一次性手套，众人也能看出那只手骨节分明、修长漂亮。

众人顺着那只手往上看，只见一个二十岁出头的年轻人站到了老板旁边，身上带着浓浓的学生气，一看就是还没踏出校门的学生。

见是个毛头小子，中年男人梗着脖子质问：“你小子凑什么热闹？”

这年轻人自然是陆则。

陆则一脸平静地说：“我可以证明这是不是一整只鸡。”

中年男人不信：“你怎么证明？”

陆则默不作声地动手把分散在桌上的几堆鸡骨头拼凑起来。

才过去短短的几分钟，一个完整的鸡骨架就呈现在所有人眼前，动作之快让人根本看不清他是怎么做到的。

围观群众都被惊到了：鸡骨头还能这么玩吗？

陆则看向目瞪口呆的游客夫妇，客观地说出自己的判断：“看起来这确实是一只完整的鸡。”

中年男人一行人本来是想随便找找碴儿逼店家打折，见这次踢到铁板了，只能灰溜溜地结账离开。

小饭店恢复了平静。

陆则脱下一次性手套扔进垃圾桶，坐回自己那桌，邻座的中年阿姨立刻热情地给他递来一副新手套，嘴里还说："小伙子了不起啊，那么快就能把整只鸡拼起来！"

其他人纷纷夸赞。

"对啊对啊，太厉害了！"

"你动作太快了，我都没反应过来，就看到完整的鸡骨架了！"

"你没看到刚才那家伙的脸色啊，真可怕，我都挺担心他会恼羞成怒动手！"

老板也走过来向陆则道谢。

开了这么久的店，他们什么客人没见过？都说顾客就是上帝，他们遇到恶客也只能认栽。要是遇到凶横的客人，老板甚至只能直接给他们免单，早早地把人送走。

老板诚挚地对陆则说："真是谢谢你了，小伙子，我给你们这桌送道菜吧。"

不等陆则拒绝，老板已经乐呵呵地去厨房忙活了。

同桌的中年阿姨边等上菜边夸陆则，从陆则的人品夸到陆则的长相，最后还问陆则："小陆啊，你有对象没？"

陆则老实回答："没有。"

"那你可要抓紧了。"对方当场打开手机，找到自己女儿的照片，"你看这是我女儿，今年二十岁，长得挺俊吧？你要不要和她加个微信，聊聊看？"

陆则毫不犹豫地说："不用了，谢谢。"

中年阿姨很惋惜，毕竟长得这么好看、人品还不错的年轻人很少见了，不过年轻人的事是勉强不来的，她也没必要"推销"女儿。

陆则顺顺利利地吃完一顿饭。

饭后，陆则和导游以及同桌的人道别，一个人拉着行李箱前往镇医院报到。

这两年镇医院经费挺足，不仅把门面修整得焕然一新，大门里头的花坛里还矗立着一座仙气十足的李时珍雕像。

据说当年李时珍为撰写《本草纲目》曾来过鹿鸣山，在鹿鸣山发现了不少珍贵药材。

虽说《本草纲目》里压根没提到鹿鸣山这地方，具体哪些药材是在鹿鸣山发现的更没有定论，不过这并不妨碍镇医院在正门立一尊李时珍的雕像。

不管李时珍当年来没来过，至少专业是对口的！

叶老头儿悬在大门前对着雕像瞅来瞅去，忍不住飘到陆则身边嘀咕："这哪里像李时珍了？"

陆则说："不管像不像，好歹是一种纪念。"

叶老头儿不吱声了。

陆则上前向门卫问清楚办公区的位置，走进了镇医院大门。

镇医院最近缺人，恨不得把一个医生当十个用。这主要是因为有两个医生外出进修后一去不回。

一般来说公费进修是要签订继续服务协议的。这回的两个医生一个是被高一级的单位挖走了，那边直接打电话来向院长老刘要的人。"人往高处走，水往低处流"都是很正常的事。刘院长也没办法，拦是拦不住了，只能放人。

这边刘院长刚被上级单位要完人，另一个医生的电话又打了进来。

"院长，我要辞职了。"

"好端端的，怎么要辞职了？你争取去进修时不是还很积极吗？"

"我在进修期间遇到了我的另一半。"

“……”

“她虽然比我大八岁，但是她很漂亮，而且很有钱，特别有钱的那种。不过我不是看上了她的钱，也不是看上了她的脸，更不是看上了她的好身材，我只是爱上了她这个人。”

“……”

“她说她想要个孩子，也想要一个顾家的男人。事业、家庭两难全，我选家庭。”

“好，你回来办手续吧。”院长办公室里，刘院长绷着一张脸挂了电话。

镇医院本来医生就不多，这么一来等于直接损失了两员干将，还赔了进修经费！

刘院长恨得牙痒，打电话向老朋友控诉两个医生的“白眼狼”行径：“他们说要去进修，经费我给了，假我批了，我对他们够好了吧？现在进修完了，就跳槽了，还用上级压我逼我放人，真是太气人了！真是太过分了，现在的年轻人啊，吃不得半点儿苦头就算了，还不知道感恩！”

老友劝慰刘院长：“这些年轻人可都是被宠着长大的，哪像我们那时候那么艰苦，谁还跟你讲吃苦耐劳那一套？”

刘院长感觉自己的头顶更秃了：“现在又不是搞招聘的时候，我上哪儿去找能直接上手的医生？”

最近还好，下个月可就到国庆节了啊，到那时肯定有一堆游客蜂拥而至！本来两个医生进修回来，镇医院正好可以把国庆长假撑过去，现在好了，万一有个什么意外谁顶得住？

老友劝道：“别愁了，船到桥头自然直。”

刘院长说：“我怎么看这船是到不了桥头了，迟早要翻。早知道当年我就和老王一样留校任教，多清闲，不用为这些事发愁。”

老友指出事实：“你别听老王吹牛了，你看看他的头发吧，掉得比你还多。”

刘院长摸了摸自己的头顶，再回忆一下老王的发量，成功地被老友安慰到了。

咚咚咚，一阵敲门声自门外响起。

刘院长放下电话道：“进来。”

他边说边抬头看去，只见一个二十岁出头的年轻人站在那里，身姿挺拔如松，眉目俊秀，不提别的，光看长相和气质就很容易让人心生好感。

刘院长看这年轻人拖着个行李箱，一下子想起来了：那天他和老朋友老王交流生发、育发哪家强，对方突然说可以给他弄个品学兼优、实操了得的学生。

这可真是及时雨啊！

刘院长顿时露出一脸和蔼的笑容：“是小陆吧？来、来，坐，喝茶还是喝白开水？”

陆则入内坐下，礼貌地回答：“白开水就好，谢谢。”

刘院长亲自给陆则倒了杯白开水，猛夸陆则：“你的事老王都跟我说了，他说你是他最优秀的学生。我和老王认识几十年了，能让他这么夸的人可不多，这几天我一直很期待你过来。”

陆则礼尚往来：“王老师也曾和我说起您。”

刘院长马上来了兴趣：“哦？他是怎么说的？”

陆则据实以告：“他说您每年都写十几篇论文，但是全部不满意，核心期刊求着给您发表，您都不愿意发，非要写到自己满意为止。”

刘院长面部肌肉抽了抽。他就知道老王那张嘴一天不吹牛会死！

什么叫核心期刊求着给他发论文他都不发？他恨不得叫编辑爸爸！

刘院长嘿嘿一笑：“对，是这样的。自己不满意的东西怎么能发表？”

经过一番客客气气的互相吹捧，陆则顺利进入镇医院，跟随一名姓李的医生。

李医生目前负责外科，非常忙。经常有摔伤的游客或学生来找他诊治，镇上如果有人要做手术，基本上也是他负责。

得知自己要带实习生，还是刚上大四的学生，李医生其实不太乐意，现在他一个人干三个人的活儿，哪有精力指导实习生。

李医生看了一眼陆则拖着的行李箱，抽过一张纸画了张简图，给陆则指明了宿舍的方向，让陆则自己拿着钥匙去把行李放下。

既然答应要带陆则，李医生自然要认真负责："你要是累了就在宿舍休息一下，要是不累可以直接过来。"李医生和陆则约法三章，"实习期间没经过允许，只能眼看手勿动。"

陆则认真答应。

实习第一天，陆则当然不打算休息。他今年二十岁，正是精力旺盛的年纪，奔波半天也不觉得疲倦，放好东西便直接去找李医生。

镇医院不大，消息传得很快。

陆则前脚放好行李去领了白大褂，后脚大部分医护人员就知道医院里来了个实习生，胆子大点儿的小护士已经过来找陆则搭话了。

护士长也过来围观小护士们悄悄议论的实习生。

"小李，你有帮手了啊。"护士长先和带陆则的李医生聊了一句，目光就转向一旁的陆则。只看了一眼，护士长立刻有话说了："我活了四十多年，就没见过比你这个小伙子长得更俊的男孩子。你赶紧把口罩戴上，要不然我这种结了婚的人还好，那群小护士可都没心思工作了。"

经历过早上"中年姐妹团"的洗礼，陆则现在对护士长的热情和调侃已经有了一定的免疫力。

陆则依言戴上口罩，跟着李医生去查房。

李医生身材高大，不苟言笑，总板着一张脸，陆则跟着他查房很有安全感，还没有患者和家属敢在他面前挑事。

陆则一路跟着记录，查完一轮病房，什么意外都没有。

李医生领着陆则往回走，外头突然传来救护车急促的警报声。李医生稍稍停顿脚步，看了一眼急诊室，依旧带着陆则往回走。

今天急诊室并不是李医生当值，如果需要他过去支援的话会有人通知。他们还没走回值班室，一个神色焦急的护士就找了过来，急切地对李医生说道："李医生，出车祸了，一辆旅游大巴侧翻，伤员很多，朱医生喊你过去一起急救！"

李医生眉头一跳，转头招呼陆则："跟上。"陆则紧紧地跟在李医生身后。

李医生一边快步走向急诊室，一边对陆则说："一会儿可能会有危重病人，你没有经验，不要随便动手。"刘院长让他带陆则，要是陆则出了什么问题他得负责，等一下忙起来他不可能时刻盯着陆则，所以他提前叮嘱陆则别乱碰伤患。

陆则点头，问道："要是伤患很多，清创我能做吗？"

李医生没有停顿，只问道："以前做过？"

陆则说："在二院和三院都做过。"

一般见习时自然没机会动手，但有时候事急从权，只要够主动，总有机会的，陆则不缺耐心。

李医生转头看了他一眼，终于不再强调"眼看手勿动"："可以。"

说话间，两个人已经走到了急诊室门口。

饶是已经有心理准备，陆则和李医生看到人满为患的急诊室时，还是惊了一下。

鹿鸣镇如今是他们省内一大热门景点。现在还没到国庆长假这种旅游旺季，但每天还是有不少旅游大巴会载满游客过来。这种载满游客的旅游大巴出事，可不是一两个人受伤的问题！

医院遇到这种重大事故，院长会第一时间把能调动的医护人员都调过来帮忙，按照受伤程度分批急救，先重后轻。

值守急诊室的朱医生等人正在给两个危重病人急救，李医生也迅速加入急救行列。陆则没去碰重伤伤患，动作利落地帮一些伤势不算严重的人做清创，方便李医生他们做进一步的治疗。

车祸受伤一般伴随暴露性创口，其中可能混有泥沙或者金属碎片，需要第一时间清理干净，避免伤口感染。陆则手很稳，动作很迅速，一点儿都没有犹豫。

司机也受伤了，幸运的是他身上只有几处擦伤，没有大碍，陆则帮司机把伤口处理了一下。这个四十多岁的大男人眼泪滚滚，也不知是因为疼还是因为别的。

陆则没有多问，只说了句："问题不大，回头擦点儿药就好。"

司机一边掉眼泪，一边说："都怪我。我昨晚带孩子去看病，折腾到天亮才睡了一会儿，中午又出来开车。这事儿都怪我。"

陆则没再搭话，让司机自己发泄情绪。

这种情况引起的车祸并不少见——睡眠质量差，伴随而来的就是生理上的疲惫。疲劳会让人反应迟钝、注意力难以集中，这种状态在行驶过程中是很危险的。没有谁愿意遇到这种事，司机肯定也不愿意。可惜很多人存有侥幸心理，认为自己不会那么倒霉。

陆则一个个地处理着伤患，大伙都在忙，也没人注意到他只是个实习生。

轮到一位扭到脚哀叫不已的老人时，陆则蹲在她面前抬手在她的伤处捏按起来。

陆则问："阿姨，您是不是有个在念大学的孙子？"

"孙子？对，我孙子在念大学。"提到孙子，老人一下子被转移了注意力，"小伙子你怎么知道的？我那孙子可有出息了，哎哟——"伴随着老人的惊呼，她脱臼的脚骨已被陆则成功复位。

其他人的目光都被陆则这边的动静吸引过来。

陆则目光平静，对老人说："您走走看，瞧瞧还疼不疼？"

老人家闻言，半信半疑地站起身，迈出第一步时还一副怕疼的样子，结果几步走下来，心里就踏实了。她惊喜地说道：“太神了，真的一点儿都不疼了。”

陆则说：“一会儿让医生给您看看，要不要打石膏固定一下；不用固定的话这段时间您也要注意点儿，走路不要太用力，要不然容易二次脱位。”

老人听完陆则不疾不徐的叮嘱后，不自觉地点头。

叶老头儿一直在一边看着，等陆则忙完之后才忍不住问：“你小子正骨手法不错，跟谁学的？”陆则不想因为自言自语被人当成神经病，没理会叶老头儿。

叶老头儿愤愤不平：“怎么你愿意跟别人学，不愿意跟我学？”

得不到陆则的回应，叶老头儿只能去看李医生他们抢救病人，了解一下二十一世纪的医疗水平。

看到一条血淋淋的伤腿，叶老头儿不禁皱了下眉头，看着几个医护人员围着那个大出血的患者紧张地忙碌着。

这样的伤势，搁在以前病人估计会因为出血过多而死；就算侥幸活下来，这腿肯定也保不住。可听这些人话里的意思，一会儿安排个紧急手术这条腿好像还保得住。

他不否认，这些治疗方法有其独到之处……

陆则继续给其他伤患清创，消毒、清理、引流，动作干脆利落，一气呵成。

李医生和其他医生合力把两个危重病人从生死边缘拉了回来。

他这才有空注意其他伤患的情况，顺带关心一下自己带过来的实习生。

这时，陆则已经和其他医护人员一起给所有有外伤的伤患清理好创口，他的应变能力比普通实习生高出了一大截。

陆则这会儿还在给一个扭到手的女孩儿正骨。女孩儿的伤势不重，只是被掉落的行李砸伤了手。陆则一边和女孩儿聊着最近的娱乐新闻，一边给女孩儿捏按，只听咔嚓一声，脱位的骨头被他轻轻松松地复位了。

这绝对不是一般的实习生，李医生在心里评价。

现在不是追问这些的时候，李医生投入到新一轮的急救工作中。

病人被救治完毕，重伤病人的家属也通知到位，医院能做的事基本已经做完了。

得知这场突如其来的车祸并没有造成乘客死亡，混坐在乘客中的司机又一次哭了出来。要是出了人命，他这辈子都不可能心安！不过，这些事与医生就没多大关系了。

李医生带着陆则离开急诊室。他们走出一段路后，李医生问出了和叶老头儿同样的问题："在哪里学的正骨？"

陆则的手法太娴熟。明明那两个伤患伤的是两处不同的地方，他一个小年轻却连X光片都不用看，轻轻松松就把错位的骨头正回去了。这种水平可不是练习两三个月就能学成的，李医生甚至怀疑陆则是不是有家学渊源，从小练到大。

陆则并未隐瞒："七八年前在南边向一个老医生学的。"

早些年陆则跟着陆父去过北方，也去过南方，这里住一年，那里住一年。

正骨这活儿还是陆则初中时学的。别人的青春期躁动的表现是早恋、抽烟、喝酒、打架，陆则不一样，陆则觉醒了强烈的求知欲望。

简单来说，就是看到别人会什么他都想学到手。当时他看到一位骨科老医生露了这么一手绝活儿，就锲而不舍地跑去拜师，利用寒暑假和休息日，去老医生的诊所无偿当学徒。等他学会了，老医生才发现他不仅拜师学正骨，还拜师学文身，拜师学拉二胡，拜师学做木工……反正见什么学什么，见谁喊谁师父，别人是"桃李满天下"，他是"师父满天下"，气得老医生直接把他逐出师门。

陆则可不是一个忘恩负义的人，不会因为老医生狠心而不认老师。

一直到现在，他逢年过节仍不忘给师父们群发祝福短信，一个不落且一视同仁。

陆则和李医生都是如非必要绝不多话的性格，简单地交流后就不再聊天，分坐两边趁着没人来就诊，在值班室休息片刻。

刚才一场为时不短的急救，消耗了他们不少体力。

治病救人向来是体力活儿，他们能休息时最好抓紧时间休息，要不然身体撑不住。

与此同时，南方一间冷清的私人骨科诊所里，有一老一少两个人在拍苍蝇。

入秋后苍蝇少了，店里就显得更冷清了。

小学徒见没有病人过来，向老医生申请，说自己想玩会儿手机。刚才手机提示说他心爱的小主播又发布了新作品呢！

老医生冷哼了一声：“我没绑着你的手不让你玩。”

小学徒今年十七岁，聪明伶俐，就是成绩不好。他家里人觉得儿子走高考独木桥太难，便走人情到老医生手下学一门“吃饭”的绝活儿。

老医生年轻时结过婚，妻子早早没了，没留下一儿半女，伶仃半生。他性情孤僻，冷面冷言，不近人情，对学徒的要求尤其严格。

不过小学徒到店里已经两年了，还算适应良好，时常会没话找话地和老医生交流。

得到老医生的许可，小学徒兴冲冲地打开手机，点开了APP。

小学徒心爱的小主播叫“精灵小可”，是个机灵可爱的女孩子，经常发些搞怪的视频。在小学徒眼里这个女孩子既有动人的美貌，又有有趣的灵魂。

短暂的开屏提示过后，小学徒很快看到精灵小可发布的新作品——“走进鹿鸣镇！来看小哥哥徒手拼鸡骨，看到的小伙伴都惊呆了！”

徒手拼鸡骨是怎么回事？

不过鹿鸣镇，小学徒倒是知道，上次精灵小可跟大家互动时，问他们想看她去哪里旅游，很多人投了鹿鸣镇。当时小学徒特地去搜了几个鹿鸣镇相关的小视频，觉得也没什么稀奇的，不就是山嘛。他家那边也有好多山，村里人得走好几个小时才能到镇上——他家就在大山深处！

小学徒一边在心里摇头，一边点开视频，很快就看到了心心念念的精灵小可。

精灵小可长相甜美，声音也又甜又软："应大家要求来鹿鸣镇了。我刚到，还没去爬山，就遇到个超帅的小哥哥！听人说，他是来鹿鸣镇实习的医学生，长得超好看！"

小学徒心里有点儿嫉妒，谁不想被小主播夸呢？

精灵小可继续说："导游带我们到饭店吃饭，本来大家都吃得挺开心。没想到居然有人闹事说店家缺斤短两，没给他们上一整只鸡。我看老板好像都要亏钱送走这桌人了，结果小哥哥突然出现！他一路上都很低调的，所以当他突然出现在我的镜头里时，那感觉真是：'哇，哪里来的神仙小哥哥！'"

小主播简单地讲述完事情经过，随即放出了一段视频：一个男生戴着一次性手套，飞快地把几块鸡骨头拼成完整的鸡骨架。

修长的手指、俊朗的长相、优雅的动作，没一处可挑剔，都相当有魅力，让人看了一遍还想倒回去看第二遍！

视频还配了三个逐渐放大的字幕和小主播的同步解说："没有快进！没有调倍速！"

也许是因为小主播语气太激动，粉丝们的情绪也被调动起来——

"这是什么神仙操作！"

"第一次觉得小可的声音有点儿多余怎么办？这位说话了吧，小可你静静音吧，我想听听他的声音！"

"小可你不用强调，我们都知道以你的智商不可能会用快进、倍速这么高级的功能。"

…………

小学徒把视频和评论都看完了，忍不住倒回去又看了一遍。他不得不承认，自己无法这么快把鸡骨拼起来。

好歹算是半个同行，小学徒凑到老医生身边说："师父你看看，这医学生挺厉害的！"老医生瞥了他一眼。小学徒还是把手机往老医生手里塞，点击重放。老医生只好接过手机。

他看到做前情介绍的精灵小可，很不客气地发表意见："这女娃子脸也太白了，正常人的脸怎么会是这个颜色？"

小学徒忍着没替她辩白。"上图先修图、直播开美颜"，师父他老人家年纪大了，根本不懂现代人的网络交往礼仪！

这时老医生也看到了后面。认出里面的人是谁，老医生不由得啐了一声，怒不可遏地骂道："这臭小子正正经经的医学院不上，还学别人上网当主播了！"

小学徒一听，很惊讶：师父居然认识这人？

小学徒赶忙给老医生解释："他没当主播，只是偶然被拍下来了而已。"

老医生这才收起怒气，绷着一张脸，眯起眼睛看了看APP界面上的"重播"两个字，抬起干瘦的手指戳了上去。他仔仔细细地把视频重看了一遍，嘴里对陆则"秀"的这一手很不屑："雕虫小技也拿到人前显摆。"

小学徒不敢吱声，憋着一肚子疑问在旁边看着老医生霸占手机再一次点了重播。等老医生欣赏第五遍时，小学徒才壮着胆子问："师父，你认识他吗？他是谁啊？"

老医生言简意赅道："一个臭小子。"

事实上，上传陆则拼鸡骨的视频的远不止这个主播。

作为一个这两年兴起的网红打卡点，和精灵小可一起去鹿鸣镇的人就有不少是她的同行，这些主播陆续上传各种角度拍的陆则拼鸡骨的视频，都默契地打了个“最牛医学生”的标签。很快，“最牛医学生” 这个话题的热度从短视频APP传到各大社交软件，甚至被刷上微博热搜榜。

对拼鸡骨事件引发的连锁效应，陆则这个当事人一无所知。

这天没手术安排，下午五点半李医生就可以下班了。李医生简单地对陆则交代了一下第二天的工作：“明天轮到我当值，从明天八点到后天八点，二十四小时值班。你可以按正常上下班时间过来。”

陆则点头答应：“好。”

陆则跟着李医生到食堂吃了饭，回住处收拾东西。

实习时间不会太长，陆则没有单独的宿舍，被安排在李医生两室一厅的套间里，可以共用里面的厨卫设施。陆则收拾好东西休息了一会儿，便按平时的习惯有条不紊地锻炼、洗澡、看书。

转眼已经是晚上九点，这是陆则完成日常社交任务的时间：首先给有需要的亲朋好友点赞，随后对各方消息进行必要的回复。

陆则打开手机，各方消息和平时一样铺天盖地地席卷而至。他面无表情地点开重要的消息看了一遍，解答了几个比较有营养的专业问题，又把所有消息提示清空。

就在陆则准备关机睡觉时，他爸爸的电话打了过来：“儿子啊，我想起你今年大四了，是不是要毕业了？”

“没有，本科五年毕业，直博八年毕业。”

“这样吗？爸爸毕业太久，不太了解这些了，本科现在要读五年这么久。”

“一般只有医学生是这样。”

“哦，那你毕业时记得提醒我一声，爸爸再忙也会安排时间去参加你的毕业典礼。”

“好。”

父子通话结束，陆则把手机关机。

对父母离婚，陆则其实很理解。他爸属于对专业外的一切事情一窍不通的人，他六七岁时曾跟着他爸到外地，他爸就给他留几百块钱，一走一个月，让他自己解决交通和吃饭问题。

这也不算什么大事，他爸要是腾出空来关心他才是灾难。比如他中考那年，他爸特意请假学别人陪考，结果送错考场，硬是让他错过了第一场考试——要不是陆则其他几门学科基本满分，他可能进不了好高中了。为了这事，他的初中班主任很痛心地打电话向他妈控诉："你儿子到手的中考状元就这么被折腾没了！"如果不是这样，当初他妈也不会提出接他过去备战高考。

陆则对这些事不怎么在意，他爸、他妈都好，只是不太适合在一起而已。

他将手机放在远处，躺下睡觉。

第二天一早，陆则便早早起来洗漱完毕穿戴整齐，和李医生一起去食堂吃早饭。

不管是宿舍还是食堂，离办公区都很近，方便二十四小时候命的医生在数分钟内迅速赶到，不耽误危重病人的救治。他们走过一条短短的林荫道，不到半分钟，食堂近在眼前。

陆则和李医生两个话不多的人坐在一起，气场看起来颇为不同寻常，连想上前搭话的人都犹豫再三。他俩吃完一顿早饭，没有人过来打扰他们，他们也乐得清净。

没到八点，李医生要提前和人交班。

陆则亦步亦趋地跟着他。

昨天那场交通事故的患者已经出院的出院，转院的转院，只有不适合挪动的伤患暂时在镇医院住院。

这个时间的医院本该很安静，结果他们走到值班室时没看见过来交班的朱医生，反而听见急诊室那边传来一阵喊声：“你别走！”

“站住！”

“拦住她！”

李医生想也不想地转了个方向，带着陆则往急诊室走去。

两人还未走近，已经看到五个男女堵住了一个胖女孩儿的去路。

那个女孩儿像个被吹过头的气球。任何人胖到这种程度都不会好看，这个女孩儿也一样，她身上还穿着一身工作服，看起来像是快递公司的工作人员。她年纪不大，看着也就十八九岁的样子，遇到这种事明显有些手足无措，眼眶都红了。

此时，拦住她的是两对凶神恶煞的夫妇和一个流里流气的青年。

青年恶声恶气地叫嚷：“不是你撞了我爷爷，他怎么会倒下？他平时那么健康的人，怎么可能无缘无故地倒在路边？不是你撞的，你会那么好心送我爷爷来医院？”

陆则脚步一顿，看向那个女孩儿。

相比人多势众的病人家属，女孩儿势单力薄，但她还是努力反驳：“我没有撞你爷爷，看到有人倒在地上，帮忙急救，把人送到医院不是应该的吗？”

青年冷哼：“谁知道你说的是不是真的！”

女孩儿捏紧拳头，一张脸涨得通红。

见女孩儿满面通红不出声，青年冷笑道：“怎么？还想动手？被我说中了吧？你别走，等我爷爷醒了就知道你撞没撞了！”

看青年不依不饶，女孩儿湿了眼眶。

她外婆和她说，不管别人怎么样，她们都要做个问心无愧的好人。人在做天在看，别人学坏是他们的事，自己不能没了良心，更不能因为受了委屈和不公就变成和对方一样的人。堂堂正正做人、踏踏实实做事，日子总会好起来的。外婆教她的，她都记得。

可是，这好难啊，真的好难做到啊！

因为她的身材，加之她又不会说话，所以她的朋友很少，就算被诬陷也没有人会站到她这边。要不是她力气比一般男人都大，这份工作也轮不到她。

这时急诊室的门开了，朱医生看了一眼病房前闹成一团的几个人，让两个直系家属进去。

事实证明，老人身上并没有撞击伤，只是急性心肌梗死。

因为鹿鸣镇发展成了旅游小镇，远道而来的旅客多了，近两年政府也招了不少清洁工维持街道和景区的整洁。

这个老人家中儿女众多，不缺吃不缺喝，有房子，但他就是闲不住，于是出来当清洁工，每天穿上工作服出来扫扫大街、捡捡垃圾。

没想到今天一早，他扫着扫着，突然发病，直直地倒在地上。

事情和女孩儿说的一样，街道上连个人影都没有，只有她一个人，她看到有人在自己面前倒下，想也不想就下车去对老人进行了急救。

负责急救的朱医生说："病人抢救得很及时，住院观察两天，就可以出院了。"

青年听了朱医生的话后，没敢去看女孩儿。

女孩儿问几个患者家属："我可以走了吧？"

几个患者家属默不作声地让出一条路。他们平时横行霸道惯了，这会儿虽然知道女孩儿没有撞人，也说不出半句道歉的话。开什么玩笑，他们怎么可能向她道歉？这事不能怪他们，怪只怪她自己不像什么会做好事的人。

李医生皱起眉，但没说什么。

陆则却伸手拦住了要越过患者家属往外走的女孩儿。

胖女孩儿看了陆则一眼，目光下意识地闪躲。哪怕穿着白大褂、戴着口罩，她也能从眉眼间看出这是个长相非常英俊的男孩子，这样的人以前一向离她很远，是她永远说不上话的类型。她觉得自己连和他们说话的资格都没有。

陆则目光平和地对她说："你等等。"

女孩儿下意识地停下脚步，看着陆则。

陆则上前对那几个家属说："我很理解你们因为担心家人而无端揣测的行为，现在你们已经知道病人不是因为撞击倒下的，她不仅没有撞病人，还救了病人一命。"

青年嘴硬道："昏倒而已，哪有那么严重……"

陆则定定地看着这几个人，有条不紊地解释："急性心梗在老年人中非常常见。对心梗病人来说时间就是生命，一向有'黄金四分钟'的说法——若是病人在病发的第一分钟被抢救，救回来的概率是百分之九十；五分钟内进行急救，就只有一半的机会恢复。要是病人发病时间超过十分钟，想救回病人就比较困难了，就是救回来恐怕下半辈子也要在床上躺着。"

青年语塞。

陆则将目光落到青年身上："因为误会了别人而口出恶言，难道不该道歉吗？家里人命悬一线被别人救了回来，难道不该道谢吗？"

陆则的声音不疾不徐，却让人完全无法忽略、无法躲避。

青年感觉所有医护人员都在看自己。他对上陆则清明而坚定的双眼，再看向那个站在两个医护人员中间的女孩儿。陆则气势不一般，身边那个李医生更是身高直逼1.9米，看起来很不好惹。

青年只能梗着脖子说："对不起，谢谢你。"

陆则看向另外两个中年女人。

两个中年男人去看老人了，刚才这两个中年女人也曾对女孩儿恶语相向。她们见平时桀骜不驯的青年都悻悻地低了头，只好跟着说："对不起，谢谢你。"

胖女孩儿的眼泪终于落了下来。

"谢谢。"女孩儿没有看向那几人，哽咽着对陆则道完谢就走了。

也许一句对不起、一句感谢，没有人会在意，对她来说却很重要。

若是一个站出来帮她说话的人都没有，她可能再也没法说出“看到有人倒在地上，帮忙不是应该的吗”这种话，也没法继续做这样的事。

女孩儿和外婆相依为命，她还要工作养活自己和外婆。如果她真的被人讹上，别的不说，她的工作肯定就丢了。

陆则看着女孩儿走远。

叶老头儿若有所思地盯着女孩儿的背影。

“这女孩儿生病了。”叶老头儿笃定地告诉陆则。

陆则收回目光。

叶老头儿知道陆则在外面不爱和他说话，也不再多说。他发现陆则虽然冷淡，但遇到不平之事还是会出头。这人品配得上当他的徒弟。

陆则退到李医生身后，又变回了一开始那个不起眼的实习生。

对陆则替女孩儿出头，李医生不反感。年轻人就该有这样的心性，若是年纪轻轻就学会了“事不关己，高高挂起”那一套，遇事只想着明哲保身，哪怕学问再高、能力再强又有什么用？不过是给浮躁虚伪的名利场又添一名新丁而已。

李医生带着陆则等朱医生跟他交班。

朱医生给患者家属交代完注意事项就找了过来。和李医生在心里默默赞许不同，朱医生当面夸道：“小伙子不错啊，很正直、很勇敢。”

医生上班期间有许多限制，一般尽量不跟患者及其家属起冲突，避免他们激动出现事故。陆则能用言语压制住那几个明显不好惹的患者家属，顺利让对方低头道歉，着实让朱医生感到欣慰。

朱医生看向陆则的眼神充满欣赏。

陆则看了李医生一眼，坦然地说道：“我狐假虎威而已。”

李医生一看就是孔武有力、威胁性很强的人。人这种生物自保意识非常强，平时横惯了的人遇到比自己强悍的人也会下意识地收敛——因为他们会按照自己的行为逻辑去推断别人的行为，觉得对方肯定也会一言不合就动手。

朱医生听陆则这么说，不由得也看了李医生一眼，哈哈一笑："不错不错，下次李医生在场，我也狐假虎威一下。小李啊，你以后可得多锻炼锻炼，把这体格好好保持下去，要知道你可是我们院的守护神！"

李医生："……"

三个人在融洽的交谈中完成了交接。值了二十四小时班，刚完成一场心梗急救的朱医生没有丝毫疲态，还对陆则鼓励道："小伙子好好干，我很看好你！"

陆则一本正经地回道："谢谢朱医生，我会的。"

毕竟这只是镇医院，只要不是遇到昨天那种重大事故，值班医生也不算太忙，一早上下来看的都是些小毛病。陆则也没失望，没有哪个医生盼着人生病。

医生、护士工作了一上午，中午齐聚食堂。

护士刘倩和沈丽丽壮着胆子，端着饭菜过来拼桌。

今天早上她们也看到了在急诊室门口发生的冲突。

刘倩气愤地说："现在的人怎么这样！"

沈丽丽应和："就是，家里人被救了不道谢，还反咬别人一口，以后还有谁敢救人？"

"那女孩儿我认识，叫单小云，是我表弟的同学。"刘倩叹气，和陆则说起胖女孩儿的身世，"她太倒霉了，从小到大没遇到什么好事。"

李医生和陆则都看向刘倩，表示他们在听。

刘倩继续说："她家的人重男轻女！为了生儿子，她爸妈把大女儿送人了，二女儿早早嫁了，那也是个可怜人，只比单小云大一岁，已经是两个孩子的妈了。"

小镇上什么事都藏不住，沈丽丽显然也很清楚单小云家的一堆破事："她姐姐生第二个孩子是在小诊所生的，产后大出血差点儿没救过来。"

刘倩点头，接着往下说："单小云排行老三，本来也要送人，她外婆看不过眼把她接过去，一个人把她养大。本来她从小到大身体都挺好，没想到到初中胖了起来。她因为长得胖在学校被人排挤，书都差点儿念不下去了，好在她也算坚强，硬是撑到拿了高中毕业证才出来工作。”

沈丽丽感慨道：“是啊，她力气比男人还大，现在帮邮局下乡送信和送快递，一个村一个村地跑，辛苦得很。”

陆则认真听着。叶老头儿说那女孩儿生病了，和她的突然发胖有关系吗？

上了初中的男孩儿女孩儿正值青春期，很多会躁动不安，不少人甚至生出叛逆的心思，还会排挤弱者，嘲笑那些和他们不太一样的人，比如胖子，比如先进入发育期的女孩子。

陆则读初中时就见过一群男生对着胸部开始发育的女同学大肆讨论，甚至公然给对方起绰号叫“大胸妹”。都是些心智不成熟的小屁孩儿，根本不懂高矮胖瘦、胸大胸小不是自己能决定的，而是取决于父母的基因、家里的饮食条件等等。他们不知道自己轻轻松松说出口的话会对别人造成什么样的影响。今天那个女孩儿就有明显的自卑倾向，说话不敢和人对视，被人冤枉、被人针对时，也不会为自己讨回公道。

刘倩说：“她的父母如愿以偿地生了个儿子，宠得不得了。今年那孩子念高中了，学费要单小云出，谁叫单小云出来工作了。现在单小云除了养活自己和外婆之外，还要给弟弟攒学费和生活费。要不是她勤快又力气大，她这个年纪还真拿不到多少工资。”

沈丽丽又说了另一条重要消息：“我听人说，她其实考上大学了，可她父母黑心截下了录取通知书，让她早点儿出来工作。”

刘倩明显没听说过这茬，惊讶地说道：“不是吧？现在还有这种事？”

沈丽丽说：“我也是前两天回家才听说的，她姑姑是高中老师，把录取通知书给了她父母。她外婆身体不好，她自己学了不少急救知识，想学医，现在却只能卖力气。”

刘倩说：“这也太过分了吧！家里考出一个大学生不容易，为了赚钱就不让她读书了吗？”

沈丽丽说：“这事太惨了，不好拿来说。要不是今天又碰到这么气人的事儿，我也不会提。”她想想要是自己生在那样的家庭，别说像单小云一样救人了，说不定连报复社会的心思都有了！

陆则也觉得单小云真是倒霉透顶。

他追问道：“是今年的事吗？”

沈丽丽说：“对，今年她高考。”

陆则没再多说，因为李医生已经吃完了午饭。陆则飞快地把最后几口饭咽下，让沈丽丽两人慢慢吃，跟着李医生一起回去值班。

第二章

欢迎走进学霸的世界

李医生当值的一整天平安无事。

本来夜里李医生让陆则回去，陆则没回跟着守了一夜。上半夜没什么情况，李医生和陆则轮流眯了一会儿。

到后半夜，一对父母急匆匆地抱着孩子赶来。

镇医院最近缺人，夜里值守的医生只有李医生，这小孩儿自然也由李医生负责接诊。

儿科不是李医生的专长，不过每个医生在实习期间和任住院医师期间都要去各个科室间轮转，把各个科室都熟悉一下，一般的头疼脑热也都能搞定。

父母很焦急，病情都说不清楚，孩子又只顾着哭。孩子的父母恳求李医生："医生，快给我孩子看看吧！"

李医生看起来高大威猛，哄孩子也有一手。他让孩子的父母把孩子放下，自己蹲下和小孩儿说了会儿话，小孩儿就抽噎着告诉李医生自己哪里不舒服。

孩子的父母关心地问："要打针吗？"

李医生还没说话，小孩儿已经一个劲儿地摇头，声音又带上了哭腔："不打针，我不打针！"

"不用打针。"李医生说，"勇敢的小孩儿自己吃药就行，不需要打针。"

"自己吃药！"为了不打针，小孩儿一脸坚定地保证。

李医生点头，给小孩儿开了药。

看到李医生只给简单地开了几种药，孩子的父母不太放心："打针是不是好得快？"

李医生给孩子的父母科普，目前医学上提倡能吃药尽量不打针、不输液。打针、输液使用的药量比较大，如果长期用的话，可能之后同样的轻微病症吃药却不见效，而且输液之后，孩子还容易出现水肿现象。有些治疗方法当时看起来见效快，实际上会对身体造成伤害。

孩子的父母这才再三感谢，带着孩子离开了。

陆则觉得李医生真是个难得的好医生。

他和李医生搭话："师兄你很会哄孩子。"

李医生也是他们学校出来的，相处了两天，陆则自然而然地顺着杆子往上爬，把称呼改成了"师兄"。

李医生一脸深沉地说："当你有四个弟弟的时候，你也会哄。"

陆则说："真是辛苦了……"

七点多钟，有人过来接班，李医生和陆则去吃早饭，后又返回值班室补写昨天的病历。

现在医院要求很多数据要联网，所以病历都要求有电子版的，李医生得赶紧补齐。这事陆则帮不上忙，终于听李医生的安排回去休息了。

陆则小睡到中午。他吃了午饭，和回宿舍睡觉的李医生说了一声，准备一个人在鹿鸣镇里走走。

鹿鸣镇不大，所有街道加起来大半个小时就能走完，街道两边都是小吃店和纪念品店。

陆则绕了一圈，很快看到单小云的单位的招牌。那里挺冷清的，旁边的纪念品小店倒是热闹，里面卖的是明信片。这些明信片上大多是鹿鸣镇的风景照，各个网红打卡点都有，摄影水平不错，看着很文艺。

陆则也去过几座旅游业发达的城市，知道这是景区特色，五湖四海的景区都有这种纪念品店。来都来了，陆则觉得自己也要入乡随俗。他走进店里挑了一盒明信片付了钱，来到店家提供的木桌前。一盒明信片一共三十张。陆则在脑海里稍一筛选，从口袋里掏出随身携带的钢笔，开始有条不紊地写明信片。

第一步，他先把所有的姓名和地址填上。

陆则的字很漂亮，刚劲有力，筋骨分明，瞧着很有几分凌人的傲气，哪怕只是写个名字也很赏心悦目。

第二步，他给每个人写了一句祝福语。

“佳节将近，祝师父中秋节快乐。”这是给正骨师父的。

他再写下一张。

“佳节将近，祝师父中秋节快乐。”这是给文身师父的。

“佳节将近……”

陆则认认真真地写完十几张，答谢完师恩，又着手给家里人写祝福语。

他写给家里人的明信片相对比较温情。

“天气多变，注意身体。”这是给妈妈的。他妈总是思虑过多，一年四季经常生病。

“工作劳心，注意劳逸结合。”这是给他继父的。继父时常谈上亿的大生意，太辛苦了对身体不好。

“长假将近，记得做完作业再玩。”这是给他同母异父的弟弟的。他这个弟弟实在不太听话，作业总是拖到假期最后一天才做，还不肯碰他托朋友弄来的各大高中模拟套题。陆则想不明白，光做那些简单题目有什么乐趣可言？

陆则慢条斯理地把三十张明信片全部写完，贴上邮票放到外面的邮箱里。

他正要转身往回走，却看到单小云开着送件车回来了。单小云有个快件没送出去，比她还高的快件箱子看起来很重，她竟轻轻松松地搬下了车。

陆则若有所思地看着单小云。

单小云对别人的目光很敏感，一下子就感觉到有人在看她。看到陆则时，她愣了一下，随后飞快地移开目光。

陆则走向单小云："你好。"

单小云紧张地说道："你好，有什么事吗？"

陆则开门见山地说："我知道可能有点儿冒昧，但我还是想问一下，你真的不去上大学了吗？"

单小云沉默了一会儿。

她低着头说："我的身份证不在我手上，录取通知书也没有了，上不了了。"她以前不知道身份证那么重要。现在她没有证件证明自己的身份，也错过了学校报到的日期，想去恐怕也去不了。

她外婆曾为了这事去找她爸妈理论，结果被推得摔了一跤，脚现在还伤着。她也想去读大学，但是真的没有办法。

陆则说："身份证可以挂失补办，先办个临时身份证用着。"他耐心地给单小云解释，"录取通知书丢失也有丢失的处理办法，现在都是电子学籍，很多东西联网查一查就知道真假。据我所知现在新生还在军训，并没有正式开学。如果你想去还是有机会的，我可以帮你和学校解释你没能及时报到的原因。"

单小云抬头愣愣地看着陆则，不太相信这样的善意会降临到自己头上。

陆则说："你的力气很大。"

单小云不知道话题为什么突然拐到"力气"上面。

她窘迫地说："我、我从小力气就大。"

"力气大适合当医生，像今天你给那个老人急救一样，做心肺复苏就是力气活儿，一般人做三五组就会很累，你把一个心梗病人从生死边缘救回来却没有丝毫疲态。"陆则满眼欣赏地看着单小云，由衷地夸赞，"你是个当医生的好苗子。"

虽然单小云被夸很高兴，但是小陆医生夸人的角度有点儿新奇。

如果能上大学，单小云当然想去。她把一天的工作收了尾，便忐忑不安地带陆则去见她外婆，商量一下具体怎么做。

单小云和外婆住在老街。老街房子很拥挤，每一间都建得又窄又小，大多是两层高，二楼有个小阳台，每家每户的衣服都挂在上面迎风招展。陆则甚至在几户人家的屋檐下看到了燕子窝。这种宁静安详的老街也是一道风景，这是小镇居民的聚居地，还没有商业化，往来其间的游客不多。

单小云领着陆则往老街深处走去，不时有邻里探出头来好奇地打量陆则。她带着这么个男生回来很惹眼的。

陆则早习惯了别人的目光，没在意，一脸平和地跟着单小云到了她外婆家。

单小云的外婆上次摔伤腿之后，腿脚一直没好利索。平时她不怎么到外面去，只在家里做些编绳之类的手工活儿。

听到门口有动静，单小云的外婆抬起头看去，看到单小云领着个身材修长匀称的帅气男生回来，顿时愣了一下。

单小云的外婆忙放下手里的活儿，站起来关心地问道："小云啊，这是谁啊？是你同学吗？"

陆则自我介绍道："我叫陆则，今年大四，是镇医院的实习生。我听人说起您外孙女的事，想了解一下。"他简单地把现在去报到的可行性跟单小云的外婆说了一遍。

单小云的外婆一听陆则是为这事来的，忙拉着陆则坐下细说。她抹着眼泪把事情的始末都告诉了陆则。

事情和沈丽丽、刘倩说的出入不大，还有不少是沈丽丽她们不知道的。比如单小云的父母还打过她外婆的房子的主意，说现在游客多，别人的房子装修完后变民宿，一晚上能赚好几百……要不是外婆坚决不答应，又有邻里相帮，她们这最后的容身之所怕都要被抢走了。

一提到这些事，外婆就老泪纵横："这造的是什么孽啊！"

单小云外婆的儿子死得早，老伴也去了，留给她的就只有这间小房子。别看这屋子有两层，实际上只有两个房间，楼上楼下各一间，客厅只摆得下一套桌椅。就是这么小的地方，单小云的父母还想抢去！

陆则默默地听着。

他从小跟着他爸辗转大江南北，什么样的家庭都见过。

有人为了救治病重的父母卖房卖地，有人把年迈的父母赶出家门，有人为了儿女有出息日夜辛劳，也有人卖儿卖女只为自己的日子好过些。一样是儿女，有孝顺的也有不孝的；一样是父母，有称职的也有不称职的。

很多事让人愤怒，可是愤怒并不能解决问题。

陆则神色平静。许是被陆则的平静感染了，单小云的外婆眼泪也慢慢止住了。

单小云的外婆抹掉眼泪，朝陆则道歉："不该和你说这些的，我实在是……"她揽过外孙女，"我实在是觉得我们小云太苦了。我一个半截身子入土的人，怎么活都行，可是小云才十八岁，他们怎么那么狠心啊！偏偏我什么都不懂，帮不了小云。你说的是真的吗？小云真的还可以去念大学？"

陆则说："可以的。"

现在的人什么东西都可能弄丢，准考证、身份证、驾驶证、银行卡、社保卡……随随便便就不见了，丢录取通知书的人自然也有，一般只要开好证明到学校报到照样可以入学。单小云这种特殊情况只要解释清楚，学校也会通融。

单小云只是一个高中毕业生，除了去市区考试根本没去过外面，也没有人会好心地告诉她这些。上次她父亲当着她的面把录取通知书撕掉扔进了水沟，并不懂这些的她对大学的念想就断掉了。她当时万念俱灰，因为录取通知书被撕了，身份证、户口本也不在她手上，她根本不可能去上学了。她只能努力卖力气，考虑把临时工作变成正式工作。

听到陆则笃定的回答，单小云感觉自己的心慢慢活了过来。她站起来朝陆则鞠了一躬，满眼希冀地恳求道："请帮帮我！"

陆则说："其实大部分东西要你自己去跑。你有纸吗？"

单小云忙给陆则递上一沓信纸。

陆则掏出自己随身携带的钢笔，写了几样要单小云自己去办的东西：身份证、学校证明、派出所证明……

陆则提醒单小云："不要怕，要是有人不给你办，你可以给他们讲讲法律法规。"手里的笔再一次唰唰地动了起来，他给单小云列了几条相关法律规定，"背下来，到时候给他们念念，必要的时候可以用手机录音、录像存证据。有手机吧？"

单小云点头。为了下乡送货，她买了部两百多元钱的手机，也不需要什么花里胡哨的功能，能打电话就行。至于现在很多人爱玩视频和自拍，她碰都不碰，因为她很害怕自己出现在镜头里。

陆则交代完，确定没有遗漏以后，才说："身份证可以慢慢来，先开好证明，至于学校那边你不要担心，我帮你解决。"

单小云感觉自己像是在梦里一样，翻来覆去地背着陆则说的话，生怕自己忘掉哪一句又上不了大学。

陆则本来准备离开，叶老头儿却说道："帮人帮到底。"

陆则看向叶老头儿。

叶老头儿在他左边念叨："她生病了，你要给她治。"他又晃到陆则右边说，"我给方子，保证有效。"

“别不信，我让你见识见识我的本事。”叶老头儿晃来晃去，一副“你不答应我就烦死你”的架势。

陆则只能一脸严肃地看向单小云。

单小云身体健康，力气又大，看不出有什么病，顶多就是太胖了，但若是仔细看看，会发现单小云是虚胖，而且早晚会因肥胖引发其他疾病。

陆则开口问道：“镇上有可以抓中药的药店吗？”

单小云虽然不明白陆则为什么这么问，但还是老实回答：“有。”

陆则表情认真，一脸笃定地说：“你几年前曾经泡在水里很长一段时间，身体留下点儿毛病，需要调养一下。我给你开个方子，你可以照着方子抓药喝喝看。”说完这番话，陆则都觉得自己像个“大忽悠”。

单小云有些吃惊。

单小云的外婆也惊奇地说：“对，有一年下大雨，河滩涨水了，几个小子差点儿被水冲走，小云一个个把他们救了上来。当时小云还病了很久，吃了半个月的药才好起来。小陆医生你这都能看出来？你们学医的可真厉害啊！”

陆则心想：不，医学生看不出来。

单小云救人生病这事是沈丽丽感慨单小云倒霉时提起的，他只是稍微利用了一下，让单小云放心地照方喝药而已。

一般来说，无缘无故拿出个方子让人去买药吃，和无缘无故指着别人的鼻子说“你有病，得治”没有区别。古来就有“医不叩门”的说法，你上赶着给人治病可是很容易让人怀疑你别有用心的，所以有时候善意的谎言是必要的。

怪只怪叶老头儿这人其实不太会教人，他看病随便看一眼就出结果，根本不附带分析。

很多病对经验丰富的叶老头儿来说就像数学天才做中学数学题，扫一眼就有答案了，要他写过程，他会说：“什么？还要过程？难道不是看一眼就知道了？”这也是陆则拒绝跟叶老头儿学他“毕生所得”的中医知识的原因之一。

陆则虽然自认不笨，却还是觉得自己不太学得来。更何况人的精力是有限的，他习惯学完一样感兴趣的东西再学另一样，叶老头儿这可是插队。陆则是个有原则的人。他的原则很简单：订好的计划绝不能被打乱！

陆则镇定自若地胡扯：“对，能看出来。这是一位老中医留给我的方子，挺适合小云这种情况。”

单小云的外婆对陆则非常信服，陆则愿意帮她外孙女上大学，还能一下把几年前的病因都推断出来，说明什么？说明他不仅人好，医术也好！

她立刻说：“小云，快把方子收好，办那些证明时顺便把药抓回来，我帮你煎药。”

单小云连忙拿过陆则写的药方，郑重其事地把它和陆则刚才给她的另一张信纸叠在一起收好。看起来就算陆则要她喝的是毒药，她也会毫不犹豫地喝下去！

陆则不再多留。人他忽悠完了，希望叶老头儿不是吹牛，这个方子真的能帮单小云拔除所谓病根。

离开单小云外婆的家，陆则径直回了宿舍。

既然答应单小云帮她解决上学的问题，陆则自然是第一时间给他们院长兼恩师裴正德打了电话。

裴正德刚结束一场交流会，大有所获，看到陆则的来电后马上接通：“陆则啊，什么事？”

陆则说有个女生考上了他们学校，结果被重男轻女的家里人截下了，没能去报到。

裴正德听到有人这么糟践孩子顿时气不打一处来。他自己就有个女儿，平时如珠似宝地宠着，舍不得她受半点儿委屈。

他怒骂道："都说虎毒不食子，他们怎么这么狠心？"然后他雷厉风行地说道，"正好我今天要回去了，没问题，你让她带着证明来报到，我亲自给她安排。"

听裴正德这么说，陆则放心了。

裴正德出国交流这段时间，张副院长那些明里暗里的小动作陆则不是没看出来，只是懒得理会而已。

裴正德回来就好，这事肯定没问题了。

第二天一早，单小云按照陆则的指点把证明办好，顺便去快递公司把临时工作辞了。

给单小云顶班的大叔正坐在台阶上吃媳妇送的饭，他听了单小云的遭遇后对她说："去吧，娃子，读书好哇，我家那两个臭丫头要是能考上大学，我砸锅卖铁都让她们去念。"

领导也痛快地给单小云结了工资，还自掏腰包给了单小云一百元钱当是祝贺她上大学。

单小云在他们这工作了一个暑假，流言蜚语再多，也比不过他们朝夕相处看见的事实：这孩子认真踏实，任劳任怨。这么好的一个孩子，能有更好的去处他们当然会祝福。

以前是不好掺和别人的家事，怕惹上单家那一家子人，现在有人牵头，领导也对单小云的做法表示支持："上了大学要好好念，让人知道我们鹿鸣镇人杰地灵，不仅风景好，也能出人才！"

外人都比父母对她好，单小云红着眼眶出了快递公司。

事情办好了，单小云去镇医院找陆则。得知单小云已经把证明办好，陆则让她在旁边等一下，走到窗边给裴正德打电话。

裴正德刚调好时差，听陆则说单小云想尽快来报到自然一口答应："你让她直接过来就好，你把我的电话给她，让她快到的时候提前和我说一声。"

陆则挂了电话，把裴正德的电话写给单小云："这是我们院长的号码，你到了给他打个电话，他会告诉你该怎么做的。要不你今天就去吧？"

单小云说："今天已经没有车了。"

她去县里开证明，一来一回花了挺长时间，回家后又是收拾东西又是去辞职，刚才还在手术室外等陆则，已经错过从镇里去市区的车了，现在去县里坐车怕是也赶不上了。

陆则说："别急，我看看。"

陆则找到导游的联系方式，问她今天有没有带鹿鸣镇的旅行团。

导游恰好带着旅客们在休息区休息："在鹿鸣镇呢。"

陆则组织了一下语言，把单小云的事和导游说了一遍，问她今天的旅行团有没有空余位置，能不能捎上单小云去医学院报到。

导游很快给了答复："我们四点半发车，你让她到我们那天吃饭的地方等着。"

陆则说："是和上次一样的一日游吗？"

"不用，反正位置空着也是空着，我们旅行社免费送她去！哇，这事太气人了，我听了都气得不行，女儿有什么不好？真是太过分了！"

陆则把发车时间、上车地点和导游的善意转达给了单小云。

单小云再次向陆则道谢。

下午四点，单小云的外婆拄着拐杖亲自送单小云去那家饭店外等着。

有认识的人看到她俩，上前问道："去哪儿啊？"

单小云的外婆高兴地说："我们小云要去上大学了！"

更多的人围了上来："哟？要去上大学了啊？不是去不了了吗？"

单小云的外婆毫不避讳地把事情告诉了他们："镇医院不是来了个小陆医生吗？他正好也是医学院的，和我们说特殊情况可以特殊处理，已经帮小云联系好他们院长了。"

这边单小云的外婆开心地和熟人寒暄，另一边单小云的姑姑却被校长叫去骂了一通。她一开始还不知怎么回事，到后来才听明白：单小云要去念大学了！这还得了？！

单小云的姑姑一直看单小云不顺眼。

首先，单小云的爸爸好吃懒做，整天要她和两个哥哥帮扶不说，娶的媳妇也不是个让人省心的人，两个人净想着怎么从别人那里弄钱，自己游手好闲什么工作都干不长！其次，她女儿和单小云不对付，单小云长得胖，在学校不受欢迎，偏偏成绩不错，总压她女儿一头。这次高考她女儿就没考好，上不了什么好学校，回家一直哭，问她“单小云怎么能考上一本”？

单小云的姑姑也觉得不能让单小云出头，她这侄女平时不声不响，居然能考出这么好的成绩，谁知道以后单小云发达了，会不会回踩他们一脚？再说了，单小云早点儿出来工作，以后她爸也能换个人“吸血”，不用总盯着他们这些兄弟姐妹不放！所以单小云的姑姑才去劝自己的弟弟和弟妹别让单小云去上大学。

她弟和弟妹是初中同学，当初她弟长得还挺俊，把弟妹骗得未婚先孕，单小云的外公被气得一病不起。这两个人都是初中文凭，又都是自私自利的性格，听她说大部分大学生出来也就两三千元的工资，很多甚至还找不到工作，顿时觉得念大学浪费钱也浪费时间。

一切非常顺利，单小云果然认命地在镇上找了卖力气的工作。

现在怎么会突然出了变故？

单小云的姑姑在校长室挨完训，有些坐不住了。她才不会因为校长的一通骂就觉得自己做错了，一不做二不休，单小云想冒头？那她就把单小云按回去！

她一想到单小云出人头地后回来耀武扬威，爬到她和她女儿头上，就当机立断地给单小云的爸妈打电话，告诉他们单小云要去大学报到。

单小云的姑姑很懂得怎么说服她弟弟：“你们要不拦下她，接下来四年不仅没人供我侄子上学，你岳母的钱也得全贴进去给她当学费，以后给你们剩下的可就没多少了。”这话可戳到了单小云的爸妈的心里去了。

单小云的妈妈一直觉得自己亲哥不在了，爸也不在了，亲妈只有自己一个女儿，将来亲妈的钱、房子都是她的。虽然现在她妈还因为单小云的事生她的气，不愿意给外孙子花钱，但母女之间哪有隔夜仇？她妈总会消气的，钱和房子总会到她手上。而且单小云花外婆的钱，和花她的钱有什么区别？

单小云的爸妈一挂断电话，便马不停蹄地往鹿鸣镇赶。他们村子离镇子不远，不到半小时就到了。才进镇子，单小云的爸妈就看到一辆车在不远处停了下来，在路边道别的一老一少不是单小云和她外婆又是谁？

眼看单小云要上车了，单小云的爸妈一起冲了过去，一个人拉住单小云，一个人去抢单小云的行李，怒喝：“单小云，你不许去！”

单小云的妈妈抓住单小云的行李说：“你二伯好不容易帮你找个活儿，你不好好干，想那些有的没的做什么？都什么时候了，哪还能去报到？大学生有什么用，出来还不是找不到工作！”

刚才旅行团集合时，导游已经把单小云的遭遇和团里的人说了，让他们不要介意多接一个人。车上的人听到外面的动静都震惊了，本以为只是接个人，没想到她的爸妈还会追过来拦人！

一时间靠窗的人从车窗里探出头，不靠窗的人直接跑到车门附近往车下看。看到单小云的爸妈凶神恶煞地拦着单小云，所有人都默契地掏出了手机。

单小云的妈妈很快注意到了车上的游客。现在不管城里村里，用手机刷小视频的人都不少，他们自然知道网络上信息传播得非常快，什么事一旦被放到网上就立刻会被十里八乡的人看到！

单小云的妈妈急了，忙拉住单小云的爸爸，让他一起骂车上的人：“你们拍什么？！”

一个靠窗的男主播探出头，露出一口亮白的牙："阿姨你好啊，我的粉丝不多，只有几十万而已。"

男主播一开口，其他人也纷纷说："我和大佬不能比，粉丝只有几万。"

"我虽然只有几千个粉丝，但是我可以弄个抽奖，看的人就多了。"

"那我也搞个抽奖吧，保证让你们这样的父母出名！"

那个男主播继续说："你知道你们这种行为是犯法的吗？就算是父母，也没有资格限制儿女的人身自由。"

有时候很多事其实只差个领头的人，围观的人看到这种架势都觉得该帮上一把，纷纷上前拉住单小云的父母劝说："别犯浑了，让她去念大学吧，你们自个儿没出息，一辈子窝在山里混日子，还不许你们的女儿上进吗？"

有几个热心的游客已经跑下车，把单小云连人带行李拉上了车。

导游立刻让司机关上车门，说："开车吧！"

满车人齐声欢呼："开车！"

单小云被几个女孩儿拉到一个空位上坐下，眼泪控制不住地涌出眼眶——既难过，又高兴。

陆则正与李医生分坐桌子两边整理今天的病历，过了四点半才收到导游发来的消息。

导游把单小云的父母当众拦人的闹剧告诉了陆则，又让陆则放心，团里已经有人自告奋勇护送单小云去报到，保证会帮助单小云顺利入学。

陆则放下心来。

李医生见陆则难得地拿出手机看消息，抬眼看了看时间，问陆则："单小云的事解决了？"

陆则说："已经上车了，正在去市区的路上，大概晚上八点能到。”他把单小云的父母拦人的事也和李医生说了。

李医生奇怪道：“他们怎么那么快知道消息了？”

陆则想了想，分析道：“沈护士不是说单小云的姑姑在学校当老师吗？没了录取通知书要回学校开证明，可能是她姑姑在学校得到了消息。”

李医生叹息了一声。

事情能顺利解决还多亏这两年鹿鸣镇发展起来了。在网络时代到来之前，重重大山把山里人阻挡在繁华都市之外，要是早几年发生这样的事，根本不会有人不辞辛苦地来了解这样一个普通女孩儿的遭遇。

这里的女孩儿大多接受完九年义务教育就辍学了，有的选择出去打工，有的早早结婚生子，像追星、玩游戏、看电影这些对很多人来说再普通不过的事情，对她们而言实在太遥远。

有时候人心的险恶，比贫穷和疾病更可怕。

陆则和李医生都没再说话。

李医生看了眼时间，起身道：“去查房。”

陆则点头，戴上口罩跟上李医生。

一般实习生只能安静地跟在医生身后，低调地打打杂。

陆则却非常受病人欢迎，不少人主动和他说起自己的情况，还有人问他能不能帮自己量血压、测体温……

陆则得到李医生的首肯，对病人的询问或者请求很少拒绝，耐心地满足他们的要求，解答他们的疑惑。

但有些病人的要求比较奇葩，比如有个车祸伤了腿、至今没有出院的年轻主播，每次看到陆则就两眼放光，每天都会小心翼翼地请求和陆则合影，甚至希望陆则能摘下口罩在她的小视频里出个镜。

陆则依旧委婉谢绝：“不了，谢谢，上班期间不能做和工作无关的事。”

接下来陆则风平浪静地过了几天。

老天忽然变脸，迎来入秋后的第一场暴雨。游客们都被大雨逼退回镇上，人多了，磕磕碰碰自然不少，陆则又给两个混乱之下扭伤手脚的人正了骨。

不过遇上这样的暴雨天气，一般有小病小痛的人宁愿先忍忍，所以除了一开始送来的几个伤患，医院的病人渐渐少了。

陆则跟着李医生查了一轮病房，对着电脑练习写病历。

陆则学什么都快，电脑也用得很熟，别人还没看清他打的是什么字，他已经写到下一行了。不一会儿，一份规范而清晰的病历出现在陆则面前的屏幕上，一如李医生对他的评价：敏锐、冷静、高效。

李医生给陆则检查了一下，觉得陆则天生是吃这碗饭的，哪方面他都应对得游刃有余。李医生点头道："可以，就这样写。"

这时，有个小护士探头进来传话："李医生、小陆医生，主任让你们过去一下。"

陆则跟着李医生去找主任。

主任长得有点儿富态，看到他们过来后呵呵一笑，招呼他们坐下："小李、小陆，你们来了？都坐，都坐。"

李医生问："主任找我们有什么事？"

主任说："也没什么特别的事，就是镇上要办单位间的篮球联赛，你们两个小伙子年轻力壮，得为我们医院出一份力才行。"他满含期待地看着李医生和陆则，"怎么样？你们没问题吧？"

李医生和陆则对视一眼，点头答应。

主任非常高兴："那就这么定了，今天下雨，大家肯定都没安排，晚上一起到体育馆练练球好了。反正体育馆离我们医院近，走路过去也要不了几分钟。"

李医生和陆则没有异议，重新回去工作。

同样是入秋没多久，北边在下雨降温，南方却依然温暖。

狭窄老街巷里的老郑正骨诊所今天依然冷清。这片街区搞拆迁，住户搬了大半，平时空荡荡的没什么人往来。

“师父，我们什么时候去看新铺面？”小学徒忍不住征求老医生的意见。

他们这店铺也要拆迁，赔偿款不少，当然，想靠赔偿款在市区买个新铺面不太可能，不过租一处好门面还是绰绰有余的。

老医生看了眼门口的招牌，没吭声。

小学徒不由得再喊了一声：“师父？”

老医生终于有了反应，冷哼一声，说道：“签字时说好了的，一天不拆，我一天不走，你急什么？”

小学徒闭嘴了，正要去给桌子擦灰，就听门口有人吆喝：“老郑叔！有你的快件，对了，还有张你的明信片，顺便给你送过来！”

小学徒听到后，殷勤地跑出去帮老医生取快件。

送快件的是老熟人，也是在这个街区长大的，以前他读书时天天逃课打游戏。现在不一样了，他们家已经靠拆迁款在附近换了大房子，只是钱只够首付，得还二十年贷款。

也许是因为房贷的压力转变成了动力，这小伙倒勤快起来了，天天勤勤恳恳地送件、送信。

当然，也可能是因为他结婚有娃了，有了为人父母的责任！所以人还是不要年纪轻轻就结婚生孩子！小学徒在心里感慨一番，抱着包裹和明信片跑回诊所里。

包裹里是老医生定期补充的药材，来自老医生一个住在山里的老朋友，没什么稀奇。

小学徒对那张明信片比较好奇。这都什么时代了，居然还有人寄明信片？

小学徒偷看了一眼，赫然发现上面写的是“佳节将近，祝师父中秋节快乐”。

什么？他居然有师兄！他还以为他师父脾气这么臭，肯定没有别的徒弟了！

小学徒拿着明信片跑到老医生身边，把明信片上的字给老医生念了一遍。

老医生听了又冷哼一声，根本不接明信片。

小学徒只能继续给老医生念寄信人的名字：“陆则。”这名字听起来好像有点儿耳熟？

小学徒翻到正面一看，上头明晃晃地印着“鹿鸣镇”三个字，风景也是他前段时间在网上看过的！

陆则不就是最近火起来的那个“最牛医学生”吗？就是那个会拼鸡骨头、会正骨的实习医生！怪不得上次他师父把陆则的那个视频翻来覆去看了好几遍，原来还有这样的渊源！

小学徒壮着胆子问道：“师父，这是我的师兄吗？”

老医生冷冷地说道：“我可没有这样的徒弟！”

小学徒说：“可是我看他好厉害啊！”他放下明信片掏出手机，开始搜前段时间的热门微博，让老医生看看大家怎么在线夸陆则的正骨手法，“师父你看，这是跟你学的吧？”

老医生绷着脸接过手机，眯起眼睛，又从头看了一遍视频，才说：“有什么好得意的，要是这点儿小伤都弄不好，他好意思说自己学过？”

小学徒不敢再吱声。

老医生拿起桌上的明信片，看了两眼，发现陆则的字比当初进步了不少。

对比起来，现在这个小学徒的一手臭字实在拿不出手，有时写着写着，还要掏出手机查查字怎么写。

货比货得扔，人比人得死！老医生越看眼前的小学徒越不顺眼，站起来说："把门关上，包裹拆了，药材拿进来。"

他这是要带小学徒泡药酒了。

小学徒已经观摩过几次，麻利地关上诊所的门，拆出药材屁颠屁颠地跟着老医生往里走。

酒是现成的，药要自己处理。

这次老医生要泡的是三藤酒。老医生的三藤酒方子是祖传的，和寻常方子有些许出入，所以他要从头教小学徒。

老医生把手洗干净，把备好的药材处理了一下，切成均匀的片状。他的动作娴熟而流畅，切出来的药材大小、形状完全一致，光是看着就觉得是一种视觉享受。这都是以后吃饭的本领，小学徒学得格外认真。

一老一少两个人一个教一个学，陆续把数种药材依次泡进酒里。

外头已经夕阳满天，小学徒自告奋勇地出去买饭，老医生也不拦着，打发他赶紧去："吃荷叶饭，要现做的那种，不要那些做好了搁半天等人买的，不新鲜，难吃。"

小学徒还小，精力充沛，也不觉得折腾，听了老医生的吩咐后"记住了，记住了"地连应两声，麻利地跑了。

小学徒一走，诊所里顿时静了下来。

老医生走去外间，再次拿起明信片看了看，没忍住骂了一句："臭小子。"

他顿了顿，拿出手机给明信片拍了照，把手机拿远了，用一根手指一下下地戳着屏幕。戳了半天，他终于戳开了微信里一个排在最前面的交流群，把刚才拍的照片发了上去。

很快，有人回复了——

"这个臭小子，连明信片都写一样的！"

"我也收到了，一模一样。"

"我也收到了，一模一样。"

一时间，大家有的排队骂陆则，有的直接把手边的明信片拍照发出来，热闹非凡。

对比完“罪证”，群里开始讨伐陆则这个毫无诚意的孽徒，从过年一点儿都不诚恳的群发短信到朋友圈给每个人点赞都拉出来批判一通。

老医生拉着一张脸看着大伙一起骂了陆则大半个小时，舒坦了，把小学徒买回来的荷叶饭吃了个精光。

远在鹿鸣镇的陆则并不知道寄出的明信片给自己引来了一顿臭骂。

这时天已经黑了，雨还没停，陆则没法出去夜跑，不过可以和其他人一起参加篮球加急训练。跑步、打球都是锻炼，陆则不太挑，换上运动服便和李医生一起去镇上唯一的室内球场。

这会儿室内球场只有镇医院的医生勉强凑成两组在球场里面练习。

陆则篮球打得非常好。他在学院里的高人气不是白来的，以前他也参加过学院的篮球队，还带着学院的篮球队拿过校冠军。稍微有点儿底子的人一看陆则下场，就知道陆则不像他自己说的“只是玩过”那么简单。

他分明是个高手！

大腹便便还坚持上场的主任对陆则十分欣赏：“小陆你可真是德智体美劳全面发展啊！”

陆则一脸平静地说：“在学校打过而已。”

说话间，一群护士从门口拥了进来，其中就有刘倩和沈丽丽。

篮球联赛也有女子篮球比赛，她们也是来训练的，看到陆则他们占了一个球场，顿时不急着下场了，先围在球场边上看看再说。

主任看到她们很高兴，点名叫刘倩：“倩倩，你最会拍，给我们拍个视频放到我们医院的官方账号上去，也让外人看看我们医生也是有生活的。”

近两年学校、医院和众多公职单位都应要求经营官方账号，主要用于宣讲单位职能、展现时代新风貌。凭借旅游小镇的名气，鹿鸣镇在这方面做得很好，是县里开会时被点名夸奖的先进镇。主任兼管这一块，时刻不忘找点儿素材维持医院官方账号的活跃度。

刘倩难得没对这种突发任务提出异议，爽快地掏出手机充当摄影师，不过全程把“C位”给了陆则。

其他护士也有点儿激动，站在一旁看陆则和李医生各带一队进行比赛。

一个晚上热热闹闹地过去了，所有人都撑着伞各回各家。

第二天一早，雨停了，陆则和李医生吃早饭时又和沈丽丽和刘倩遇见了。

刘倩嘴巴闲不住，吃完一个圆圆胖胖的包子就说起自己一大早看到的消息：“李医生、陆医生，你们听说了吗？听说鹿鸣山塌了一块儿，露出一个古墓入口。”

李医生摇头，陆则同样不知道这回事。

刘倩掏出手机给陆则和李医生看照片——有几个游客见天晴了，一早上山看日出，没想到掉坑里了。他们再一细看，那坑特别大！

几个游客胆子也大，遇到这种事不是赶紧从坑里爬上来，而是拿着手机打开手电筒在周围看了一圈。

所以，这个大坑的照片就传开了，从游客手里传到本地人的群里，又传到医护人员群里。据说几个游客里有精通考古学的人，判定这里有个古墓群，已经打电话给认识的专家让人带队过来。

这消息传得可真够快的。

陆则想了想，也拿出手机看了一眼。巧的是一条新消息正好跳到他的手机屏幕上：“你在鹿鸣镇实习？”

发消息的是裴舒窈。

裴舒窈是裴院长的女儿，今年十八岁，拿过不少全国的数理化比赛奖项，是通过少年班进入大学的。

不过，目前她在学考古学，这两年时不时跟着导师到处下古墓实地考察。这个选择让不少看好她的医学教授痛心不已，裴院长却没有干涉她的决定，由着她去做自己想做的事。

陆则简明扼要地回复：“是。”

裴舒窈邀请道：“我今天要和导师过去，你中午要不要出来和我们一起吃饭？”

陆则爽快地答应：“好。”

算起来他和裴舒窈已经很久没见了，但他们的关系一直很好，陆则认为一起吃顿饭很正常，最好还能探讨一下最近遇到的疑难问题。

虽说现在他们所学的专业天差地别，但任何学科研究到一定程度其实都会和其他学科相关联，也许精通另一个专业的人可以给你困惑已久的问题提供全新的解决思路。

陆则愉快地收起手机。

另一边，裴舒窈也把手机放下。

今天早上，她的导师把自己带的几个学生紧急召集到了一起，说是他的一个老朋友判断鹿鸣山一带可能有个规模不小的古墓群，他们要第一时间赶过去实地考察，如果情况属实可以趁早往上打报告展开考古工作。

正事说完了，师生几个聚在一起边吃早餐边等约好的司机开车过来。

裴舒窈的妈妈提起过陆则在鹿鸣镇，联系完陆则，裴舒窈对导师说：“老师，中午有个朋友要和我们一起吃饭。”

导师没意见，他们这几个人又凑不满一桌，多一个人完全没关系。

坐在裴舒窈旁边的师兄好奇地问：“裴师妹，你在鹿鸣镇有朋友？”

裴舒窈眉眼弯弯，笑着回答：“有。”

裴舒窈回应得太简单了，师兄还是好奇到挠心挠肺。别看裴舒窈脾气好，瞧着软乎乎的，平时也爱交朋友，可她其实很少主动约人。

师兄忍不住追问：“什么样的朋友啊？”

裴舒窈说：“以前一起刷过竞赛题的朋友。”

师兄满脑子问号。

裴舒窈补充："最近有几个问题解决不了，我想和他讨论讨论。"

她约人吃饭就是为了讨论学术问题吗？说实话，一般人不是很懂这些学霸的世界。

鹿鸣山林海茂密，峰峦起伏，连绵不绝一眼看不到尽头。入秋之后有些乔木叶子或红或黄，一座座山峰都被秋色染得格外美丽。倒塌的地方是被雷劈开的，直接崩塌，植被也倒了，远远看上去仿佛山秃了一块儿。

现在那里已经被围起来不让游客进入，只有工作人员在那一带清理。

不少看热闹的人哪怕靠近不了，也想方设法地从外围拍点儿东西发到网上，转眼间众人又把"天雷劈出古墓"的话题送上热搜榜。

围观群众惊奇万分——

"有点儿邪门，最近鹿鸣镇都上几次热搜了！"

"没有吧，就一次车祸，还有一次是父母撕通知书，然后就是这次了。哎？这么一说还真是！"

也有人见不得鹿鸣镇经常占据热门话题，免不了要嘀咕两句："这么个小地方，怎么又是车祸又是雷劈的，太危险了吧！要是我，我肯定不去了，这是拿命去'洗涤心灵'？"

哪怕一部分人觉得不安全，也阻挡不了更多人对鹿鸣镇的喜爱，经过几次热门推送，鹿鸣镇迎来了新一轮的旅游热潮。

比游客更快到的是专家团队。工作人员第一时间清理出天雷劈开的入口，便被入口处精美细致的壁画惊艳到了。外围都这么美，里面还得了？

裴舒窈的导师得到消息，马不停蹄地带着他们直奔鹿鸣镇。

得知要在那儿待一段时间，裴舒窈打电话给裴正德："爸，鹿鸣镇确定发现古墓了，我可能得在那儿待一两个月，不用做我的饭了。"

裴正德得知女儿又往外跑，心里挺担心，雷能劈下来一次，说不准就能劈第二次，要是正好劈到他们怎么办？

裴正德挂了电话，对妻子伍心慈叹气："女儿怎么那么喜欢往阴森的古墓里跑？"

伍心慈一边对着镜子戴耳环，一边说："大概像你，你年轻时还特别爱搜集尸体的照片。"

学医的人大多不怕尸体，可不怕也不等于热爱搜集各式各样的照片吧。当初他俩谈恋爱时，伍心慈意外地翻开了裴正德心爱的藏品，差点儿没被吓死！要不是裴正德人品好、长得帅，她肯定会考虑和裴正德分手。

裴正德说："我那时候只是在搞专项研究，后来不是不搜集了吗？你可不能诬陷我。"

伍心慈没再挤对他，得去上班了。

裴正德想了想，给陆则发消息，让陆则照顾照顾他师妹——陆则也不用特意做什么，裴舒窈遇到什么事他能赶过去帮一下就好。

陆则很快就答应了，并告诉裴正德他们已经约好中午一起吃饭了。

裴正德稍稍放心，和伍心慈各自上班去了。

回到办公室，裴正德调出手机里最近的活动安排，看完后倒回去，目光定在一项活动申报上——

活动项目：与药用植物研究所联合展开野外实习。

参与对象：基础医学专业大二学生。

实习地点：鹿鸣山。

裴正德盯着看了一会儿，掏出手机给药用植物研究所的老赵打电话。老赵是他的老朋友了，两人的交情一直不错。

裴正德隐晦地问道："老赵啊，下周去野外实习的大巴满了吗？还能多坐一个人吗？"

老赵没听懂裴正德的暗示，老实回答："没满，还有好几个位置，怎么？有人要一起去吗？”

裴正德只能直接说道：“没满就好，你看我一起去怎么样？”

“我这院长当得不够称职，这么多年了，居然一次野外实习都没跟过！”裴正德见老赵不应声，开始叹着气进行深刻的自我反省，“这不好啊，我们不能脱离根本，既要走得出国际大门，也要能回到最基本的东西上，一天到晚坐在办公室里处理文件，哪能了解学生的需求？”

老赵终于听明白了，直截了当地问：“说吧，你是不是想去看女儿？”他就知道，这家伙怎么突然会打电话给他！

裴舒窈算是他们看着长大的，老赵自然知道裴舒窈现在学什么。今天鹿鸣镇被天雷劈出古墓群的事早就传遍了，裴舒窈肯定跟她的导师过去实地考察了！

老朋友都把自己看穿了，裴正德只能实话实说：“我出国交流的那段时间，她也跑外地去了，好不容易大家都回到家了，她又跟导师去了鹿鸣镇，换了你，你能不想见见吗？”

老赵没有女儿，平时恨不得把家里的臭小子踹出门，不是很理解裴正德的爱女之心。

不过有裴正德跟着，也能镇住现在越来越不好带的学生，老赵倒是不反对裴正德亲自当领队：“那你到时早点儿到东门上车。”

老赵这是答应了。裴正德挂了电话，精神抖擞地处理手上的事务，准备把该忙活的事提前忙完。

转眼到了中午，陆则和李医生说了一声，按裴舒窈给的定位找了过去。

裴舒窈的导师订的刚好是那天旅行团吃饭的饭馆，陆则按时到达，裴舒窈他们也刚到不久，正在点菜。

老板见到陆则，一下子认出了他。这位老实巴交的中年人当即停下手上的事，热情地过来招呼陆则，还表示要给他们打折。上回的事把这家饭店也带火了，顾客大增，他们一直特别感谢陆则。

老板主动打折，陆则自然不会拒绝，便道了谢。

裴舒窈的导师这段时间在忙着古墓群的事，没空注意网上的消息。听老板说起前段时间发生的事，导师颇为好奇：“那小陆你现在可算是出名了啊！”

陆则说：“网上的热度不会持久。”他不怎么关注网上的议论，不管是夸是骂，网友们很快就会忘了这件事，没必要太在意。

导师早就认识陆则，当初裴舒窈到他那里报到还是陆则送的。

这两个小孩儿给他的印象非常深刻，主要是他俩到校后饭也不吃，放下东西直接跑到科学院听讲座。讲座结束后裴舒窈一个人回来的。

当时他问裴舒窈：“送你来的那孩子呢？”

裴舒窈说：“他不是来送我的，他是抢到入场资格来听讲座而已。”

裴舒窈认为地铁可以直达学校，送来送去麻烦又没意义，听完讲座在科学院门口便和陆则分道扬镳，一个回学校，一个去车站坐车！

这些还是其次，要紧的是这两个小孩儿在讲座的提问环节轮流提了几个问题，角度刁钻，思考深入，差点儿当场把那位主讲人问倒。要不是主讲人有风度，他俩指定会被当成找碴的给赶出去。

导师笑着调侃：“你这心态可有点儿老成了，一点儿都不像年轻人。”

陆则笑了笑，没接话茬，转头和其他人一一打招呼。

不少人不认识陆则，都很好奇。陆则却没有继续和他们聊下去，礼貌地维持基本的见面礼仪，趁着还没上菜和裴舒窈凑到一起聊了起来。

陆则和裴舒窈都是学东西比较快的人，兴趣爱好也比较广泛，在自己的专业之外，还积极吸收各个领域的新知识。

这么久没见，他们先交换最近的书单，不拘原文什么语言，有趣就看，反正大部分不算冷门的语言，他们已经入了门。

两个人认识好几年了，这时也不觉得生疏，互换了随身携带的小本子，开始在上面唰唰地写着。

裴舒窈在陆则的本子上写了一个书名：“这本书不错，里面提供了好几种解题新思路。”

陆则在裴舒窈的本子上写了一位作者：“我觉得这个作者的想法很有趣，虽然有点儿不切实际，但也可以看看。”

一开始旁边的人还很有兴趣听他们说话，等看到两个人的本子上的书单越写越长，光看书名就知道这些书涉及的专业相差十万八千里，语言还各不相同，都开始头晕。到陆则和裴舒窈开始说起最近遇到的问题时，所有人都放弃了。

算了算了，他们还是不要自取其辱了。

陆则和裴舒窈倒不觉得有什么不对，毕竟他们一直都是这样交流的。陆则可以想办法从老师那儿搞来新题，裴舒窈也可以从她爸爸那儿弄到难题，两个人上学期间定时交换题库，放学之后交流自己感兴趣的东西，感觉超棒。

一顿饭吃完，陆则满足地带着写满好几页的书单和交流心得走了。

裴舒窈的几个师兄师姐都松了口气。要是陆则和裴舒窈说得慢点儿，以他们的水平应该还是能听懂一些的。但是他俩太默契，一个人说了上句另一个人马上接下句，别人还没消化完他们已经跳到了下一个话题！唉，真不想承认他们堂堂研究生跟不上两个师弟师妹的思维。

裴舒窈的导师就没那么多想法了，他早叫服务员倒了茶，一边喝茶一边戴上耳机看现场发来的录像，提前了解鹿鸣山的地形地貌。人啊，只要认清现实，不勉强自己去做明显不可能做到的事，生活就没那么多烦恼了。

吃饱喝足，裴舒窈一行人也马不停蹄地向鹿鸣山进发。

以前大多是工地施工时挖出古墓群，像这种因天灾暴露出的古墓比较罕见，但不管是怎么暴露的，往往都要及时进行抢救性挖掘。古墓与外界隔绝，里面的文物处于一种相对稳定的状态，外界空气突然涌入可能会对文物造成损害。

这里已经有一批工作人员赶过来维护现场了，众人确定周围不会有二次崩塌的危险之后，古墓入口也被清理了出来，只等专家陆续到位确定挖掘方案。

从天雷劈出的入口来看，古墓的规模似乎不小，甚至有可能是一个巨大的墓群。

各方专家先后到达，仪器和工具也陆续到位，众人紧张而忙碌地筹备着这次的考古工作。

另一边，陆则也回到了镇医院。

还没到下午上班时间，陆则打开电脑，在常用的购书网站上搜索起来。

李医生在值班室睡了个午觉，醒后不经意地瞥见陆则屏幕上晃过不少书，不由得好奇地问："在买书吗？"

陆则说："刚和朋友换了书单，看看哪些可以在网上买。"

很多专业书又贵又不好找，国内根本买不到实体书，只能在网上买电子版将就着看，或者托人直接从国外带回来，陆则熟门熟路地把能找到的先买下来。

本来李医生还挺感兴趣，但扫了一眼陆则给他看的那些书，就毫不犹豫地放弃了。

不是所有人都有精力全面发展的，他想在手术领域求精求好已经很忙了，着实不能像陆则那样对所有领域都充满好奇心："我精力有限，先不考虑看这些了。"

陆则也不勉强他，认真地整理完这次和裴舒窈见面的收获，上班时间到了，忙碌的下午再一次从查房拉开序幕。

几天后，一辆大巴早早地抵达了鹿鸣镇。

这辆大巴一大早从医学院出发，载着裴正德和一群年轻的大二学生来到鹿鸣镇。裴正德从车上下来，和研究所的老赵一起领着学生入驻毗邻鹿鸣山的酒店。这家酒店虽然离镇上有段距离，但方便他们进行野外实习。

裴舒窈一行人也在这家酒店落脚，比起成熟的星级酒店，这里更像农家乐，宽敞是宽敞，就是设施比较简陋。

学生领了钥匙各自散去，裴正德拎着两个行李袋，和老赵去找房间。他把一个行李袋放到房间里，把另一个行李袋拎在手里走出了房门。

这家酒店很大，裴正德走了一段路才遇到服务员。

裴正德拦住人问："你好，请问厨房在哪里？"

服务员虽然觉得有点儿奇怪，但还是给裴正德指了路。

厨房离得不远，裴正德很快就顺利地找到了厨房。

主厨已经五六十岁了，精神却很好，看到游客跑到厨房来了，不由得问道："有什么事吗？"

裴正德问："老师傅，我能不能借个火用用？"

主厨还是头一次遇到有人在旅行期间自己开伙的。反正借个火也花不了多少钱，主厨大方地答应："行啊，你用吧。"

裴正德把行李袋搁在桌上，刺啦一声拉开拉链，只见一个瓦煲从行李袋口露了出来。

那瓦煲圆溜溜的，外面看着黄澄澄的，里头又隐隐透着点儿红色。可哪怕它长得再讨喜，也无法改变它是一个瓦煲的事实。

这一身斯文气、明显是个知识分子的游客，带着瓦煲来住酒店，这真是奇闻一桩啊！

见主厨一脸的一言难尽，裴正德解释道："我女儿最近忙，我给她煲点儿汤补补。"

裴正德年轻时在粤省待过几年，充分感受过那里的煲汤文化：不管是五谷、药材、水果，还是肉类、骨头，都可以扔进锅里熬出各种有滋味的汤。他凭借虚心的态度和专业的医学知识，充分掌握了煲出老火靓汤的秘诀，时不时为忙于工作的妻子和忙于学习的女儿补补脑子和身体。

裴正德在主厨那里买了些棒骨，开始熟练地处理他带来的滋补药材。

等汤料陆续放进瓦煲里，裴正德才腾出手来联系他的宝贝女儿："窈窈啊，我带学生来鹿鸣山搞野外实习，把汤熬好了，你晚上回来喝点儿吧。你经常往墓里跑，我在汤里加了黄芪和党参，益气补中，健脾养肺。"

裴正德通知完女儿，愉快地坐在厨房外供人闲坐的石桌边，拿出电脑看学生发来的论文，准备掐着时间去看汤。想煲出好喝的老火靓汤，火候必须用心把握！

老赵找到裴正德时一脸无奈。怪不得这家伙拿着两个行李袋，原来连瓦煲都带来了！

说起来当初裴正德也是有机会进好医院的，但为了支持妻子创业，他选择留校搞学术，认为这比当一线医生清闲。按裴正德的说法，他虽然没在手术台上治病救人，但教出来的学生已经有不少成了奋战在医疗一线的好医生。他一双手能救的人有限，要是能教出千千万万的学生，能救的人会更多！

话是这么说，可有时候还是让人觉得遗憾。

老赵恨铁不成钢地道："你这家伙娶了老婆当妻奴，有了女儿又当女儿奴！"

"这叫相互支持，怎么能叫妻奴、女儿奴？"随着裴正德的妻子伍心慈的事业逐渐稳定，女儿慢慢长大，他能为她们做的事也不多了，抽空给妻女煲个汤有什么不对吗？

他不觉得自己的做法有什么问题，反而语重心长地教育老赵："一家人就是需要彼此关心，相互爱护，要是夫妻之间一年到头说不了几句话，父母儿女一年到头没什么交流，这个家是要散的。"

老赵觉得裴正德没救了，只能由着他去。

裴正德也不多说，继续给论文写修改意见。他对学生的要求非常高，任何一篇论文到了他手上，他都能批得体无完肤。

比如手上这篇论文，裴正德捏着鼻子看完了，做出判断：这篇论文的标题写得还行吧。他噼里啪啦地敲了一堆修改意见，大意是“没救了，重写吧”。

裴正德把论文从头拉到尾，检查了一遍上面非常密集的红色批注和最后的红色意见，觉得没有问题，十分客观，十分中肯。他打开邮箱把它发给学生后，心平气和地接着看下一篇。

裴正德毫不留情地打回三篇论文后，停了下来。接着，他打开电脑里保存的几篇论文，排版美观，结构巧妙，论据充分，读着就是一种享受！这些全出自陆则之手。

裴正德掏出手机找到自己的爱徒的名字，给对方发了定位，满含慈爱地留了条消息：“我在这里，带基础医学的学生来野外实习，给窈窈煲了汤，你晚上有空的话也过来喝点儿吧。”

好学生不好找啊，他得给小陆也补补身体。

第三章
爸爸的汤，爸爸的爱

陆则正好忙完半天的工作，突然接收到来自恩师的关爱，一口答应下来。

傍晚，陆则徒步半小时来到鹿鸣山山下的那家酒店。到鹿鸣镇半个多月，陆则还是第一次来鹿鸣山。

他在那家名为“鹿鸣山庄”的酒店门前遇到了裴舒窈。

裴舒窈是一个人回来的，身上还背着装满工具的背包。

陆则上前问道：“背包挺大，重吗？”

裴舒窈客观地回答：“还挺重的。”

陆则说：“我上次遇到个力气比你还大的师妹。她家的人不让她学医，我觉得挺可惜的，把她劝去报到了，我觉得力气大的人学医挺好。”

他说完还很惋惜地看了裴舒窈一眼，一副很想劝裴舒窈来学医，又因为尊重她的选择而不好开口的模样。

裴舒窈没接话。她先把东西放回房间，才和陆则一起去找裴正德。

裴正德见他们两个一起过来了，非常欣慰，招呼他们坐下喝汤。

他熟练地盛好三碗汤，齐齐整整地摆在瓦煲旁，石桌和瓦煲都挺古朴，配上酒店提供的乡土鸡公碗有种奇妙的和谐感。

这个搭配，这个摆盘，非常适合拍照。

裴正德说：“就是普通的老火汤，前后只熬了两三个小时，不麻烦的。”他呵呵一笑，“你们喜欢喝就好，不用拍下来，更不用发什么朋友圈。”

陆则和裴舒窈对视一眼，听出了潜台词，只能拿出手机给这一瓦煲的老火靓汤拍照留念，并“听话”地点开了平时不怎么发新动态的朋友圈。

陆则：“感念师恩。”

裴舒窈：“爸爸的汤。”

裴正德满意了，语重心长地教育陆则和裴舒窈：“喝汤就喝汤，玩什么手机。现在的年轻人啊，一天到晚离不开手机，吃饭不先动筷子，反而先拍照发朋友圈，你俩可别学他们。”

陆则和裴舒窈并不反驳。

对，爸爸（老师）说得对，您说什么都是对的！他们默契地端起汤喝了起来。

别看裴正德煲汤很爱自由发挥，各种食材搭配起来却很好喝。他煲的汤初入口有些清苦，喝下去后却能让人品出一种堪称清爽的回甘。

裴正德十分欣慰。他把自己那碗汤也喝了，拿出手机看了眼，一下子瞧见“朋友圈”出现了鲜红的提醒标志。

留言足足有两百条之多！裴正德点开一看，不是在夸他煲汤技术一流，就是在夸他疼爱女儿、关爱学生，很不错。

他又往下翻，一脸云淡风轻地给陆则和裴舒窈的朋友圈点了赞。

关掉社交软件，裴正德留陆则和裴舒窈一起吃饭，和陆则说现在的学生论文写得一塌糊涂。他领着陆则和裴舒窈去吃饭的地方，随口给陆则列举了其中的两篇。

陆则听完后评价：“这得重写了吧？”

裴正德十分赞同：“我也这么觉得，做项目他们不好好跟，搞理论他们又研究不透，也不知道在做什么。”裴正德顺势问陆则，“这课题换你来做，你有什么思路？”

陆则想了想，随意地回了几个自己认为可行的方向。裴正德越发觉得带的学生不堪造就，看看人家陆则这新颖的思路，看看人家陆则这优秀的方案！

裴舒窈听着，虽然不知道那到底是哪两个学生的论文，但可以肯定的是他们很快就要愁到脱发了。

饭后，裴正德又关心起鹿鸣山古墓的挖掘进度，这可关系到女儿要在鹿鸣镇待多久！

目前有些东西没有对外公布，裴舒窈也不好多提，只说挖掘过程还算顺利。她年纪小，资历浅，只能负责基础的拓片工作，不过她乐在其中。

见女儿开心，裴正德也不多干涉，转头一本正经地叮嘱陆则：“在医院要打起精神，别以为自己聪明就疏忽大意，到了病人身上，到了手术台上，任何一点儿疏忽都是致命的。”

陆则认真答应：“我会的。”

等陆则和裴舒窈先后走了，裴正德也回了房间。刚才安安静静的学生们才敢七嘴八舌地讨论起来——

“刚才那是陆师兄吧？”

“我更关心裴师妹，真想知道院长的择婿标准啊！”

“你死心吧，还裴师妹，你知道人家什么时候就上大学了吗？你得叫人家师姐！”

“有人关注鹿鸣镇医院的官方账号吗？上面说陆师兄最近要打篮球赛，第一场好像是四天后，正好是我们离开的前一晚。”

“真的吗？师兄要打比赛，我们当师弟师妹的得去支援一下啊，要不我们向院长提议一下，到时候我们过去给师兄加油吧！”

“想得挺美……那谁去说？”

这个问题一出，一干学生面面相觑。这出头鸟没人敢当啊！

别看他们裴院长平时好说话，其实他的要求非常高，甚至还有本科时连续几年拿奖学金的学生到了他手下后，被逼得痛哭流涕说自己可能毕不了业。听说上学期有个学生实在撑不住了，走关系转到了张副院长那里。由此可见，裴院长其实很可怕！

接下来几天，裴正德发现不少学生碰见自己时都是一脸欲言又止的表情。他有点儿纳闷，和老赵说起这事：“你说这些学生是不是要搞什么小动作？”

老赵没好气地说：“你是领队，谁敢搞小动作。”

裴正德说：“我平时还是挺平易近人的，说不定会给他们可以搞小动作的错觉。”

老赵说：“我觉得你对自己的认知有偏差。”

裴正德也不乱猜了，直接逮了几个学生问他们在打什么主意。

那学生把心一横，将比赛的事说了出来。

当初陆师兄在学校打比赛观众可是会挤爆体育馆的。他们大一时也去挤了一次，都觉得热血沸腾。可惜今年大四一开学陆师兄就要去见习，错过了今年的校内赛。

话匣子一打开，学生们你一句我一句地游说起裴正德来——

“院长，师兄一个人在这里，孤立无援啊！我们该去看看！”

“对啊，想想其他人都是本地的，肯定有亲友和同事支持，我们陆师兄连个喊加油的人都没有怎么行啊！”

“院长，就是今晚了，我们今晚一起去看陆师兄打比赛吧。我查过了，镇上的体育馆离这里很近，走路只需要二十分钟！”

裴正德听了，觉得他们的提议有理有据令人信服，老王不知安的什么心把陆则一个人安排到鹿鸣镇，连个伴都没有。在这种地方打比赛，陆则人单势孤！

裴正德点头答应：“行，那吃过饭一起去吧，记得集体行动，一起去一起回来，一个都不能少，不要乱跑，不能落单。”

学生们欢呼一声，撒开腿去通知其他人。

裴院长觉得女儿忙了这么多天，也该放松放松，打电话问她要不要一起去体育馆看陆则比赛。

吃过饭后，所有学生到齐了，裴舒窈也到了。裴舒窈不是一个人来的，她还带来了一群考古队的小伙伴。

裴舒窈对裴正德解释：“正好他们都要去镇上买东西，听说我们要去看比赛也想一起看看。”毕竟他们对着墓穴和文物久了，也需要回归一下日常生活。

于是，一行人浩浩荡荡地向体育馆进发。在路上，他们遇到一群护士，紧接着又遇到一群游客，最后是一群拖家带口的老老少少。

几拨人一搭话，惊奇地发现大家居然都是来支持小陆医生的！所有人自发地整合成了一个队伍，热热闹闹地拥入体育馆。

陆则正在做热身运动，眼角余光瞥见这么一大群人走进来，有些吃惊。镇上的单位联谊赛人气居然这么高？

陆则正疑惑着，裴正德一行人的身影映入他的眼帘，其中夹着一些或熟悉或陌生的面孔。

他还没做出反应，对面单位的人先骚动起来——

“校长安排的人吗？”

“学生要上课，不少老师要值班，哪能凑这么多人？”

“就算不值班，很多人也懒得来吧？又不是什么大比赛！”

对面是镇中学推选出来的篮球队。同为事业单位，他们也崇尚“友谊第一，比赛第二”的精神，打完就成，心态非常好，最多是期待一下赢了以后一起去吃顿好的。

可现在是怎么回事？所有人都有点儿蒙。

直至比赛开始，众人终于反应过来：这些人都是冲着陆则来的！

看看吧，球刚动，已经有护士领头喊道：“陆医生，加油！”

基础医学专业的师弟师妹们也不甘落后地跟着喊："陆师兄，加油啊！"

看到视频特地跑来凑热闹的游客们也喊了起来："陆医生，加油！"

还有的是单小云的外婆动员来的老街居民，他们虽然平时不怎么看球赛，可看到别人都喊了，也带着小孩儿扯开嗓子给陆则呐喊助威。

相比之下，对面球队只有零星几个家属和同事过来看比赛，看起来可怜又无助。哪怕他们被这阵势激得想吼两嗓子，也会被占据大半个观众席的"陆医生后援队"的声音淹没。

这期间还有过来找素材的主播趁机开了直播，边直播场中情况边解说球赛。粉丝们本来对这种友谊赛没什么兴趣，等看到对面球队的人的神情之后都被逗乐了——

"哈哈哈，他们的表情好逗！"

"对面单位：'我是谁？我在哪里？我在做什么？'"

"陆医生这是在犯规啊，怎么能自带后援团！"

按理来说学校篮球队不至于输得太惨，毕竟一个学校总有几个体育老师，不比其他单位有优势吗？而且老师平时空闲时间也比医生多，总能凑在一起练习，配合度肯定更高！

但这次不同，来自观众席的干扰太大了，明明医生队只有陆则和李医生打得比较好，可学校篮球队还是节节败退！半场下来，两队的比分已经拉得很大。

场上占了优势，场下自然士气高涨，沈丽丽觉得几拨人分开喊不够有气势，中场休息时还站出来安排好下半场的喊话节奏。沈丽丽上大学时带过啦啦队，论找节奏她是专业的！

下半场开始之后，学校篮球队的噩梦开始了：医院队自带的啦啦队有了指挥之后声势更加浩大，总掐着点欢呼，愣是把一个没什么人关注的单位友谊赛喊出了国际赛事的感觉。对手排山倒海的阵势直接导致学校篮球队惨败。

陆则和对方球队的人握了握手，跟着队友往球场边走去。

裴舒窈不知什么时候被挤到了前排，见陆则满身是汗，拧开一瓶水递了过去。陆则接过水咕噜咕噜灌了半瓶。别看他们比分拉得大，其实对手的水平并不低，他的体力消耗很大，得及时把消耗的水分补回来。

两个人虽然没说话，但画面看起来非常和谐，一看就是好朋友间才有的熟稔。不少人看到这一幕，心哗啦啦地碎了一地：难道他们的女神和男神是有主的？！果然好看的小哥哥只会和好看的小姐姐在一起，没他们什么事！

陆则可没想那么多，礼貌地朝来支持自己的人道谢，告别裴正德和裴舒窈一行人，跟李医生他们一起回医院了。

陆则对其他人的议论一无所知，裴正德却耳尖地听到周围有学生猜测陆则和他女儿是不是男女朋友关系。

裴正德严肃地看了看陆则的背影，又严肃地看了看自己的女儿，觉得两个孩子挺正常，肯定是其他人在胡思乱想。

不过女儿的想法他还是要了解一下的。

回酒店的路上，裴正德试图和裴舒窈谈心：“窈窈啊，你觉得小陆这人怎么样？”

裴舒窈奇怪地看了裴正德一眼，觉得他问得很突兀。她认识陆则这么久了，裴正德怎么突然这么问？

裴舒窈说：“他很好。”

裴正德问：“具体点儿？”

裴舒窈说：“和他说话，我不用考虑怎么把想表达的意思转化成别人听得懂的话。”

有时候和人交流实在太累了，她宁愿一个人做自己想做的事。陆则是少有的能和她进行有效交流的人。

裴正德总觉得他女儿这话是在嫌弃他。

裴舒窈敏锐地发现裴正德脸色不对，及时补充了一句：“爸爸你不要多想，这个‘别人’不是指你。”

好了，他可以确定了，女儿就是在嫌弃他，只是怕他伤心才安慰他一句，维护他可怜的自尊心。

裴正德没再多问，生怕女儿再说出什么让他可以无障碍对号入座的话。那会让他的心碎成一片一片的，再也粘不起来！

最近，鹿鸣镇医院一把手的刘院长春风得意。当然，不是高兴医院病人多了，他没那么缺德，主要是他们镇医院引起了不少领导的关注，镇长还通知他准备一下，在国庆节前的集体会议上发表官方账号运营心得。

得到这种发言机会，刘院长不仅一点儿不紧张，还忍不住偷着乐。

对官方账号最近粉丝暴涨的原因，刘院长心里门儿清：基本上全靠老朋友热心地给他们镇医院送来的这个浑身都是热点的人物。

刘院长跟着镇长去县里参加会议，精神饱满，感情充沛，话里话外表示他们医院管理有度、人才辈出。

他们回去的路上，镇长暗示刘院长：做人留一线，你们镇医院给别人一点儿活路吧。

“下周一轮到我们办公室的小伙子们和你们医院的年轻人打比赛了，友谊第一，比赛第二，都加油，哈哈哈。”

刘院长这才明白过来：他们赢了就赢了，甭弄那么多观众，甭搞什么直播，给人家留点儿面子。

他当即一口答应：“当然当然，友谊第一，比赛第二！”

刘院长回到医院，找了主任。

陆则听到主任的转达后，也觉得一点儿都不给东道主面子不好，点头答应。

他对主任解释：“上回我也不知道会有那么多人来，正好我们裴院长带着人来野外实习才赶上的，现在他们已经回去了。”

主任放下心来。

转眼到了周一，这是国庆节前的倒数第二个工作日。晚上镇医院和镇政府展开友谊赛，两边都是从第一轮比赛里“杀”出来的，水平都很不错，至少准备上场的人看着都年轻力壮。

这次来观赛的人没上次那么多，支持镇政府那一队的人更多一点儿。毕竟镇政府是主场。

为了团结内外，镇长都亲自过来观赛了。看到观众的分布情况，镇长欣慰地对身边的刘院长说：“不错，今晚挺热闹啊。”

刘院长点头应和。

就在这时，外面突然传来一阵响动，听起来像是汽车停下的声音，还不止一辆车！很快，体育场外人声鼎沸。

有人好奇地出去看了一眼，忙跑回来对镇长说：“镇长，好像是几车外地游客过来了！”

话音刚落，外面两车的游客已经鱼贯而入，一个拿着旗子、长相甜美的导游戴着扩音器维持秩序：“这是你们要求我们社一定要加上的行程，大家都找好位置坐下啊！比赛马上要开始了，观众席空位还有很多，大家有秩序地入座，不要拥挤，不要推搡！比赛期间文明观赛，喊加油可以，不能喝倒彩。”

随着导游悦耳的声音传遍球场，一群又一群的游客在观众席找位置坐下，激动地寻找正在热身的陆则；还有一部分人觉得李医生又高又帅又酷，盯着不放。

他们都是来支持镇医院篮球队的！刘院长让人一打听，才知道有不少人关注了镇医院的官方账号，从而得知陆则要参加这次的友谊赛。

陆则现在是个小红人，非常惹眼。可陆则平时在医院工作，大家总不能一窝蜂地跑去医院近距离围观他吧？前几天还有位主播发过一条“陆则拒绝十连杀”的动态，展示她住院养伤时遭到的拒绝，工作时间小陆医生是绝对不会让人乱拍的！更何况，拿无关的事打扰医生工作，会被天打雷劈啊！

众人弄清楚这些游客是冲着什么来的后，目光都聚集在了陆则身上。

这事其实怪不着陆则，上回是人家的校友听说师兄要比赛过来支援，这回陆则又没叫旅行团带人过来。

这能说明什么？只能说陆则真的太受欢迎了！

镇长擦了把汗。陆则能把更多人吸引到鹿鸣镇来旅游，他这个当镇长的不该生气，该高兴才对！

这个小陆医生，真是个人才啊。镇长看向陆则的目光十分复杂，最后只能对刘院长哈哈一笑道："看比赛，看比赛！"

反正这只是友谊赛，一等奖奖金也就千把块钱，而且随便哪个参与的单位都能拿个三等奖当安慰，输赢本来就不重要！镇长想开了，其他人自然也不在意，顶多只是比赛的人心理压力有点儿大：这么多游客看着，还很可能被直播，如果输了的话要怎么才能输得好看点儿？

只有陆则几人稳如泰山。

李医生他们也算是见过风浪的人，上次可能还会被乱喊的人影响，现在已经完全不在意。比赛开始后他们该怎么配合就怎么配合，在观众激情四溢的叫声里再一次顺利胜出！

陆则这次没喝上女孩子送的水。几个女孩子为了决定谁去送水偷偷猜拳去了，等她们回来陆则已经自己拿起一瓶水喝了。

对女孩子们投来的幽怨目光，陆则一无所知。他被带队来的导游找到，导游和陆则交谈过几次，基本摸清了陆则的性格，正和陆则解释大家来这里的原因。

陆则认真听完，点头说："我知道了。"

"是这样的，我们社长觉得私自打着你的名义开团不太好，想买下你的几张照片和几个视频的使用权，我们会给你分成，每有一个人报冠有你名字的团就给你分成十元。你觉得这样可以吗？"

陆则想了想道："可以，但我没有照片也没有视频，接下来可能也没有时间拍。"

导游立刻说："不用特意拍，刚才你打比赛时我们已经拍了一些，稍微处理一下就可以用了！"

"那我没问题。"

导游高兴地说："太好了，今晚我回去弄好合同，明天一早拿去给你签可以吗？不会打扰你上班的！"

陆则爽快地答应了。

回去的路上，沈丽丽和刘倩走在陆则跟李医生旁边。

沈丽丽好奇地问陆则："陆医生，你这算是给旅行社代言吗？"

陆则说："算是吧。"

沈丽丽咋舌。她听过明星代言，听过网红代言，没听过医生代言的！

刘倩却不觉得稀奇。她被主任委以重任，工作之余负责管理医院的官方账号，对新媒体领域也有所了解。陆则这自带热点的体质绝对能让不少小明星羡慕不已，现在流量是可以变现的！只要他不随便给医疗相关的产品代言就没什么问题。

要知道这两年来鹿鸣镇的游客不少，旅行社之间的竞争也很大，这个旅行社想出让陆则冠名非常正常：同等价位下，有噱头的团当然更容易吸引人。

刘倩与有荣焉："这分成听起来挺不错，下回我有朋友想过来玩的话，我也给她推荐陆医生你冠名的团。"

陆则和李医生回到宿舍后，李医生的电话突然响了起来。他走到阳台接电话，回来后神色有些严肃。

陆则好奇地问："师兄遇到了什么麻烦事吗？"

李医生摇头说："没有。"他顿了一下，才和陆则说起这通电话的内容，"我妈说我国庆肯定不放假，准备来看我。"

陆则说："挺好的事。"

"我爸不放心我妈一个人出门，所以决定开车送我妈。"李医生简单地给陆则说起，“我二弟说难得放假，决定带媳妇和女儿过来放松放松；我三弟听说二弟要来，也准备带上老婆、儿子跟着来；四弟、五弟两家人住得近，既然大家都来了，他们也决定一起来。因为车子上还有空位，他们都决定把岳父、岳母也叫上。”

陆则说：“你的四个弟弟都结婚了？”

李医生脸色平和：“对，都结了。”

陆则明白了，这可能就是李医生被护士长牵红线时总是一脸拒绝的原因：这一家人凑在一起出行，恐怕能直接把一家小旅馆的房间全包了。从小被这一大家子人折腾着长大，李医生想结婚才怪！

第二天一早，李医生没去食堂吃早餐，得赶在上班之前帮他爸妈去实地看看他们预订的酒店，要是条件不好他们得早点儿退了，另找住处。天还没亮，他就出门了。

陆则一个人去食堂吃饭。

导游很有时间观念，准时带着合同来找陆则。

陆则把条款看了一遍，没什么问题，分成和说好的一样，结算方式是月结，打款日期定在签合同的这天。陆则爽快地签下名字，导游没打扰他上班，高高兴兴地走了。

到中午，导游又在微信上找到陆则：“小陆医生，你这银行卡的开卡人不是你？开卡地还是安西，是不是写错了啊？”

陆则说：“没写错，忘了给你名字。”他把名字发给了导游。这名字和陆则都不是一个姓，看起来不像是亲属。

导游好奇得挠心挠肺，忍不住追问：“可以问一下你为什么要我们把钱打给别人吗？”陆则坦然相告：“他是我师父，平时喜欢种树，钱转给他买种子育苗。”

当初他跟着他爸在安西住过一年，曾经遇到个怪老头儿。这怪老头儿不爱说话，天天去沙漠边缘种树，沙漠边缘气候不好，又有风沙，怪老头儿每次种下的树都是死的多活的少，他也不在意，一年接一年地种。

后来专家团队去那一带考察，觉得那简直是奇迹：居住在这一带的人已经撤走多年，原本可能会被沙漠侵袭的大片土地却绿意盎然。

专家们力邀怪老头儿加入他们的沙漠防治团队，怪老头儿却不理会，仍是日复一日地种树，沙漠进一寸，他不退；沙漠退一寸，他紧接着就把树种下去。这些年虽然怪老头儿种的树依然是死的多活的少，却没有人再笑他傻。

陆则在安西那一年，闲着没事就去跟着怪老头儿种树。怪老头儿不和他说话他也不介意，看着怪老头儿怎么做，自己跟着怎么做。每天一老一小忙活完了，一起坐在树下眺望着远处的大漠，像是在认真观察一只可怕的猛兽考虑怎样才能战胜它的猎人。

陆则要走的那天，怪老头儿难得没有去种树，而是站在叶子上覆满沙尘的林子前目送他离开，那张满是褶皱的脸仿佛也被黄沙日复一日地染成了深深的黄铜色。

这白得的钱，拿去给怪老头儿种树正合适。陆则解释了一遍，导游没再多问。

这没什么好问的，喜欢种树多正常啊，很多人喜欢，比如她，每天晚上都会偷同事的能量在网上“种树”，现在她已经种下许多棵胡杨了，傲视好友圈！

陆则没把这件事放在心上，下午照旧去查房。他才走到一间病房外，外面突然传来一阵惊呼。

陆则抬头看去，只见候诊厅有人突然大发脾气，冲上前对经过的护士拳脚相向。

没等陆则和李医生赶去阻止，一群正好走到门边的肌肉男呼啦一下拥上去，迅速把那个闹事的人制服。

这群肌肉男身穿黑背心，手臂和背部都有文身。

为首的人一脚踩在那个闹事者的背上，掏出手机拨打报警电话，看起来活脱脱是黑恶势力在霸凌老百姓。报完警，他一抬头，正好看到李医生和陆则。他顿时目露惊喜之色，迅速收回脚，立刻站直，扯开嗓子喊道："老大！"

所有人齐刷刷地看向站姿如松，脸庞英俊的陆则。

面对周围患者、家属、医生和护士的侧目，陆则有些纳闷：他也认识一批酷爱烫头、穿黑背心露出炫酷文身的肌肉汉子，可他们绝对不长这样。这几张脸在他的大脑资料库里并不存在！

陆则看了一眼身边的李医生，默不作声地退后一步，让李医生看起来更突出。自己只是一个普普通通、平平无奇的实习生！

李医生没来得及开口，警察已经到了，只见那群肌肉男中的一人拎起那个闹事者，另外几个人围拢到警察身边，有理有据地和警察说起事情经过，背诵对应的法律条文。

原本警察看到几个背心男觉得事情有点儿棘手，听完事情经过之后，都松了一口气。还好，如果闹事的是这几个肌肉男，他们可能得请求支援了！

闹事者被警察带走了，候诊厅也安静下来。不过，不少人的目光还是在肌肉男和陆则之间打转，很好奇这群肌肉男是不是来找陆则的。

结果陆则没吱声，李医生先上前说道："你们怎么这么早就到了？"

肌肉男之一开口道："爸妈一早催我们出发，我们只好早早起床，也不早了，换着开了很久才到的。爸妈他们去放东西了，让我们过来看看你什么时候下班。"

李医生见所有人都有意无意地看着他们，点头道："没那么快，你们自己先去玩吧。"

众人这才知道，这几个肌肉男不是冲着陆则来的，而是李医生的弟弟。再看看李医生的体格，所有人都恍然大悟：李医生和他们看着确实有点儿像！

几个肌肉男对李医生的回答并不意外，也不失望，还对李医生说：“来都来了，我们多待会儿吧。”他们还对李医生感慨，“现在的人，法律意识浅薄啊，连医院都敢来闹事！他们不觉得自己该学点儿法律知识吗？”

李医生说：“我还要去查房，你们自便。”

“好嘞，老大你忙去吧，不用招呼我们。”他们找了排人少的座椅，拿出手机，开始组队打游戏。什么鹿鸣镇的山山水水，什么世外桃源，对他们来说吸引力为零，不如借口找他们的大哥躲这儿打游戏！自从结婚生娃，他们别说打游戏的充值自由，连打游戏的时间都没了！

候诊厅内的秩序前所未有的好。

陆则跟着李医生去查房，走完一圈才问李医生：“他们都是师兄的弟弟吗？”

李医生点头：“他们说要错开高峰期过来。”

李医生的这四个弟弟小时候很难管教。这几个小子对寻衅滋事的相关法律条款倒背如流，主要是因为热爱见义勇为，一年到头少不得进几次派出所。有一次过年，他们回老家陪爷爷，结果跑去捣毁了一个违规的烟花爆竹制作、售卖窝点，差点儿被地头蛇弄去坐牢。李医生把他们从小管到大，心力交瘁。说他们坏吧，他们不坏，几乎每次都是仗义出手；说他们好吧，他们又太能折腾，没一天安分的时候！

李医生忙到下班，才去找弟弟们。

四个肌肉男一脸满足地拿着手机在交流游戏心得。男人的快乐，就是这么简单！

李医生无奈地看着弟弟们的衣着和文身，板着脸问：“这些玩意儿什么时候弄的？怎么穿成这样？”

年纪最长的肌肉男、家里的老二解释道：“老大，你别板着脸，我怕！你没看我们的家族群吗？姑姑分享的链接里说，现在高速公路和乡野公路上很多人碰瓷或者朝人扔石头，我们一车子老弱妇孺多不安全？

所以我们商量着团购了背心和文身贴，吓死碰瓷的！”

老三鼓起肱二头肌：“老大你看，肌肉一鼓起来，我这龙活灵活现！”

老四也照做：“老大你看，我这白虎像不像在咆哮？”

老五勉勉强强地说：“其实我不太喜欢朱雀，不过也还好，这文身贴上的朱雀看起来挺凶的。”说完他也跟着两个哥哥有样学样地鼓起肌肉。

李医生觉得自己头痛的老毛病又犯了！

老二还很惋惜地说：“本来我们还想把你那份也团购了，结果一套文身贴就四张，只能算了。黑背心倒是有你的，一会儿老大你试穿一下看合不合身吧，我们穿着挺舒服，质量蛮好的，还买二送一，特别划算，你和老爸的都是赠品！”

李医生无话可说，带着几个弟弟下班，跟他们一起去看远道而来的家人。五个高大威猛的男人一起走出医院，引来不少人关注，尤其是后面四个人的衣着，简直让人想忽略都不行！

小地方消息传得特别快。

很快，镇上有了不少传言——

陆则其实是某地不可言说的太子爷，特地跑来偏远的鹿鸣镇体验生活，没想到还是被仇家追过来了。他怕自己连累了室友兼带教老师李医生，特地找来四个保镖随身保护李医生。

这四个保镖还有绰号，青龙、白虎、朱雀、玄武！

当然，也有人理智地分析，李医生的身高相貌和那四个背心男很像，他们可能是一家人。

所以，他们这个沉默寡言的李医生其实才是某地的太子爷！

不管哪种传言都是胡说，但很多人就爱听闲扯的东西，听完以后还要自己添油加醋再传出去……故事越传越离谱，越传越刺激。

压根不知道自己身陷流言旋涡的陆则正在参加李医生的家庭聚餐。

李医生的妈妈是个非常热情的人。她很久不见李医生，一看到儿子就给了个大大的拥抱，然后让他试了试最后的一件黑背心，和爸爸以及弟弟们穿亲子装拍合照。李医生只能由着她指挥。

听说李医生有个室友，她让李医生把人找过来一起吃夜宵。另外五个拍照“道具”——李爸爸和弟弟们听到这话，纷纷表示对朋友要热情，父子六个一起去，也让别人欣赏一下他们的父子装。

陆则说：“其实师兄发个定位就好。”

李爸爸说：“我们正好可以出来透透气。”

李医生的弟弟们比李医生健谈，给陆则说了说李妈妈对拍照的非凡热情，要是不出来接人，他们还得一整晚当拍照“道具”。

李医生沉默不语，李爸爸一脸深沉。

陆则听得肃然起敬，觉得李医生他们真不容易之余，心里又有种不太好的预感。很快，他的预感应验了。

他加入以后，李妈妈的草坪烧烤主题拍摄活动又多了新项目，难得大儿子有朋友，必须拍照留念啊！

李妈妈拉着陆则的手说：“听说你和我们家老大是室友，我还不太信，他那种性格哪能和别人住在一起？唉，几个孩子里面我最担心的就是他了，别说女朋友，连个同性朋友都没有！来，我给你们拍一张照吧，庆祝我们家老大终于交上新朋友了！”

陆则面不改色地和李医生拍了张照片，然后一脸自然地和李妈妈聊起附近一些人少景美适合拍照的地方。

虽然陆则没去过，但是他记忆力强，几乎过目不忘。上回为了挑选一日游旅行团，他看过相关介绍，现在给李妈妈介绍起来轻松自如，还迅速把几家旅行社的路线组合起来，拼凑出最适合他们全家出游的路线。李妈妈果然被陆则提供的建议吸引住了，拿出手机边听边记，没再拉着陆则拍照。

陆则松了口气，让他一直拍照是不可能的，这辈子都不可能。

他们吃完烧烤，陆则和穿着黑背心的李医生便一起回医院宿舍。

李医生抱歉地说："我的家人比较吵。"

一晚上陆则不是被他妈拉着说话，就是被弟弟家的几个孩子围着闹，李医生设身处地地想想，换成谁都受不了。

陆则倒是不介意，说道："挺好的，热闹。"

李医生安心了。

与此同时，今天下午发生的"某大佬现身医院"事件也在网上慢慢发酵。

网上有不少人开始借机抹黑陆则——

"这些人一看就不是善茬，怎么被放进医院的？"

"我就觉得这个陆医生红得莫名其妙，果然有背景啊！"

"他都开始接商业代言了，是故意炒作吧！现在真是什么人都敢搞营销了！"

突然走红伴随而来的往往是质疑和谩骂，这是任何领域都没法避免的事。

周二晚上是长假的开端，各行各业一脚迈入休假状态，网上的闲人自然也特别多。散播这些消息的时间又掐得很准，是网友最多的时间段，这件事一下子引起了不少人的关注。

这些负面消息有视频、有照片，黑背心肌肉男踩人的视频是真的，陆则给旅行社冠名也是真的，样样都是真凭实据，让平时给陆则摇旗呐喊的人瞬间沉默下来。

陆则没有真正意义上的粉丝，大部分只是觉得他长得帅凑热闹的网友，还算有真情实感的就是那些从入学第一天就不断从各科老师口里听到陆则的名字的师弟师妹。

当然，还是有人站出来替陆则反驳的——

"人家这是见义勇为吧？有文身难道就不能见义勇为？"

“商业代言又不犯法，小陆医生宣传假药了吗？”

“对啊，怎么就不许小陆医生接个商业代言了？医生也是人！”

大家腥风血雨地撕扯了一轮，倒是把黑背心肌肉男医院踩人的视频送上了热搜。

旅行社最先发现了这件事，导游赶紧联系陆则：“陆医生，你上网了吗？”

陆则刚到宿舍，哪有机会上网？

“没有，刚才出去了。”陆则点开社交软件，已经有不少人给他发来链接和截图。

陆则对此一点儿都不意外。他去蹭过新闻课，课上老师展示过不少呈现新闻的方法，同样一个场景，不同的拍摄角度、不同的拍摄手法，可以表现出完全不同的内容。这种技巧随着网络时代的兴盛越发泛滥。

如果让陆则来处理医院踩人这段视频，他可以处理成好几个版本：憎恶闹事者的，觉得李医生的弟弟蓄意逞凶的，还可以分批放出视频让舆论一转再转、变得一波三折……总之，引导别人想偏并不难。

陆则打开微博，略过一些饱含恶意的留言，把有意义的留言看完了，对电话那头的导游说：“你们不发个广告吗？”

导游没听明白。

陆则说：“你看，卖文身贴的商家都带话题打广告了。”他又往下翻了翻，继续补充，“卖黑背心的也在打广告。”

导游不信邪地点开话题一看，果然在靠前的位置找到了那些人的小广告——

“同款文身贴，青龙、白虎、朱雀、玄武四神兽！戳进来看一看，先领红包再下单，省钱！买家秀见下图！”

“同款黑背心，尽显你的健美肌肉！买家秀见视频，看看这肩膀、这胸肌，荷尔蒙爆表！买二送一，下单两件发三件，数量有限，欲购从速！”

这还是其中两家，下面还有更多同款广告。

粉丝们一开始还不明白是怎么回事，等点进链接和视频一对比，懂了，果然是同款文身贴，顿时笑倒一片。

那张牙舞爪的青龙文身，贴的！那面目狰狞的朱雀文身，贴的！白虎、玄武通通是贴的！

导游感觉自己的认知被刷新了，这些卖家也太懂得见缝插针了吧？

想到有人抹黑陆则，她有些替陆则生气。别人不知道，她是知道的，陆则根本没要分成，而是把钱转给了别人！

导游摩拳擦掌："陆医生，你看我可以把种树的事拿来宣传吗？"

陆则眉头一挑，没想到导游会提出这样的想法。这不是坏事，宣传一下对旅行社有益，也能让更多的人关注土地荒漠化问题。要是有人愿意支持一下，老胡就有种不完的树了！

之前旅行社没提出来，陆则也不可能主动要他们帮着宣扬。想到这里，他立刻答应："可以。"

导游问："你手上有没有相关的照片？最好是实地拍的，我让人赶紧做张宣传图。"

陆则让导游等等，挂掉电话便找远在安西的朋友。

在陆则离开以后，怪老头儿虽仍然孤僻古怪，却不再拒绝和别人交流种树的方法，专家团队利用飞行播种和其他科技手段把合适的树种撒在更遥远的茫茫沙漠上，互通有无后，怪老头儿的树长得更好了。

陆则的朋友目前正好在做防风固沙的工作，经常有机会去看老胡，肯定有不少照片和资料。

难得陆则来要资料，对方爽快地把东西传了过来，不仅有老胡种下的那片林子，还有由卫星记录的近十年沙漠植被动态变化图。

比起平面照片，这张动态变化图更能体现人与荒漠角逐的残酷。也许人所做的努力微不足道，转眼间就会被风沙吞没，可如果什么都不做，这只巨大的怪兽会肆无忌惮地吞噬它接触到的一切事务。所以，人类没有放弃在沙漠中播撒绿意的行动。

陆则把相关资料打包发给导游。

导游麻利地把它转发给美工去做图，趁着热度多宣传宣传陆则冠名的“鹿鸣镇N日游旅行团”。

导游仔仔细细地把做好的宣传图看了一遍，赶紧登录旅行社微博把它发了出去。忙完了，导游到同事群召唤：“新的宣传微博发了哦，大家转发支持一下吧。”

同事们纷纷回复“收到”。

事实上，不等旅行社成员入场，已经有不少人发现了他们的新微博——

“哈哈哈，你们反应太慢了吧？人家的文身贴销量都破万了！”

“哈哈哈，毕竟要做图，已经很快了！”

这些习惯性用“哈哈哈”在评论区前排占座的人，属于没看内容先吱声的。

后面陆续有人把宣传图点开看了，留言风向又是一转——

“明知道这是要骗我的钱，我看得鼻子酸酸的，怎么办？”

“这才不是商业代言，明明是公益代言！”

“我们公司的团建地点改到鹿鸣镇，马上下单，马上种树！”

“我妈答应国庆长假去鹿鸣镇了，马上下单，马上种树！”

“准备长假带学生去鹿鸣镇写生，马上下单，马上种树！”

这整齐划一的留言让导游的同事看不下去了，提醒她：“这水军留言是不是太明显了？”

“不，我没找水军……”

旅行社趁热打铁赚完好感度，事情却还没结束。

十点过后，一则新微博吸引了不少人的注意。

那是有名的摄影大V（获得个人认证，拥有众多粉丝的微博用户）“偷桃抱李”发的。她的粉丝很多，而且粉丝战斗力强。毕竟她本人的战斗力就很强。

自媒体兴起之后，有些没节操的营销号为了把账号的人气养起来，肆无忌惮地盗别人的图片和文字，产出优质内容的原创博主被祸害了个遍。

用微博的大部分是普通人，有自己的生活，不可能一天到晚围着微博转。如果被侵权人要打官司，不仅得有钱，还得有时间，成本太高，赔偿太少，真要追究到底实在是得不偿失。所以这种情况即使被发现，营销号一般只是打个哈哈或者删了那条微博，这事就过去了。

“偷桃抱李”不一样，她甩律师函甩得很顺手，对方死不悔改，她直接将人告上了法庭，并且赢了。她拿到手的赔偿虽然不多，却赢得了粉丝们的忠心：喜欢一个足够“刚”的博主，心情别提多舒爽了！有些事自己没法做，看着别人痛痛快快地去做也很好。

“偷桃抱李”今天没发新作品，而是发了一条这样的微博——“有人说我儿子是混黑的。”

文字下面的附图分别是锦旗墙、十大青年证书、警局颁奖。

前面两张自不必多说，锦旗挂满整面墙，证书堆了一整摞。最后一张图最突出，赫然是穿得人模人样的“黑背心”们在接受颁奖，后面拉着的横幅明明白白地写着“见义勇为英雄颁奖典礼”。

那几条谩骂的评论瞬间被拥入战场的“偷桃抱李”的粉丝的留言淹没，形势完全逆转。事情发展到这个地步，也没人再自讨没趣地声讨陆则了。

至于陆则，根本没关注后续发展，早就按时睡下了。

由于陆则提供了适合游玩的路线，李医生的家人第二天没再到医院来，而是开开心心地游玩去了。一直到两个人值完夜班轮休，李妈妈的电话才再一次打进来。

“儿子啊，今天休息了吗？”

“休息了。”

“那和小陆一起出来玩吧，我们已经在你们医院的侧门等着了。”

李医生挂了电话，问陆则：“我妈叫我们下午出去玩，你下午有安排吗？你要是有别的安排，我帮你推了。”他陪家里人是他的责任，陆则不一样，陆则没有义务陪他们耗掉难得的休息时间。

陆则想了想，说：“一起去吧。”他喜欢李医生的家人，也喜欢这家人聚在一起的样子。

他的父母早早离异，爸爸又总是很忙。很多时候他们父子俩甚至没有固定的住处，这里住一年那里住一年，可以说是居无定所，没有家。

陆则和李医生一起去和李家人会合。

他们刚走出侧门，陆则就看到街道上并排停着五辆越野车。五辆车是一个牌子，外形一致，但每辆车被刷成了不同的颜色，停在一起格外惹眼。

他们是自己开车过来的，就是为了避开长假人群去偏远一些的景点。这五辆越野车的驾驶座上分别坐着五个身穿黑背心的肌肉男，看起来整齐划一，一瞧就知道他们是一家子。

远远见到陆则二人走出来，后面四辆车的后座上齐齐探出几个小孩儿脑袋，他们惊喜地朝陆则喊：“小哥哥，我们这里有位置！”

四个小孩儿发现他们喊的是同样的话，转头相互看了看，气氛瞬间变得剑拔弩张。

“来我们这！”四个小孩儿再次齐齐地喊道，都气鼓鼓的，仿佛很想下车打上一架决个胜负。

为了不引起几个小孩儿的哭闹，陆则决定他们的车都不上，坐进了李家父母的那辆车。

陆则一上车，李妈妈就高兴地和他搭话：“小陆啊，你推荐的地方很好玩，风景非常棒，很多人来问我是哪里。”

陆则说：“你们玩得高兴就好。”他对李妈妈很有好感，多说了几句，“我在微博上看到了您拍的照片，都拍得很好。”

李妈妈立刻说：“你也玩微博吗？要不我们互关一下吧！”

陆则说：“我只在微博上记录一下遇到的病例，比较无趣。”他的账号面向的粉丝主要是校友，日常分享有代表性的病例，师弟师妹向他提问专业问题他才会挑着解答。

李妈妈不在意，爽快地说：“不要紧，正好让我也学着点儿，小病也能自己看。”

陆则和李妈妈点了相互关注，礼貌地没点破事实：学是不可能学的，一般情况下，师弟师妹点进他的微博都会犯晕。

李妈妈有个医生儿子，但其实对医学方面没有太多了解，平时感冒发热之类的问题她还能说出点儿心得，再多的就没有了。她关注陆则以后，兴冲冲地点了进去。十几秒之后，她脸上的笑容消失了。

很快，陆则的微博APP的首页上刷新出一条新微博——

偷桃抱李：“我觉得点进去看不懂的不止我一个，有没有人来挑战一下@luze2020。”

这个账号毕竟是坐拥几十万粉丝的摄影大V，微博一出，粉丝迅速来串门。

“有什么了不起，这就点开看看！”

“luze2020这名字看起来像微博随机给的。”

“我回来了，我错了。字我都认识，可是到底什么意思？”

围观群众呼啦啦地进去，最后都灰溜溜地退出，纷纷在李医生的妈妈的微博下回复：“挑战失败，是我输了！”

也有明眼人通过蛛丝马迹捕捉到了重点：“有没有人发现这个博主的铁粉们对他的称呼是‘陆神’，再看看luze2020这个名字，我有一个大胆的猜测！”

粉丝们的记忆终于回笼，一时间都激动万分——

“我想起来了，前段时间一直很火的那个医学生小哥哥是不是叫陆则？”

“前两天那些人说小陆医生，李姐出来澄清，说那都是她儿子！”

“我记得李姐这两天分享的照片都是在鹿鸣镇拍的。”

“我已经怀着对小陆医生的爱意再一次点开了luze2020的首页，甚至还想去学医。”

前几天的新闻热度还在，有些关注了李医生的妈妈的营销号敏锐地嗅到机会，纷纷转发李医生的妈妈的最新微博，号召粉丝们去挑战。各路人马纷纷进入luze2020的首页，围观到底有什么玄机。

不到两个小时，“挑战失败，我输了”成了热门话题。

陆则对此一无所知，正跟着李医生一家人在湖边郊游。

鹿鸣镇东边有片大湖，没怎么开发，有一片开阔的野草地，牛羊随意地散布在远处的山脚下，看起来幽静美丽。哪怕离镇上有些距离，长长的湖岸依然有不少人在赏景和拍照。

五辆五彩越野车的到来吸引了不少人的注意。有人大胆地上前和看起来最好说话的李妈妈搭讪：“你们这车哪儿租的？看起来很酷！”

“不是租的，自己开过来的。”

“自驾游啊，挺好，想去哪儿就去哪儿！”搭讪的人试着提出请求，“我们能到你们的越野车旁拍照留念吗？涂装成这样的越野车可不多见！”

李妈妈欣然同意，把越野车让出来给其他人当拍照背景。

李家六个黑背心汉子帮着扛相机和各种工具，一行人浩浩荡荡地在铺满细沙的湖岸边准备野餐。

来到新地方，李妈妈自然也要尽情地拍照片。她不在乎人多人少，人多是景，人少也是景，在她的镜头里都很美，不过有人群聚集的摄影作品她不会往外放。大家还饿着，李妈妈也没让别人配合她，而是在一旁时而拍拍风景，时而拍拍年轻人弄野餐的热闹场景。

中秋前后的阳光还有点儿猛烈，所有人忙活完后额头都渗出汗珠。

李医生摆好亲手做的菜，没看到他妈，转头一看，发现她不知道什么时候正拿着相机远距离地拍他们。

李医生招呼：“妈，过来吃点儿。”

李妈妈听到儿子的喊声后哎地应了一声，带着相机走回去，在大儿子身边坐下。她戴上一次性手套吃了块儿子做的鸡翅，瞬间被入口的美味俘虏，不愧是她儿子，做的菜还是这么好吃。

享受完手里的美食，李妈妈又忍不住叹气：“老大你厨艺这么好，怎么这么多年都没‘骗’个媳妇回来？你看看你的几个弟弟，连老四、老五的孩子都会走路了！”

老四、老五是双生子，从小形影不离，结婚后住对门，连生孩子都差不多是同一个时间。

李医生说：“一个人挺好。”

一般而言，催婚只是开始，催婚成功还会催生孩子，催生一胎后又会催生二胎，没完没了。

李医生想起当年一带四的恐怖日子就心有余悸。那时候他爸妈忙，四个弟弟都是他在管，不管他愿不愿意，都要约束他们不犯错、不走偏。更可怕的是，他还得给弟弟们辅导作业！那绝对不是人干的事。

他能说什么呢？只恨自己早出生两年，必须当哥哥！

为了杜绝噩梦再次降临，李医生决定掐断源头，坚定地当个不婚主义者。他要把有限的生命投入到无限的学习之中，争取一辈子都在专业领域发光发热，要和业内一位老前辈一样到八十岁还能上手术台当主刀医师。

李妈妈不是第一次听到这个答案，见李医生神色坚定，不好再说什么。儿孙自有儿孙福，缘分到了自然水到渠成，缘分没到再怎么强求都没用。

李妈妈改为问陆则：“小陆啊，你有对象没？”

陆则说："还没。"他面不改色地转移了话题，"阿姨您拍的照片看起来很专业，什么时候开始玩摄影的？"

提到这个，李妈妈的话就多了："也没几年，说出来不怕你笑话，我年轻时也想过当个女强人，所以生完几个小子后每天忙着工作，回家的时间都不多。"她看着几个正在啃鸡翅的孩子，最后目光落在大儿子身上，"老大最懂事，没让我操过心，几个小的在叛逆期都是他给拽回来的。"

陆则认真听着。

李妈妈接着说："直到有一年夏天，我突然在单位昏倒了，到医院一查，才发现我身体里长了个瘤子。当时我想，恶性肿瘤不就是癌症吗？我真的以为自己要死了，躺在床上想着过去的事，猛地发现平时最在意的升职加薪全都是虚的。"她感慨地说，"到了鬼门关前，陪着我的不是同事，不是合作对象，而是我的老公和我的几个孩子。"

陆则没想到还有这样的事。

李妈妈笑着说："这种感觉很玄妙，哪怕后来手术切除了肿瘤，一直没有复发，我的心态也变了。躺在病床上时我才发现自己最遗憾的是没好好陪伴过家里人。在那以前我总觉得我还年轻，还有很多时间。所以，后来我辞职了，专心学了一段时间摄影，想把一家人的每一次聚会和见过的每一道风景都拍下来，感觉这样才能留住更多美好的东西。"

陆则说："您很厉害。"他看过李妈妈发在微博上的摄影作品，哪怕是普通的一花一草，在她的镜头下也透着蓬勃的生命力。

李妈妈说："都是随便拍拍，谈不上厉害。我们家老大也是为了这个才学医的，他虽然不爱说话，但最有责任感，也最关心家里人。"她好奇地问陆则，"小陆你呢，你又是为什么学医？"

陆则正要回答，手机突然响了。他拿出手机一看，是裴正德打来的。他朝李妈妈抱歉地笑笑，走出一段路去接电话。

裴正德中气十足的声音从手机那边传来："小陆啊，不忙吧，我记得你今天下午休息？”

陆则说：“对，我休息。”

裴正德开门见山地说：“是这样的，现在有个专家团队正在去鹿鸣镇的路上，他们会在上次我们住的酒店落脚，就地研究和整理这次出土的中医古籍，大约五点到。”他对陆则委以重任，“我托司机捎了一保温瓶鸡汤，窈窈是女孩子，脸皮薄，到时你过去取一下吧。”

老裴对炖汤给女儿补身体这事还真是执着。

裴正德继续说：“你和窈窈分着把汤喝了，再顺便去帮专家们打打下手。”说到这里，裴正德有种坑了学生的愧疚感。

他老老实实地跟陆则说了实话：“都怪我上回一不小心和其中一位专家夸过你，说你整理资料又快又好，他说什么都要把你借调过去帮忙。”

人到中年，难免爱吹牛。裴正德生平两大爱好，一个是和人吹自己的女儿，一个是和人吹自己的学生。自从有了陆则这个爱徒，裴正德有事没事就爱在人前夸他。这次专家团队里其实有不少人听他吹过陆则，不过找上门借人的只有一个，裴正德就对陆则说只对“一个专家”吹过。

裴正德有点儿心虚地说：“就是整理这次出土的中医古籍，组织专家研讨会，跑跑腿记录会议内容而已，你没问题吧？他们已经和你们刘院长打了招呼，听说鹿鸣镇医院走了两个人，很缺人，他们还直接拨了人手过去把人补齐了。”裴正德有些无奈，“都这样了，实在推不了啊。”

陆则也不是第一次被裴正德吹牛祸害了，内心毫无波动。他一口答应道：“我知道了，我下午会过去。”

陆则答应得越干脆，裴正德越愧疚，努力宽慰陆则：“虽然你比较喜欢上手术台，但了解一下中医典籍也没什么坏处。有句古话说得好，‘他山之石，可以攻玉’，很多学科是可以相互补充、相互启发的。”

陆则说："我也是这样想的。"他确实不在意被借调。到鹿鸣镇的一个月里，他争取到了不少动手的机会，对乡镇医疗的情况已经有了基本的了解，他来鹿鸣镇的目的已经达到了。

他们真正的实习期下学期才开始，为期一年。在此之前他已经和省院带过他的阎医生约好了，到时候他会在省院实习。

陆则从来不是没准备的人，未来的路怎么走他早已规划好。现在，既然专家团队已经和刘院长、裴院长都打过招呼，陆则也愿意去打打杂。

陆则挂了电话。

叶老头儿听到陆则和裴正德的对话，对即将到来的中医研究团队有些好奇："来的会是你们这个年纪的顶尖中医吗？"

陆则纠正道："是一批中医研究员和文献专家。"

顶尖中医一般很忙，要么一号难求，提前预约要等到明年；要么隐藏在民间，很难找到他们的踪迹。既然要整理和研讨中医古籍，这次来的肯定是中医研究员和文献专家，而不是顶尖的中医。

叶老头儿有些失望，但也很理解。当年他就很忙，不少人一掷千金求他出诊，他都不一定有空，所以顶尖的老中医肯定很难出现在他们面前。

陆则没再和叶老头儿多说，和李医生一家说起傍晚要去帮忙接待专家团队的事。李医生刚才也接到了主任的电话，说是新医生安排下来了，接下来的值班表会有调整。

李医生问："你要负责全程接待？"

陆则说："差不多吧，主要是打打杂、跑跑腿，旁听一下专家研讨。"

李医生点了点头。他一开始就知道陆则不会在镇医院待太久，两三个月就是极限了，现在突然有了变故他也不意外。

李妈妈没说话，因为她的手机疯狂地提示着有新消息。她点开一看，原来是她发的那条微博被一群营销号转发了，引来无数网友围观。

李妈妈忙对陆则说：“小陆，我发的微博好像把不少人引到你的主页上去了，不会给你带来什么困扰吧？”

陆则闻言打开微博一看，果然出现一堆点赞、转发和评论提示，还有不少人发来私信，数量之多差点儿让他的手机卡死。

陆则对此不甚在意。他开微博只是为了方便和师弟师妹以及一些业内前辈交流而已，没有其他用途——即使有再多的新粉丝进来围观，他们也基本插不上话，热度降下去就没事了。“不会，要是有校友要问我专业问题，他们还可以在学校论坛找我。”

李妈妈觉得自己考虑得还是不够周全，非常歉疚。

陆则说：“我微博上又没什么可看的，过几天他们就会忘了，就不会再找过来了。”

见陆则真不在乎，李妈妈才稍稍安心。

陆则看了一眼私信和评论里那一堆“陆医生你看看我这是什么病”的留言，顿了顿，认真地给自己的微博改了自动回复——

luze2020：“网诊看你病，谋财又害命。身体如有不适，请到正规医院就诊。”

陆则的微博上的热闹引起不少人的关注，尤其是没事看看陆则有没有发新微博的师妹师弟。当初他们一入学，师兄师姐就跟他们说有很多导师和陆则互关，有时候在陆则的微博上引发的讨论会加入“期末考试豪华套餐”。换句话说，这些都是考点，而且很可能是一题十分的拉分题，更何况陆师兄长得帅！

根据前人总结出来的经验，只有有意义的、有讨论价值的留言和私信才会被他们的陆师兄“翻牌子”。如果他们想问一些老掉牙或者已经讨论过的问题，得自己先补完课再发问，要不然别埋怨陆师兄不回答。

在他们的学校论坛里有专题帖记录陆则回答过的专业问题。谁的问题要是被收录就代表他们虽然还不能轻松地给人解答疑问，但已经学会怎么提出有价值的问题了！

据说随着陆则的影响力逐渐扩大，新生的学习热情一年比一年高。许多人以“提出让陆师兄‘翻牌子’的问题”为目标发奋读书，甚至还有“初生牛犊不怕虎”的新生想通过挑战陆则证明自己是天才，结果当然是乖乖地发愤图强去了。

平时绞尽脑汁都想不出问题来的师弟师妹看着陆则的微博新加入的一批粉丝，不由得在心里冷笑，呵，凭你们也配吸引陆师兄的注意？

果然，陆则没让他们失望，拒绝回答所有没营养的提问。一众师弟师妹看完有人分享的那句自动回复，顿时浑身熨帖，关掉手机认真上课去了。

课当然得认真听的，而且他们万一上课时遇到可以拿去问陆师兄的问题了呢？

今天的医学院依然似燃烧着熊熊的学习热情之火啊。

第四章
师兄师妹，一起受累

陆则和李医生一家人玩到下午四点多，五辆越野车把他送到了酒店门口。

越野车刚停下，陆则就看到一道熟悉的倩影站在酒店门口，竟是裴舒窈。

他走下车，转头和李医生的爸妈道了谢，上前问道："你怎么在这儿？"

裴舒窈说："我现在跟老师做一些古籍的修复工作。"这次出土的古籍数量巨大，有不少是以前没有的，或是版本特殊，或是内容特别，对国内已有的古籍是很好的补充。不仅中医协会派了专家团队过来，其他领域也有不少专家组队来指导这批古籍的修复和整理，甚至像裴舒窈这种其他专业的学生也有幸参与其中。

裴舒窈解释："我爸说你会过来，让我等你，他有东西让你给我。"

陆则说："对，他说他让司机给我们带了汤，你脸皮薄不好去取，让我取了和你分着喝。"

陆则和裴舒窈简单说完，转头看到李医生一家除了驾驶座上的五个男人以及李医生，其他人全都趴在车窗旁看着他们。

对上一双双充满好奇的眼睛，陆则朝他们笑了笑，介绍说："这是我的老师的女儿，我师妹舒窈。"他又转头对裴舒窈介绍，"这是李医生和他的家里人。"

"下午好。"裴舒窈也笑着朝他们打招呼。她的长相本就偏甜美，一双杏眼染上笑意时更是添了几分可爱，看着就是个乖巧听话的优等生。

李妈妈等人自然也跟她打招呼："下午好啊！"

既然有人等着陆则，李医生一家也没再多留，五辆五彩越野车又依次开走了。

陆则和裴舒窈一起坐到一旁的长椅上，一边讨论着这几天攒下的问题，一边等着专家团队过来。

五辆越野车开出一段路后，李妈妈按捺不住"八卦之心"，对李医生说道："小陆的这个师妹长得可真好看啊，两个人站在一起真般配。她也是学医的吗？"

"学考古的。"

李妈妈有些意外，但也知道从儿子嘴里套不出更多的信息，只能转开话题："听说你们那边最近又走了两个医生？"

李医生点头："这两天会有新医生过来补缺。"

李妈妈看着大儿子，欲言又止。她以前忽略了家庭，没好好参与儿子的成长，现在儿子已经长大了，她不能突然用"我是为你好"来绑架儿子。她拉住李医生的手，用另一只手拍拍李医生的手背说："你想做什么就去做，放假了再回家看看。现在我和你爸身体还算硬朗，有空也可以来看你。"

李医生没有挣开，点头道："好。"

他知道他妈妈真正想说的是什么，对医生来说鹿鸣镇的医院绝对不是一个很好的选择。

别的不说，光是手术，大医院一天的接诊量可能就是镇医院一两年的量。要不是这样，他也不必自己买材料来练习。因此，分配过来的医生但凡有机会跳槽的基本都会走，至少和他同一年过来的人已经走光了。

李医生从来没放弃过对医术的钻研和追求，但是他每年带着人下乡义诊，都发现自己还不能走。医疗和教育这两件事从来做不到真正的公平，市区医院人人抢破头，乡镇岗位无人问津。

在鹿鸣镇火起来之前，这边条件更苦，一两千人口的地方连两个基本的公卫人员都配不齐。很多人没有看病的概念，生病了不是忍一忍熬过去，就是找没执照的赤脚医生看看。

李医生到鹿鸣镇的第一年，曾接触过一个老人，他的病在早期介入本来可以治好，可因为没有及时治疗，没撑过年底就与世长辞了。这样的情况不是一个两个，科技和医疗的发展并没有惠及许多落后地区。

幸好这两年情况有所转变。

李医生说："今年的招考时间已经过去了，明年我会考虑参加省院或者二院的招考。"

李妈妈听李医生主动提到这件事，心情顿时好了起来。她不介意儿子做一些牺牲和奉献，但也不愿意让儿子一辈子留在离家太远的乡镇上，她怕自己以后走不动了，没法再来看他。

李妈妈高兴地说："好、好、好，我们明年考！"

陆则和裴舒窈看到了中医研究团队乘坐的大巴车。

陆则迎上前和陆续下车的中医研究团队人员自我介绍："您好，我是陆则，是裴院长让我过来打下手的。"

为首的老专家头发花白，面目慈祥，笑呵呵地看着陆则说："我听小裴说起过你。"

"我也听小裴说起过你。"这是第二个老专家。

“我也……”

这可是一群能把裴院长叫小裴的老前辈，惹不起惹不起。裴院长到底和多少人吹过牛？陆则心想。

陆则和裴舒窈跟专家们打过照面，他才跟司机大叔说起裴院长托付的那一保温瓶汤。

司机和学校合作多次，跟裴院长也熟悉，自然见过陆则。他麻利地把汤拿出来交给陆则，嘴里不忘和陆则念叨：“你们院长对你这个学生可真不错，还给你捎汤。”

陆则只是礼貌地笑笑：“对，院长对我很好。”

陆则面不改色地带着汤下了车。

老专家们见陆则拿着个大大的保温瓶下来，都笑着调侃：“你们裴院长又煲汤了？”

陆则说：“对。”

裴院长对煲汤的喜好，业内不少人都有所耳闻。这次煲的老火靓汤（广府汤）其实算民间药膳，毕竟加进去的大多是一些滋补药材，别看裴院长是学西医的，但他在药膳方面的研究比不少中医要深！不过陆则看起来一本正经，专家们也没再打趣。

坐了几小时车，专家组一行人都饿了，叫上陆则和裴舒窈一起去吃饭。

这家酒店类似农家乐，没什么固定的菜色，有什么做什么，味道算不上特别，但胜在应季和健康。这正好符合中老年人的偏好。

大家点好菜，陆则和裴舒窈把裴院长的爱心汤分成了两碗喝掉。这次的汤加了少许首乌和黄精，喝起来有些清苦，好在这汤有瘦肉熬出的甜味中和，比起很多中药还是好很多。据裴院长解释，最近很多学生的朋友圈爱发“头秃”和“少白头”，他非常担心两个小孩儿的头发，特意熬了这个汤。

陆则面不改色地喝了下去，看向裴舒窈。发现裴舒窈眉头微微皱起，陆则满意了。

很好，显然师妹也觉得汤略苦，不是他一个人“受苦受难”！多亏他俩都是不太在意别人目光的人，要不然还真不能厚着脸皮在这么多专家的注视下吃独食。

一顿饭吃下来，陆则对接下来的时间安排有了基本了解。得知他还准备住在镇医院，负责人说：“这里也给你留了床位，有时候晚了，你可以直接在这边休息。”

陆则没有意见。

他告别专家组和裴舒窈回了镇医院。

平时陆则也要夜跑，准备直接把往返路线当夜跑和晨跑的路线。

回到镇医院宿舍，陆则又遇到了外出采买的刘倩和沈丽丽。刘倩消息灵通，已经得知陆则被借调的事，看到他有些惊喜：“陆医生，你接下来还住这边吗？”

陆则点头：“东西都在这儿，搬来搬去不方便。”

刘倩和沈丽丽都挺高兴：“那就好，还以为接下来就见不到陆医生了呢。”

陆则和她们寒暄完，回宿舍舒舒服服地睡下。

第二天一早，陆则按时出发去和专家组会合。

专家组一半是老人家，起得都早，见陆则过来了，都乐呵呵地打招呼：“来得挺早啊，正好可以赶上吃早饭。”

陆则既然被借调了，自然不好再去医院食堂吃饭，于是坦然地跟着专家们一起去吃了早餐。

这次来的都是能静下心搞学问搞到老的研究员，他们很欣赏陆则沉着冷静的性格，领着陆则一起整理这次出土的中医古籍。

这些年各地陆陆续续挖出不少古墓，出土的古籍也不少，很多古籍排着队等着整理、存档和出版。要不是这次出土的古籍数量比较大、内容比较珍贵，也不会引来这么多老专家。

这次出土的古籍大部分是经折装和卷轴装，都分门别类地珍藏着，可见墓主是个爱书之人。根据考古专家们的初步推断，这座墓可能是某朝皇帝及其后代的墓葬群。

陆则和随行的几个年轻人负责把相应的中医古籍分类整理并收录成电子档，这些事情都费眼睛，不适合让老专家干。

既然是来打杂的，陆则很有打杂的操守，不怎么说话，专注地忙自己的工作。他的记忆力一向很好，虽然他只是整理时扫过一眼，还是把大部分内容记了下来。

陆则比对着自己以前读过或看过的中医典籍，发现其中确实有不少是已经失传的医书，应该很有研究意义。

叶老头儿也跟着陆则津津有味地看着，不时地表示“这本书我早看过了，内容有点儿意思”“这本书我也看过，写的全是废话，没一句有用的”“这个作者根本是野路子出身，明显没治过几个病人，你整理它完全是浪费时间”。

陆则不介意叶老头儿的念叨，他自己也会在心里比对其中一些观点和现代医学的区别。虽然大脑一直在运转，陆则手上的动作并不比其他人慢，甚至比他们要快一点儿。

这些人里除了陆则，其他的都是老专家们带的研究生，就是一群学中医的人里头混进了一个学西医的。

陆则中途去了趟厕所，回来时听到有人在交谈：“他动作还挺快，一早上下来整理的书比我整理的都多。”

另一个人说：“那是自然，我们是搞中医的，看到一些内容难免会停下来琢磨琢磨。他又不是我们中医专业的学生，只用动手不用动脑，动作比我们快很正常。”

叶老头儿听了这番对话，不太高兴。陆则可是他相中的徒弟，刚才他还和陆则交流看法来着，哪是他们说的“只动手不动脑”？

叶老头儿气愤地说道：“背后说人，小人行径！”

陆则见小老头儿生气了，反过来宽慰他：“闲聊而已。”

他不是学中医的，这是实话。他比他们动作快，这也是实话，这些话完全没毛病！

不过这时屋里的人还在继续聊着。

“你听说没，有人说陆则其实是他们裴院长相中的女婿，所以裴院长有什么机会都把他捎上。”

“怪不得他明明和中医八竿子打不着，还能被安排过来。”

“裴院长的女儿是那天和我们一起吃饭的女孩儿吧？她长得真好看，陆则真是赚大了。”

叶老头儿看了陆则一眼。刚才他们是闲聊，这可就是说闲话了！

陆则还是没说什么。他直接推开门走进去，屋里一下子静了下来。

陆则就不是多话的人，今天更是一句话都没说，毫不停滞地把分给自己的整理工作完成。他一下午都在频繁地把整理出来的书稿副本拿给专家们，全程几乎没有间断过。

快吃晚饭时，一干研究生被导师骂得狗血淋头。

没有对比就没有伤害，陆则速度快不说，整理出来的文稿几乎没有错漏，排版整齐漂亮，叫人身心愉悦，看几篇都不嫌累。相比之下，几个研究生的整理速度就慢多了，而且每篇都能挑出错来。

一位年过六旬的老专家甩出两份文稿，中气十足地开骂：“你看看你的，再看看人家陆则的，好意思说你是学中医的吗？好意思说你是研究生吗？看看你这乱七八糟的断句，看看你这自由发挥过头的措辞。你说说，是不是把脑子忘在家里了？”

陆则一脸正直地坐在一边，喝着服务生送上来的茶，等着吃饭。

唉，这些老专家对自己带的学生真是严格啊。听着此起彼伏的骂声，陆则很是同情地感慨。

有了第一天的教训，第二天没人有空闲聊，人人都专注地做着手上的事，只时不时地偷看陆则两眼。

陆则很喜欢这样的合作氛围，多棒啊，安静、高效，令人愉悦！他默不作声地投入工作中。

古代的医书一般不会特别长，又有这么多人分工合作，这种比拼谁整理得又快又好的恐怖工作很快就结束了。

专家组这几天拿着整理出来的文稿轮流交换着看，也把大部分文稿大致过了一遍。

医学是一代代延续和发展下来的，这些医书补充了一些过去的空缺，可以借此对明清时期某些治疗方法进一步溯源。总的来说，这批医书的观点虽然说不上特别新颖，但对古代中医发展的研究来说有着非常重要的意义。

专家们带学生过来，自然不只是为了让他们当“苦力”，也希望学生们能学点儿东西。于是专家们都默契地先分头看文稿。等古籍差不多整理好之后，针对医书内容的讨论才正式开始。

所有参与打杂的学生中，陆则的中医基础理论上说是最薄弱的。唯一没带学生过来的戴老在正式讨论开始之前把陆则喊了过去，准备提前指点一番。

戴老一脸慈爱地看着陆则：“小陆啊，这几天辛苦了。”

陆则说：“不辛苦。”

戴老说：“明天我们就要针对这批古籍的内容开研讨会了，有些现存的古籍我们默认学生已经读过，可能会直接提及或引用。我叫你来是想看看你平时有没有读过其中一部分，要是没有的话，可以先上网看看相关简介，回头要是觉得有疑问也可以有针对性地找来看看。”

戴老说完，把一张书单推到陆则面前。

陆则接过书单，拿起来看了一会儿，最后指了指中间一个书名：“这本……”

戴老看了一眼，说道：“只看过这本吗？也正常，你是学西医的。”

陆则老实地说道："这本没看过，其他都看过。"

按照陆则的学习能力，单就理论知识而言，大学也可以和高中一样提前毕业。不过考虑到医生这个行业的特殊性，他就算十八岁毕业，出去当医生也不会有人信服，所以陆则在校期间除了争取在不同医院进行临床见习之外，就是广泛学习。

所以叶老头儿那些没头没脑的诊断，他连蒙带猜也能听明白，要不然也不会贸然给单小云开方。

既然是这次研讨会需要了解的基础书目，陆则认真地向戴老保证道："我今晚回去就把这本书看了。"

戴老一阵沉默。

这小孩儿，不是说一心往西医临床发展，专注外科手术领域吗？

戴老说："好，那就没问题了。"

戴老目送陆则离开，打电话给裴正德："你这学生真的是搞西医的吗？怎么很多中医典籍他都看过？"

裴正德十分谦虚地说："他的兴趣比较广泛，什么书都看。当然，比起正经学中医的学生，他只是了解了一点儿皮毛而已，完全不能应用到临床上。"

戴老毫不犹豫地挂了电话。

你这学生学西医的读完那么多中医典籍就不得了了，你还想让他应用到临床上，怎么不上天啊？

裴正德被戴老挂了电话也不觉得有什么，心里还挺美。

戴老确定陆则可以直接旁听，不需要特别照顾，便和其他人说了一声，第二天的研讨会如期进行。

国庆长假进入尾声，人潮开始拥向各大城市，各地景区人群渐渐少了。鹿鸣镇也从拥挤中解脱出来，回归平时一天只有三五车游客的宁静祥和状态。

游人离开后，清洁工的工作量加大，曾经突发心梗被救回来的清洁工老人休养了大半个月，还是闲不住，又开始在街头巷尾忙碌。所有人的日子逐渐回归假期前的节奏。

这天一早，陆则接到一通来自外省的电话。

"小陆啊，好久没联系了，最近怎么样了？"

"挺好。"

"是这样的，你师父的诊所今天要搬了，你先前不是让我通知你一声吗？我昨天忙着去开会，一时忘了，今天赶紧给你打电话。"

"谢谢王叔。"

陆则礼貌地道谢，然后挂断电话。他想了想，又拨了另一个号码。

不等陆则开口，对面的人就热情地打招呼："喂，陆哥啊？有事吗？要是有什么需要我去做的，你只管开口，我保证帮你办得妥妥帖帖的！"

陆则说："郑师父的诊所拆迁，今天要搬了，你帮我去帮把手吧。"

电话那头的人二话不说立刻答应。

陆则安排完了，又打电话给他的郑师父，把自己叫人过去帮忙搬诊所的事告诉对方。

老医生冷哼了一声："我还差找搬家公司的钱吗？"

陆则说："您当然不差钱，就是您的宝贝挺多的，还是认识的人好指挥。要不然那些粗手粗脚的人把您的好酒砸了，您还不心疼死？"

老医生没再拒绝，算是答应了。

远在南方的老城区，老诊所孤独地矗立在早已空荡荡的街头。

最近几拨人轮番造访老郑正骨诊所，和老医生商谈拆迁的事。

这一带几乎所有住户都搬走了，唯独老医生还坚持在即将拆迁的老诊所里营业。老城区另一端已经开始施工，开发商担心老医生当钉子户，只能派人过来反复劝说老医生搬迁。他们咬了咬牙表示给他搞定一个价格相当优惠的新门面，让他直接搬到那里开业！

在最后一拨人过来劝说之后，老医生叫小学徒把招牌拆下来，轻轻地抚触着那早已斑驳的陈旧木板。

招牌挂上去的时候，他还年轻，觉得自己一定能闯出一番名堂来，让妻子过上好日子。几十年下来，他早没了最开始的雄心壮志，只想把这家诊所一直开下去，要是哪天妻子回来了，也能轻松地找到回家的路。

只是沧海都能变桑田，更何况这世间的人和事。

得知老医生愿意搬，开发商派来的人还积极地询问需不需要帮忙请搬家公司。老医生并未答话，闷不吭声地收拾着诊所里的东西，把该打包的东西一一打包，小学徒知道他心情不好，不敢吱声，乖乖地把东西装箱。

中午时，几辆货车停在了诊所门口，一群彪形大汉从车上走了下来，看起来很不好惹。

小学徒有点儿吃惊。他跟着老医生快一年了，没见过这群人，下意识地觉得他们是来找碴的。难道开发商连半天都等不及了，要派人过来强拆他们的诊所？

小学徒磕磕绊绊地说："你、你们有什么事？我们马上要搬了！"

为首的彪形大汉露齿一笑，说道："小孩儿你别怕，是陆哥叫我们过来帮郑师父搬家的。"

小学徒听到"陆哥"，有些发愣。

他突然想起最近网上视频里几个黑背心肌肉男齐刷刷地喊陆则"老大"的场景，眼前的大汉可比那天的黑背心肌肉男多多了！

小学徒小心翼翼地往那几辆刷得漆黑的货车上看过去，只见上面赫然写着几个大字：威霸物流。

这个物流他有点儿印象，是他们省最早发展起来的物流公司之一，据说送货及时，送货员态度良好，评价非常高。近几年网购飞速发展，他们成立了小件业务分公司，起了个很可爱的名字：尾巴快递。威霸物流和尾巴快递的官方账号分别顶着霸道大哥和小萝莉的形象，在各大网络平台公然组CP（这里指人物配对）卖萌！

真想不到，威霸物流的人居然真的这么威风霸气！

小学徒忍不住问："你们说的陆哥，是指我师兄陆则吗？"虽然老医生话里话外都是"我没有陆则这个徒弟"，但是老医生眉梢眼角时刻溢出"看看我这徒弟多牛啊"的自豪，小学徒在心里已经跟医学院的新生们一起喊陆则师兄了。

威霸物流的壮汉们看了小学徒的小身板一眼，虽然没说什么，但眼神里还是流露出"你居然是陆哥的师弟"的怀疑目光。

小学徒挺起胸脯说："我跟着师父学正骨！"

威霸物流的壮汉们这才收回刚才的眼神，对小学徒点了点头，跟着小学徒入内和老医生打招呼。

老医生搞正骨大半辈子，什么人都见过，看到这群彪形大汉后脸上也没什么表情。他对走进诊所的几个人说："外面的东西随便摔，里面的都是药酒，得轻拿轻放，不能摔！"

为首的彪形大汉保证道："您放心吧，我们是专业的。"

接下来他一挥手，其他人一拥而入，呼啦啦地开始搬东西，不到十分钟，所有东西已经全部装车，而且全程轻拿轻放，没有半点儿损伤。

小学徒目瞪口呆，讷讷地说："好快啊，一下子就把东西全搬完了。"

老医生哼道："大惊小怪。"他亲自拿起硕大的招牌，没让任何人帮忙，自己把它抱到车上，还执着地把它抱在怀里，不许任何人经手。

为首的彪形大汉和小学徒确认了新诊所的地址，发动了车子。

小学徒趴在车窗边看着已经门窗紧闭的老诊所，忍不住说："没走的时候觉得在这边待得挺腻的，现在要走了，忽然又觉得有点儿舍不得。"他转头一看，只见老医生定定地看着窗外一棵老树出神，也不知在想些什么。

小学徒闭了嘴，没敢打扰老医生对待了大半辈子的地方进行最后的告别。

一路上，气氛有些沉闷，驾驶座上的大汉把车开出老城区，才开口活跃气氛："当年我们都是浑人，天天在外面混日子，不管父母，也没娶老婆，一天到晚喝酒打架，多亏遇到了陆哥。"

哪怕年纪明显比陆则大很多，大汉这声"陆哥"还是喊得十分真诚。

他提起以前的事语气里满是怀念，自说自话也不觉得尴尬："那会儿我们打架打到一家店里，陆哥看起来瘦瘦弱弱的，却一点儿都不怕我们的乱打乱砸，只用他那黑黝黝的眼睛看着我们说了'赔钱'两个字。"

小学徒捧场："哇，师兄这么厉害的吗？他是不是能以一打十？"

大汉说："不是，他说他在公安局有熟人，不赔钱回头叫人把我们全抓了。我们赔了钱憋着气在附近观察了几天，发现他还真和警察一起吃饭一起撸串，我们再打架就绕开那家店了。"

原来是一个改邪归正的正能量故事呢！小学徒心想。

大汉又说："后来有一次我们打架输了，垂头丧气地经过那家店门口，他又用他那黑黝黝的眼睛看着我们说了三个字'文身吗'，我们糊里糊涂地就进去文了个身。"

小学徒问："就是你们手臂上的这个吗？很好看啊！"

这文身看起来一点儿都不凶，还很有艺术感，小学徒没念多少书，也没什么艺术细胞，说不出具体什么感觉，反正好看就对了。

大汉说："对啊，就是挺好看的，结果我们出去打架都没气势了，只能努力锻炼，试图练出一身肌肉增加点儿威慑力。"

小学徒看看自己的胳膊，再看看大汉的胳膊，羡慕了。

大汉继续说："没想到练着练着，我们就感觉天天打架没意思了，想转行，但又不知道转哪行好，特别愁。还是陆哥给我们做规划，说轻工业、电子业会越来越发达，搞物流大有可为。"

小学徒说："师兄真有远见！"

大汉憨厚地一笑道："我们琢磨着物流不就是把东西扛上扛下吗？

干这个行，我们这一身力气也算是有点儿用处，所以我们就入行了。别看陆哥年纪小，头脑可比我们灵活多了，给我们指的方向现在还是我们公司的发展方针！”

小学徒咋舌。他知道陆则现在才二十岁，当时陆则也就十几岁吧，那会儿物流和快递远没有现在这么发达，早早抢占市场绝对是很有先见之明的。

事实证明确实如此，现在威霸物流不仅在本省，在全国也是很有口碑的物流公司。晚发展几年的尾巴快递现在也十分有名，不少买家下单时会点名要卖家给他们发尾巴快递！

小学徒惊叹：“师兄真厉害！不过，师兄还会文身吗？”

老医生听到这里，哼了一声。

大汉说：“会的。当时陆哥就在老彭店里当学徒，学了两个月就很厉害了，我手臂上的文身就是他给文的。现在我要是去送货，还有不少人要跟我合影，出去搞团建时还会有外国人对着我的手臂赞叹‘Wow（哇）’‘So cool（太酷了）’。”

小学徒隐隐有些妒忌：“你们搞团建还到国外去？”

大汉说：“对，每年去一次，福利给得足，干活儿才有劲。”

小学徒真的妒忌了，甚至想改行去扛货，看看能不能蹭一蹭人家的团建福利。他长这么大别说出国了，连省都没出过！

小学徒还是有点儿好奇：“师兄为什么会去学文身啊？”

大汉说：“这个我知道，是陆哥的小姑姑的背上有个胎记，稍微露点儿背就很明显，他想帮她设计个文身遮掩一下，让她穿美美的婚纱嫁人。当时陆哥对比了全城所有的文身店，觉得老彭手艺最好，就去老彭那拜师学艺，准备先在店里练练手。”

小学徒恍然大悟：“原来是这样。”

他们陆师兄看起来冷冷淡淡的，其实对家里人还是很好的，一般人哪怕有这种想法也只会帮忙找个好的文身店，而不是自己去学。想想也是，要不是真正把亲近的人放在心上，陆师兄远在千里之外，怎么可能第一时间让人过来帮忙搬东西？

陆师兄真是面冷心热啊！小学徒很感慨，和大汉聊了一路，对陆则越发佩服。人家十几岁的时候都会教人创业了，正骨还学得比他好，人和人真是不能比啊！

说话间，到了新诊所，位置挺不错，周围毗邻两所学校和车来车往的十字路口，诊所开起来以后应该会比在老城区生意好。

老医生抱着招牌下车，看看四周高楼林立的街道，再看看自己手里的老招牌和身上洗得发白的唐装，感觉自己与这个新门面格格不入。

原来，外面已经变成这样了。

老医生把招牌竖起来放在一旁，拉起卷帘门，打开玻璃门，让小学徒指挥壮汉们把东西往里搬，自己盯着与装潢一新的门面极不相称的老招牌出神。

他们把东西搬完了，老医生才邀请道："辛苦你们了，今天先不开业，我们一起去吃个饭。"

壮汉们也不推辞，和老医生一起去吃了顿午饭，只不过最后他们抢着把账结了，还热情地对老医生说："郑师父您这门面和我们总部挺近的，平时多过来喝喝茶啊，老彭现在也在我们总部住着，你们可以一起下下棋、聊聊天。"

老医生和老彭也认识，老彭开了半辈子文身店，把文身当成艺术创作。后来文身的人少了，老彭的生意越发惨淡。小儿子加入威霸物流之后，老彭索性把店关了，和小儿子一起住。

老彭是个不服老的，不愿意天天闲着，早些年还去报了个电脑绘画班，凭着原有的功底迅速掌握了电脑绘画技巧，买了个数位板天天上网给人设计文身。现在老彭在网上还挺有名气，一堆人追着他喊"彭大神"。

老彭没有露过脸，大伙都以为他也就三四十岁，谁都不会想到一个年近七旬的人能把电子产品用得这么好。

老医生听完老彭有滋有味的近况，没说什么，和彪形大汉们分别以后往回走了一段路，忽然停下来，对小学徒说："你的手机里不是有那什么德地图吗？你搜搜，看附近有没有做招牌的。"

小学徒惊讶地说："师父你要换招牌？"

他还以为他们这招牌永远都不会换，因为招牌上的字都褪色好几回了，上次他还看到老医生自己蘸着特制的墨汁加深颜色呢。

老医生说："换。不换难道再用二十年？东西旧了，就该换掉。"

死去的人永远都不可能再回来，活着的人要向前看。

那小子的其他师父个个越混越好，他不能再消沉下去。

老医生挑剔地看了眼小学徒，觉得怎么看都不太顺眼，又补了一句："再搜搜附近有没有服装城，都弄两身新行头。新店开张，什么都要换新的才吉利。"

小学徒喜出望外，照着老医生的话先搜了做招牌的店记下来，再搜附近的服装城，选了个顺路的。

师徒俩去定做了一个新招牌，又一起去挑衣服，最后每人买了两套新衣服回了店里。

新诊所面积挺大，比旧诊所宽敞许多，连里面分隔出的居住间都舒适多了。

老医生回去后又把新衣服试了试，走到刚挂上锦旗的那面墙下坐好，把手机拿给小学徒说："给我拍张照。"

小学徒还是第一次听老医生主动要求拍照，麻利地接过手机，把穿着新衣服的老医生拍了下来。

许是因为老医生不常拍照，表情十分严肃，正襟危坐。小学徒连拍几张都不怎么满意，但老医生已经不耐烦了："拍张照这么折腾，不就按一下的事吗？"小学徒只得把手机还给老医生。

老医生拿回手机看了眼，觉得没问题，很正经，一看就是个可靠的医生。就是屋里的光线好像不太好，他的脸色看起来有点儿暗沉。

老医生问小学徒：“手机不是有那什么镜，可以把照片调亮一点儿的？”

小学徒了然道：“您是说滤镜吧？”

老医生说：“对。”他严肃地吩咐小学徒，“你拍得太暗了，快用那个滤镜帮我调调。”

没想到你是这样的师父，一把年纪了，拍照居然还用滤镜！小学徒不敢违背师命，只好乖乖地把老医生的照片用滤镜调了调。

老医生眯起眼看了看，也觉得很满意。他把手机放远些，用一根指头戳开朋友圈，把加了滤镜的照片选上，带上定位发了新一条动态：“明天新店开业。”

不一会儿，不少新老患者和老友们开始给他点赞和评论，很多人表示他们也搬到了新区，以后如果跌打损伤一定过来找他。老医生把手机里的提示一个一个地点开看，瞧瞧别人怎么夸他的新店和新衣服。

小学徒也偷得浮生半日闲，抱着手机躲到一边偷偷地看他心爱的小主播，时不时地瞄老医生一眼。

陆则参加完专家组的研讨会，感觉获益匪浅。

裴院长说得对，“他山之石可以攻玉”，中医也有很多可供借鉴的宝贵经验。

陆则照例把一天所学的东西整理了一遍，才点开社交软件看看有没有什么重要消息。他挑了几个留言回复完毕后，才点开朋友圈完成本日社交“任务”。

虽然他不觉得点赞评论这种事有什么特别的意义，但是有一次老彭痛心疾首地训了他半天，当时他听得一头雾水，最后听明白了，原来老彭在说他没给某条集赞朋友圈点赞。

那会儿老彭刚玩朋友圈，好友还不多，每一个赞都至关重要。现在老彭虽然不缺陆则一个赞了，陆则还是很尊师重道地每天坚持给师父们的朋友圈新动态点赞。

陆则很快看到老医生的新动态，当机立断地给老人家点了赞。接着他把照片上入镜的东西分析了一遍，留下一条标准的评论："师父的锦旗又多了一批啊，您的这身新衣服很精神。"一丝不苟地完成日常社交"任务"，陆则安然入睡。

研讨会又持续了几天，终于告一段落。

组里的专家人手一份副本，把整理出来的文稿带回去做进一步研究。

陆则是借调过来的，关系还在镇医院，送走专家之后，他又回了镇医院。

陆则回来得很巧，正好计划免疫科要按照秋季接种计划到镇小学和村小学去给小学生打疫苗，让他过去打下手。

实习生一般都是各个科室轮转，把整个医院的基础科室都轮流熟悉一遍，像陆则之前固定跟一个科室还有动手机会的反而少见。

他对这种安排没什么意见，回到镇医院的第二天早晨，陆则跟着负责这次预防接种的带队医生下乡了，先去了一个村小学。

这几年村里的人越来越少，只有一到三年级的小孩儿在村小学念书，三年级以上的学生都集中到了镇里的中心小学。好在近两年小镇发展起来了，通往各村的路都给修了，医院的车倒是能开到学校门口。

领队的葛医生是本地人，不是科班出身，早些年自己摸索着给人治病，虽然他看得不一定有效，但一般也治不死人，后来紧跟政策补了函授学历，也就混成了医院里有编制的老前辈。

葛医生是个"老烟杆"，一路上烟不离手，不时地转头问陆则几句闲话。

陆则坐的位置离葛医生有点儿远，他倒吸不着二手烟。

车子走到一处盘山公路，在山腰稳稳地转着弯。葛医生抽完一根烟，又转头和陆则说起话来。

"小陆没来过这么偏僻的地方吧？瞧你这模样，一看就是城里娃。"

"也不算没来过。"

葛医生来了兴致："哦？你去过哪个地方？有我们这边这么偏僻？"

陆则说："我去过最偏远的地方，根本没有路，连个村子都没有，在地图上根本找不到能用来称呼它的地标名，只能用经纬度来定位。"

葛医生明显不太相信陆则的话，脸上的褶子都皱起来了，说道："瞧你年纪轻轻的，还去过无人区？"

陆则一脸平静地说："阴错阳差地被我爸带去的，当时都没做准备，差点儿因为高原反应命都没了。"

当时他年纪还很小，某天他爸突然问他："我这次要出去一整年，要不把你捎上？"到底是亲爸，陆则当然也想跟着他走。于是他爸连去哪儿都没说，把他带上飞机就不管了，什么准备都没做，飞到高原后直接领着他走啊走。要不是当时队伍里的医疗设施还算到位，差点儿让他走到鬼门关去。

小姑姑得知他爸干了这么不靠谱的事，气得她把陆则留在南方住了两年，让他别跟着他爸乱跑。

葛医生听见陆则说得有理有据，觉得现在的年轻人真了不起，要么就是说起谎来脸不红心不跳，要么就是年纪轻轻见多识广。他又拿出一根烟，闷头抽了起来。

他们抵达目的地后，医院的车驶入了不大的村小学。

陆则是实习生，也是所有人中最年轻的，不用葛医生安排，一停车他就自发地搬东西，做好统一接种的准备。

相比城里的小孩儿，农村的孩子疫苗接种率要低一些，主要是现在农村孩子很多是由爷爷奶奶看护的留守儿童。老一辈人不清楚疫苗，也不知道怎么带小孩儿去接种，所以有些免费的计划疫苗有不少小孩儿没接种。老一辈人可能一辈子都没出过大山，不能指望他们带小孩儿去打疫苗。

陆则和护士忙碌了一会儿，把场地布置好了，疫苗也都取了出来，大家等待学校老师配合着把学生分批带出来打针。

葛医生已经把烟掐了，看了眼一起过来的三个人，对陆则说："打针，会吧？"

陆则点头。

葛医生让陆则坐到一旁的位置上，吩咐道："一会儿打一次给我看看。可以，你也一起打。早点儿打完我们早点儿去下一站，有一些村子再不去就逾期了。"

陆则对此没意见，点头应道："好。"

这时外面突然传来一阵喧闹的人声，陆则抬头看去，只见一群瘦瘦小小、皮肤晒得有点儿发黑的学生排着队走来。带队的是个看起来三十多岁的女教师，面容有些憔悴，眼底有深深的黑眼圈。她开口管教学生，学生却还是闹哄哄的，把她的声音压了下去。

女教师脸上流露出无奈的神色。

山里的小孩儿不听管束是常有的事。要是有男教师在，他们可能还会乖乖听话，换成脾气好的女教师他们能上房揭瓦。偏偏教师这一行男性所占比例越来越小，有些偏远的地方甚至一个男教师都没有。

见学生在那吵吵嚷嚷，葛医生站起来说话了："谁再吵得我头疼，一会儿我扎针扎不准了，可能得给你们多扎几下。"

葛医生一身白大褂，留着胡须，看起来一脸凶相。

学生们都还小，听了葛医生的话后顿时安静下来，没人敢再吱声。

葛医生说："三个一组，排好队过来。"

真到了要打针时，一个个小豆丁鹌鹑一样往里走，甚至出现了平时罕有的"谦让"精神，暗暗地往后挪去，让别人先打。

由于后面只有一个护士准备，所以葛医生稍微错开打针时间，要先看看陆则是不是真像李医生所说的那样动手能力很强。

陆则很长时间没给人打针了，不过这点儿小事难不倒他，轻轻松松就给第一个小孩儿打完了一针。

第二个小女孩儿一开始很紧张，陆则让她别开眼别看针，干脆利落地扎了进去。

小女孩儿打完了，发现没想象中那样疼，立刻高兴地和其他人分享经验："不疼的，还没有蚂蚁咬得疼！"她正说着，护士那边传来号啕大哭的声音，惊得葛医生差点儿手一抖扎歪了。

护士有点儿无奈，小孩子的情况各不相同，有的小孩儿血管特别细，有的小孩儿特别怕疼，小孩儿哭不等于她扎针技术不行啊！

可惜人总是更相信自己看到的事实，不会先思考前因后果，不少小孩儿已经悄悄挪到其他队伍，生怕自己也跟那号啕大哭的家伙一样惨。

统一接种工作有条不紊地进行着，接种完一个年级的学生，葛医生宣布趁着下一个年级的学生还没过来先休息一会儿。

陆则揉揉手腕，起身跟葛医生一起去厕所。

他们上完厕所，陆则到外面的公共洗手池认认真真地洗手，却见那个女教师过来了。

见到陆则，她愣了一下，朝陆则露出一个疲惫的笑容，稍稍撩起被袖子遮挡得严严实实的手腕在水龙头前洗手，很快又把袖子放了下去。

哪怕女教师动作快，陆则还是看见了她手腕上的几道划痕和隐隐露出一角的瘀青。陆则若有所思地把自己面前的水龙头关掉，没说什么，回去和葛医生会合。

见陆则过来了，葛医生把烟头丢到地上踩了一脚，踢到旁边的垃圾堆里，对陆则说道："走吧，抓紧时间。"

陆则点头。

葛医生告诉他："有些闲事最好不要管。"

陆则应了一声，默不作声地继续给下一个年级的学生进行接种。

村小学一共三个年级，学生人数也不多，到中午放学时已经全部接种完了，最后几个淘气的学生被校长亲自逮过来扎了针。

葛医生虽然不是这里的人，但校长也认识他。见接种工作搞完了，校长给葛医生递了根烟，邀请他们在村里吃顿便饭。人是铁饭是钢，不吃饭下午哪儿能接着干活儿？葛医生没推辞。

村里没什么像样的饭馆，哪怕是校长带他们去的，饭馆也大不到哪里去。大家吃完饭，校长和葛医生开始抽烟，还递给陆则一支。

陆则拒绝了。

村小校长也不生气，只哈哈一笑：“年轻人挺自律啊。”

葛医生点燃校长递给他的饭后烟，一副过来人的语气劝说陆则：“等你年纪再大点儿，就知道烟酒的好处了。”

陆则并不反驳他们的话，因为不想吸二手烟，和葛医生说去外面透透气。

巧的是，陆则才走到门外，就远远地看到那个女教师提着菜篮子走向不远处的楼房。那栋两层的楼房前坐着个老太太，穿着蓝色斜领短衣，头上包着布巾，长着一张不近人情的刻薄脸。

女教师一走近，那老太太就开始骂骂咧咧：“买个菜也这么久，想饿死我们吗？去学校代课才那么几个钱，还不够你们娘儿俩吃的，家里的活儿一点儿不干，都一年了，肚皮还一点儿动静都没有，真是个丧门星……”

女教师沉默地挨完骂，提着菜篮子往里走，去厨房准备一家人的午饭。老太太骂了半天，发现有个陌生的年轻人站在不远处，闭了嘴，起身往屋里走。

陆则收回视线。

老太太的声音很大，左邻右舍都听得清清楚楚，陆则自然也听到了。

听起来女教师嫁到这家才一年，但是这老太太又说“娘儿俩”，女教师可能是再嫁。

陆则回忆起女教师手腕上的伤，可以确定她平时可能不只是被言语侮辱，很可能还遭受家庭暴力。

葛医生曾告诫他别管闲事，别人的家事外人很难插手。

陆则正要转身回去，却看到女教师家里有个四五岁的小孩儿探出头来怯生生地往外看，小孩儿瘦得厉害，身上脏兮兮的，衬得一双眼睛又黑又大。

他定定地望向陆则，乌黑的眼睛安静得有点儿吓人。

“他生病了。”叶老头儿不知什么时候跑了出来，直接来到女教师家门口仔细观察小孩儿的情况。

陆则看了眼还在饭馆里吞云吐雾的葛医生和校长，想了想，抬腿走向正不断朝自己招手的叶老头儿。

叶老头儿绕着小孩儿转圈：“情况不妙啊，不妙！”

陆则正要给小孩儿检查一下，一个身上带着浓浓酒味的赤膊中年男人从屋里走出来，凶神恶煞地问：“你是谁？跑到我家门口做什么？”

陆则看了眼男人，发现这人脚步虚浮，目光阴沉，走路时身体虚晃，显然没少喝酒。他收回目光，平静地回答：“我是镇医院的医生，今天和葛医生过来给孩子们打预防针，刚在对面跟校长吃了顿饭，出来透透气。”

男人见陆则长相俊秀，虽看不出陆则的衣服是什么牌子，但瞧着质量很好。这样一个有正经工作的小白脸，没理由看上他老婆这个代课老师，脸上的凶狠样才收了起来。

不过他即使知道了陆则的身份，语气还是凶巴巴的：“有什么事吗？”

陆则说：“我看这孩子的情况有点儿不对。”他蹲在孩子面前，小孩儿只是刚才轻轻地抬头露出了眼睛，这会儿又低着头，双手下垂、四肢无力，脖颈也耷拉着。

叶老头儿说：“这是五软啊。”

所谓五软，指的是头项软、口软、手软、足软和肌肉软。

头项软所以头不能长久地抬起，手软所以不能握举，脚软所以不能站立或行走，肌肉软所以全身无力。这是严重的发育不良，一般来说发病既有先天因素，也有后天营养不良的因素。

瘦瘦小小的孩子挨在门边，脑袋再也没抬起，仿佛在躲避着那个满身酒气的人。

男人看着小孩儿就觉得讨厌，他前面的老婆和人跑了，孩子都没给他生。他后娶的这个老婆读过好些年书，可惜她带来个病秧子儿子，他看着就觉得晦气。他脸上有掩不住的轻蔑："他生来就这样，跟一摊烂泥似的，看着就让人心烦。"

他愿意多费一口饭养着这个小孩儿，还不是因为这小子看起来活不了多久？等这小孩儿没了，他老婆自然会死心塌地地跟他过，再生一个属于他的孩子。至于治病？他老婆没钱，他也不会给钱的，他家盖这栋楼房还欠着外债等他老婆的工资还呢！

陆则皱着眉看向小孩儿，这种情况需要的是补充营养，配合治疗，还需要亲人的陪伴和引导。可这小孩儿任何一样都够不上，甚至可能连基本的温饱都没有保障。

陆则说："他需要及时治疗，不然会留下后遗症。"小孩儿看起来情况已经非常糟糕了，说不定早就对孩子造成了不可逆的伤害。

男人痞里痞气地说："我们家只有他妈的一份收入，都不够吃，还得还债，哪儿来的钱给他治病啊？更何况他天生就这样，花了钱也治不好，何必浪费钱？"

陆则拿出手机摆弄了一下，对男人说："要是不用花钱，你让他去治吗？"

男人可没想过会有这样的好事。虽说这小孩儿死了也好，免得变成累赘，可要是能治好，养着也不费事，还能拴住他老婆。出于对钱的敏感，男人有些怀疑地问道："还有这样的好事？"

陆则把手机屏幕转向男人，让他看了一下宣传公告，是一家儿童脑瘫康复中心发的。

这是一家私立康复中心，规模大、设施齐全，看着就很正规。这孩子虽然不能断定是脑瘫，但是“五迟五软”是脑瘫的症状之一，可以去诊断看看。不管他是什么原因引起的这些症状，早些治疗总是没错的，康复中心有各种辅助器材，可以帮助患儿进行功能锻炼，总比每天被扔在家里这么趴着好。

今年这家康复中心要搞专项研究项目，面向全省免费接收一批志愿者，虽然已经收满了，但是陆则打个招呼再送一个小孩儿去治疗也不算什么事。

男人看完，觉得治治也可以，反正不花钱。他比较关心的是另一件事：“小孩儿送去了，要人陪着吗？”

他妈肯定不会去照顾，又不是亲孙子，照顾这么个病秧子丢死人了；要是换他老婆去，他又不乐意，谁知道她会不会一去不回？现在她还能生，说不准到了外面就勾搭上了别人，更何况，她还要赚钱养家。

陆则平静地说：“不用，只要第一天把小孩儿送去就好。要是有需要的话，那边会及时和你们视频反馈。”

陆则的态度十分温和，眼神冷静，既没有流露出多少同情，也没有因为男人的态度生出半点儿愤怒，仿佛完全只是站在医生的角度上提出建议。

男人还是第一次遇上陆则这样的人，要是陆则像一些路过的游客那样义愤填膺地指责他苛待继子，他肯定直接把人揍出去。偏偏陆则一副“我就给个建议，你爱听不听”的冷淡模样，他反而莫名地信服。

男人朝厨房里喊了一声，叫女教师出来说话。

女教师听了丈夫和陆则的话，眼底泛起一丝泪光，原本黯淡无神的眼睛忽然有了神采。她前夫意外去世，儿子又病得厉害，婆家嫌她晦气，把她赶回了娘家。她娘家也不乐意让她待在家里。正好现在的丈夫想再娶一个，见她读过点儿书，就到她家夸口说自己家里有楼房，还可以安排她到村小学工作。她娘家赶忙把她嫁了过来。

结果摆完几桌喜酒过了明路，她才知道丈夫家的楼房是借钱盖的，丈夫平时游手好闲不说，还爱酗酒，酗酒后脾气很大，总怀疑她在外面偷人，会跟他前妻一样和别人跑掉，稍有不顺就对她拳脚相加。她虽然知道自己被骗了，但工资卡和儿子都在他们手上，娘家隔了几座山，离得很远，自己根本没地方可去。她只能忍，认认真真地赚钱养家，期盼儿子能够慢慢好起来。

要是能给儿子治病，她当然愿意。女教师噙着泪追问陆则：“我什么时候可以送我儿子过去？”

陆则想了想，说道：“随时都可以，我和人打个招呼，到了那边会有人接待你们的。”

女教师连连点头，弯腰把儿子抱在怀里，高兴得语无伦次：“好、好、好，谢谢医生。”

陆则说：“你拿纸笔来抄一下地址，回头你直接过去。”

她忙把陆则请进屋，把孩子放到一边，拿过纸笔满含期盼地望着陆则。陆则把手里的手机递给女教师，淡淡地说：“点开第一个就是了。”

男人见陆则目不斜视，明显对他老婆毫无兴趣，也没兴趣看着女教师抄地址，只坐在一边看着浑身软趴趴的继子。接下来很长一段时间可能都不用看到这小子，男人心里是满意的。

女教师接过陆则递给她的手机，点开备忘录第一栏，只见最前面的并不是康复中心的地址，而是一段话：“如果你想摆脱现状，康复中心旁边是警察局，下车直接带着孩子跑过去，会有人帮你的。康复中心可以提供护工岗位，你可以一边照顾儿子一边照顾其他有类似情况的小孩儿，教他们读书认字。”

女教师的手指颤了颤，她看了那段话好几秒，才下拉到地址，拿起笔开始抄地址和联系电话。比起平时整齐娟秀的字迹，她这次的字写得歪歪扭扭，不过大体上还是清晰的。

陆则第一时间拿回手机，女教师抱起儿子朝陆则道谢：“谢谢。”

陆则点了点头，没说什么，转身走了。

葛医生正在外面寻找陆则，见陆则从女教师家里走出来，心都提到了嗓子眼。女教师家里的情况他是知道的，她老公疑心病重，还爱动手打人，左邻右舍都知道，也可怜她，但是她老公太凶悍，没有人敢多管闲事。

偶尔有些外地来的游客误入这个小村子，想帮助这对母子，最终都被她丈夫与和稀泥的当地人劝走了。毕竟劝她离婚容易，但离婚后谁管那离不开人的孩子啊？

葛医生担心地上上下下看了一遍陆则，发现陆则是全须全尾出来的，没和人动过手，这才放下心来。强龙难压地头蛇，陆则一个外地来的小子真要逞能，说不准他还要豁出脸去求人帮忙。这离又离不了的，陆则掺和进去有什么意思？

葛医生拿出手里的烟，招呼陆则："走吧。"

陆则点头跟上。

等上了车，葛医生才和陆则说起女教师的家事：原本她跟前夫齐心合力，日子也算过得和和美美，可惜命不好，婆婆偏心不说，她前夫还出意外死了，这母子俩就被赶了出来，她原来的代课工作还被小姑子顶了，再嫁的这个人，自己游手好闲，还爱动手打人。

葛医生叼着烟告诫陆则："你一个后生别瞎掺和，清官难断家务事！"

陆则一口应下："我不掺和。"

路他指了，怎么选择是女教师自己的事，要是她没有勇气反抗，他也没办法帮她。

"天助自助者"，没有人能帮别人过好一生，他只能提供一个选择。

陆则回答得很干脆，葛医生不疑有他。

葛医生心里虽然松了口气，却又隐隐有些失望，觉得陆则看起来锐气十足，竟也和他一样是一个趋吉避凶、明哲保身的人。只是，他自己都不愿沾手的事情，也没有理由要求陆则去管。

葛医生把烟塞进嘴里，深深地吸了一口，吐出一口雪白的烟雾，长满皱纹的脸躲在烟雾之后，叹着气开了口："开车吧，得赶去下一个地方。"

陆则乖乖地跟着葛医生忙碌了三天，终于把鹿鸣镇周围需要计划接种的地方跑完了。

陆则回了外科那边。

就在陆则准备照常跟着李医生干活儿时，一群人气势汹汹地来到了镇医院门口。

保安还来不及拦着，他们已经闯进大门，直奔镇医院正厅，为首的男人正是那女教师的丈夫。

他一脸凶狠地往里闯，冲医护人员吼着问道："姓陆的小白脸呢？你们医院那个姓陆的小白脸在哪里？"

正在忙碌的小护士被他吼得后退了两步，一时不知该怎么反应。

那男人还在怒吼："姓陆的小白脸你给我出来，是谁给你的胆子怂恿我婆娘逃跑的？！"

长假过去，小镇上平时来看病的人也不多，此时大部分都病恹恹地坐在候诊厅里打瞌睡。

睡着的人都被这一通叫嚷吵醒，齐刷刷地看向这群明显来意不善的男人。

这男人家里有六个兄弟，他排行最末，是他妈的心头肉。前两天他老婆把孩子的东西收拾收拾，在他的陪同下抱着孩子去陆则说的康复中心。

一路上，他老婆紧紧地抱着孩子，坐了三小时的车也没叫他帮忙。他没觉得奇怪，要是他老婆叫他抱孩子，他不仅不会答应，还会骂她一顿。

结果他们到了地方一下车，他一个没注意，他老婆居然跑警察局去了！更可恨的是，那些多管闲事的警察居然要给他老婆验伤，说如果构成伤害会把他拘留，害得他借口去上厕所溜走了。

他在警察局附近蹲到天黑，没等到他老婆出来，越想越不对，警察局还可以让人留宿吗？

第二天他让他哥去试探，才知道人早不在里头了，可能是从侧门出去的。他们觉得人可能去了隔壁的康复中心，想闯进去找人，却被保安抓住送到了警察局，说他们扰乱治安，还砸出康复中心的一系列背景，说康复中心与国外有合作项目，还说它背后的投资人是某某首富……总之，不管哪一方都是他惹不起的。

老婆就这么丢了，男人哪能甘心啊？他想来想去，觉得这肯定是陆则搞的鬼。陆则从一开始就没安好心，这小白脸可恨至极！

这不，男人回家后找齐自己的几个哥哥，再纠集一干叔伯兄弟，一起跑医院来找陆则算账！

医院保安第一时间赶了过来，可来的人太多，没法把他们拦下。

李医生正准备和陆则一起去查房，听到动静后皱起眉头。外面都是些老医生和小护士，经不起意外。李医生有些怀疑地看了陆则一眼："你跟葛医生下乡时，是不是又做了什么？"

陆则听到熟悉的声音，大致猜到出了什么事，把事情的经过简单跟李医生说了。

李医生一时无言。能帮到人当然是好的，只是现在人家带着兄弟上门找碴，陆则看起来细胳膊细腿的肯定打不过这些本地人啊！

李医生说："你别出去，我报完警就去看看。"

陆则没逞强，点头应下。没找到陆则，对方应该不会直接动手，他跟过去可能会引起混乱。

李医生报了警，正要出去挡一挡那群闹事的人，却听外面突然没了动静。

李医生与陆则对视一眼，他让陆则先别动，随后走出了值班室。

第五章

横扫讲座的师兄妹

精灵小可是个网络主播，上次来鹿鸣镇没玩够，这次她又在粉丝们的投票下来到了鹿鸣镇。

没想到她到这儿之后突然感冒了，还有点儿发烧。她到镇医院挂号拿了药，正要离开，结果竟撞上候诊厅里惊险的一幕。

医院是大家看病的地方，在这种地方大吵大闹本来就是没素质的表现，这些人还一副随时要动手的模样，精灵小可立刻拿出主播的职业素养，打开手机摄像功能开始拍，顺便把直播也打开了。

精灵小可的粉丝很快占领了直播间——

“这是什么情况？怎么看起来好像要打架啊？”

“他们说的‘姓陆的小白脸’不会是小陆医生吧？”

“只有我担心这些人会动手吗？他说小陆医生怂恿他老婆逃跑又是怎么回事啊？”

“小可你离远点儿啊，别被他们找上了，我看他们一个个凶神恶煞，都不是好惹的。”

粉丝们正热烈地讨论着，忽然有人注意到门口出现了一群手臂有文身的壮汉。那是一群三十出头的高大男人，穿着统一的黑色工作服，都入秋这么久了他们似乎也不觉得冷，全都浮夸地把手臂上的图案齐齐整整地露了出来。

这时李医生也来到了候诊厅，看到那群闹事的家伙鹌鹑一样退到了一旁，不由得望向那群壮汉。

为首的壮汉把人掀翻在地，一把按住，朝一旁站着的小护士露出友善的笑容，问道："我听他们嚷嚷着要找姓陆的，是哪个姓陆的啊？不会是我们的陆哥吧？"哪怕他切换到友好模式，小护士也没能从他干脆利落的摔人动作里回过神来。

听完他的问话，小护士才结结巴巴地说："我们医院只有小陆医生姓陆。"

壮汉得到答案，转头朝那男人呸了一声，质问道："你找我们陆哥有什么事？"

那男人本来就是欺善怕恶的主，此时矢口否认道："没有，我没找他！"

壮汉不信，一副随时要给男人补两脚的架势："我刚才听你喊我们陆哥小白脸？"

派出所就在医院不远处，警察局一接到李医生的报警马上就派人来了。看到候诊厅里的场景，警察们也陷入了恍惚之中：这画面怎么感觉有点儿眼熟？周围的病人纷纷指证说是男人带着一群兄弟过来闹事，壮汉一行人见义勇为！

既然这些人没闹出什么事，把他们带回派出所批评教育一番就好。

陆则听说有热心人士及时出现解了围，警察也到了，立刻和其他人一起去了候诊厅。

壮汉们一看到陆则，立刻高兴地喊道："陆哥！"

警察们看向陆则的眼神有点儿微妙。

陆则一出现，那欺软怕硬的男人被按下去的脾气又上来了，扯着嗓子喊了起来："你个缩头乌龟，有种别躲着！正好警察在，你们说说看，他把我老婆弄没了还有理了是不是？！你们看看这群人一手臂的文身，一看就不是正经人！我要举报他们搞黑社会，拐骗妇女！"

陆则说："他们都有正经工作，是来鹿鸣镇搞团建的。"

男人梗着脖子说："你说有就有？！"

陆则看看他的脖子，又看看他的脸色，再看看他微微突出的眼珠子，客观地评价："你可能有甲亢，建议及时治疗。"

男人沉默了，围观群众也沉默了。

文身壮汉很捧陆则的场，你一句我一句地劝说起男人来："陆哥是学医的，他说你有病，你肯定有病。"

"对啊，有病就得治，你别拖啊。"

"你看看我们现在不仅有钱了，日子还过得特别充实，这就是听陆哥的话的下场啊！"

"豹子你是不是傻了，下场是这么用的吗？"

李医生听着他们你一言我一语地聊着，不由得看了陆则一眼。这群人看起来和他弟弟一样凶，没想到同样是群活宝！他很难想象这样一群人会和陆则扯上关系。

陆则倒是习惯了，继续慢条斯理地对男人说："严格来讲，她并不是你的配偶。"

男人怒道："不是我的，难道是你的不成？"

陆则的语气还是很平和："据我所知，你的配偶在三年前悄悄离开了，并没有和你办离婚手续。你又和她以婚姻名义共同生活，属于事实重婚。"

"我老婆没了我再娶一个还犯法？"

"根据法律规定，这种情况要予以刑事处罚。"陆则不疾不徐地说，"换句话来说，就是你要去坐牢。"

男人怒目圆睁。

壮汉之中有人说道："这个我懂，上次我帮我姐去捉奸，特意看过法律条例的，可以蹲个两年吧！"

陆则继续说："如果你对她的伤害构成故意伤害罪，同样也要负刑事责任。法律面前没有所谓家事，别说她不算你真正意义上的妻子，就算是，她并非你的所有物，她是一个独立、享有各项权利的公民。"

其他人听明白了，原来这男人不仅闹事，还家暴！一般来说，只有孬种才会对自己的老婆动粗，这男人明显就是在外没能耐、对内特别横的那种人。众人对男人投以鄙夷的目光。

警察怕再生出什么乱子，赶忙把这群闹事的人带走了。

风波结束，陆则对特意过来找自己的壮汉们说道："你们怎么提前到了？"

为首的壮汉说："本来我们是想给陆哥你一个惊喜，没想到刚到这边就遇上这事了。"说完他一脸崇敬地看着陆则，"不过即使我们没过来，这点儿小事对陆哥来说也是小菜一碟！"

其他人看向陆则的眼神里写满了好奇，想知道陆则是怎么让这群一看就不好惹的人对他这么崇拜的。

陆则说："你们先去玩吧，我还要上班。"

壮汉们齐声答应："好！都听陆哥的！"他们嗓门本来就大，这么一吼更是在整个候诊厅里久久回荡，震得每个人都觉得耳朵要聋了。

这群人呼啦啦地离开了，候诊厅很快恢复了平静。

陆则在其他人略带敬畏的眼神中跟李医生查房去了。

国庆那天在医院做断肢再植的少年还没出院，看到陆则过来后很激动："小陆医生，听说你和李医生都有一群文身兄弟，还都是经常见义勇为的那种？"

病房里的其他人也齐齐地看向陆则。

陆则说："我以前认识的朋友而已，他们现在在搞物流，来这边搞团建。"

李医生和陆则一起检查少年的左手，目前缝合处已经拆线，伤口恢复良好，再观察一段时间就可以出院了。

忙了一下午，李医生和陆则顺利下班。

有朋友过来，陆则自然没去食堂，和李医生在值班室门口分开，一个人走出镇医院去约定好的饭店找他的朋友们。

陆则前两回去的饭店可能是因为上次火了一把，壮汉们竟也选了这里。

老板远远地看见他来了，热情地迎出来，高兴地说要给他们加菜。

陆则说："谢谢，正常上菜就好。"

老板说："不行，也不多，就加一道。小陆医生你可千万别拒绝，反正食材都是现成的，又不费什么钱。"

陆则没再推拒。

壮汉们正要和陆则叙叙旧，就看到一个身材娇小、长相可爱的女孩子走过来喊道："小陆医生？"

陆则看向那个女孩儿，发现不认识，有些疑惑。

女孩子自我介绍："我叫小可，是个主播，今天在镇医院正好拍下了那些人闹事的过程。我的粉丝都很好奇具体是怎么回事，你能给我说说吗？"她态度很好，说起话来非常有礼貌，"如果不方便的话就算了。"

陆则想了想，点了点头，简单地把事情的经过说了一遍，只是隐去了女教师母子的真正去向。

下午康复中心的人和他联系过了，考虑到女教师母子情况特殊，康复中心已经把他们转到了另一家康复中心，即使那个男人再闹上门也不可能找到人。

在另一家康复中心里，孩子会得到同等条件的照顾和治疗。世界那么大，只要他们脱离了人渣，日子总会越过越好的。

鹿鸣镇以前偏远落后，很多窝心事不会得到社会大众的关注，久而久之很多人就习惯了。

鹿鸣镇这两年火了，连带着也让许多无人关心的事情浮出水面。

事实上这种把妻子视为自己的所有物，觉得打老婆不犯法的人哪里都有，哪怕是大城市里也有。很多女人为了孩子或因为别人的看法而选择忍气吞声，忍着忍着大半辈子就过去了。

陆则的声音透着一种难言的冷静，他一点儿也不像帮助了这次事件中的女主人公的人，倒像旁观者。他的语气并没有同情，神色间也不见怜悯，仿佛他只是单纯把事实叙述出来而已。

可正是这种平淡的语气，让人更加揪心，感觉每一个细节都那么触目惊心。

精灵小可听完女教师的经历后红了眼眶。要不是实在看不到出路，谁能忍受精神和身体的双重折磨？不管在哪里，一个单身女人带着个重病的孩子都很艰难!

直播间的观众也默默地听着，直至陆则说完，才开始疯狂发弹幕刷屏——

“我明明是来看风景、看小可的，为什么突然跳转到法治频道，哭了，看不得这种事……至少最后的结果是好的。祝那位妈妈摆脱人渣，海阔天空！”

“祝那位小宝宝早日康复！”

精灵小可听完陆则的叙述后没再打扰他们，下了直播一边抹眼泪，一边等上菜去了。

陆则也陪着老朋友们吃了饭，听他们说起这几年的事。

他们物流公司因为创立得早，在南方根基很稳。由于当年他们有“黑历史”，差点儿当了街头小混混儿，因此一开始派出所对他们盯得挺紧，甚至特意在他们的公司门口建了警务亭，怕他们明着上岸，实际上在搞不法交易。后来警方盯久了，发现这群人确实在踏踏实实地创业，还让不少醉心于街头斗殴的小混混儿加入其中，这才放下心来。

近几年市里还频频给他们颁发优秀企业奖，暗中把一些不服管教的刺头或者亲戚子侄塞给他们。他们来者不拒，照单全收，把那些人的臭毛病全拧了过来。

陆则和他们边吃饭边叙旧。

精灵小可的直播却已经在网上大面积扩散开来。

近年来，频频爆出家暴的新闻，甚至还有高学历、高薪阶层的女性为了孩子和家庭忍气吞声，最终忍无可忍地做出一些极端举动的事。这些事以前并非不存在，只是近些年来网络发展起来了，消息传播得更快、更广，以前只在左邻右舍之间口口相传的“家丑”得以进入更多人的视线。

一个地方的经济发展也许可以在短期内爆发，但是文化、教育等发展程度却很难在短期内大幅度提升。有时候看到这些新闻，很多人觉得无力，不知道自己能做些什么。

在看到精灵小可的粉丝们转发的直播内容之后，不少人跟着转发了。紧接着陆则的粉丝发现陆则现身直播间，也蜂拥而至，本来只是想看陆则的脸，结果看完也转发了。比起很多令人气到肝疼的社会新闻，这件事的结局还是比较让人欣慰的。

事情逐步发酵，李医生的妈妈很快也知道了，义愤填膺地转发并留言，直言不讳：“远离对自己老婆动手的人渣！”

等看到那群喊陆则为“陆哥”的壮汉，李妈妈觉得很惊奇，分享到家族群喊丈夫和儿子一起看，还教育儿子：“你看看人家的文身贴，看起来就很上档次，和你们上次买的四神兽完全不一样！下次我们自驾游时你们也买这个！”

这下家族群顿时热闹起来。

李家老三：“我怀疑他们手臂上的文身是真的。”

李家老五：“我也觉得是真的，他动起手来好熟练啊，是不是经常打架练出来的？”

李家老爸：“你们不上网吗？网上都扒出来了，说他们是威霸物流的创始人，合伙创立了威霸物流和尾巴快递，文身什么的肯定是为了营销！你看看人家的官方形象上就有文身！”说完他发了几张图片。

老二家崽：“@李家老二，爸，这个尾巴姐姐好可爱啊！上面说‘欲购同款抱枕请移步威霸官网’，我马上要过生日啦，给我买，我要！”

李家老二：“物流公司还卖抱枕？”

女教师的事已经尘埃落定，大家感叹祝福完也就完事了。

很多网友发现这些壮汉还真是正经人，这么多年来一直踏踏实实地搞物流、认认真真地送快递！更难得的是，不管是威霸物流还是尾巴快递好评率都高得离谱，他们公司还出了不少非常受欢迎的衍生产品，抱枕、雨伞、笔记本……非常受年轻人喜爱。据说还有动漫公司联系他们，表示可以把他们的拟人形象做成动漫。

既然那些壮汉是正经人，那么就只剩下一个问题了：他们怎么喊小陆医生为“陆哥”？明明他们年纪都比小陆医生大！经过网友们一番不着边际的讨论，小陆医生在众人心中的形象越发神秘了。

相比网上的欢快，接下来几天，很多人的日子就不太好过了。

直播发出的第二天，就有男主播打听到女教师的男人的住处，不辞辛苦地跑到那里跟男人说，他对男人的遭遇非常同情，觉得不能让发言权掌握在少数人手里。他要帮男人发声，让男人也有机会说出自己的委屈。

男人不疑有他，在男主播的引导下逐渐放下心防，对着镜头振振有词地说出“打自己的老婆怎么就犯法了”“老婆跑了再娶一个有什么不对，十里八乡谁不是这么干的”“她身体太差了，上次好不容易怀上后挨我两拳又没了”之类的话。

虽然陆则跟他说了一堆他这么做犯法，但他觉得他才是受委屈的那个人。他说到气愤之处不仅辱骂女教师母子，还带男主播去拍地上留下的狗链子，说女教师的儿子平时就像狗一样被拴在那里，那样的儿子也就他愿意接受。

男人还说，他这样真是好男人了，像某村有人卖老婆、某村还有人卖孩子，他愿意娶一个二婚带着重病儿子的女人，她难道不该感恩吗？

男主播的采访内容一放出来，网友们气炸了，之前陆则说得那么冷静，他们听了仅仅是心里难受，也为女教师摆脱厄运高兴。现在大家不仅难过，还非常愤怒！

一时间不少人打当地的举报电话，表示现在这人亲口承认打人和虐待，已经涉嫌故意伤害，怎么都得关起来。还有男人提及的那些腌臜事，可能涉及人口买卖，有关部门难道不该彻查？

这已经是鹿鸣镇这两个月来，第二次引起社会广泛关注的不良事件了！

第二天一早，不太关注网络的镇长得知这件事后，紧急召集人手开会，让人赶紧去跟进情况，查清楚后该抓起来的抓起来，该通报的通报，不许有半点儿耽搁！

布置完任务，镇长靠在办公椅上叹气。他仔细想了下，发现这两桩不良事件竟都和镇医院那位实习生有关系。这个实习生专业能力如何镇长不清楚，但是搞事能力一流，再让他在镇上待下去，怕是整个鹿鸣镇都能被他掀了。

镇长琢磨了一会儿，给刘院长打电话，笑呵呵地寒暄：“老刘啊，最近你底下人手补齐了，不忙了吧？”

刘院长说：“不忙了，多亏镇长你帮我们争取来两个新医生。”

“在你们院里实习的那个小陆，好像也来一个多月了，差不多该结束实习了吧？”

刘院长敏锐地听出了镇长的话外之意，马上说：“要不是您提醒我都忘了这茬，实习这么久也差不多了，回头我找他说说。”

镇长唉声叹气："人家以后肯定要往大城市发展，在我们这边实习再久也学不到多少东西。这么优秀的人才，我们这小地方肯定是留不住的，还是让他早些回去吧，别耽误了他的学业。"

刘院长保证道："对，我也是这样想的，一会儿我就和他聊。"

镇长满意地挂了电话。

刘院长还没让人把陆则喊到办公室，陆则先接到个电话，是省院的阎医生打来的。

老阎是省院外科的扛把子，出了名的挑剔和严苛，但很看好陆则。他不废话，开门见山地问："小陆，是我，听说你最近待在一家镇医院？"

陆则老实回答："对，近两年很火的鹿鸣镇。"

"镇医院病人都没几个，你能学到什么？听说还有人到医院找你的麻烦，你别在那边待着了。"阎医生说，"首都有个高校联盟和自动化研究所合作搞手术机器人的项目，主要针对介入手术的，我向那边推荐你去参加，你把那边的事收收尾赶紧回来，十一月初就开始了。"

陆则没想到阎医生打电话来是为了这事，没矫情，一口答应下来："好，我会尽快回去。"

阎医生没废话，告诉陆则会把相关资料发给他，就挂断了电话。

介入手术是二十世纪初一个叫福斯曼的泌尿科医生琢磨出来的，他看到一篇论文提及有人尝试着把细小导管沿着血管插入马的心脏附近，觉得这可能是一种全新的治疗方法，就自己试着把常用的导尿管插入到心脏周围。

介入手术和传统手术对比有不少优点，比如创口小、恢复快，病人遭受的痛苦比较少等。但问题也比较多，因为介入手术是通过导管操作的，不像传统手术那样打开胸腔，所以全程都需要在医学影像设备的辅助下进行。

自从医学影像设备问世以来，它的优点固然不用说，但缺点也很明显：医学影像设备的使用往往伴随着会对人体造成不良影响的辐射。

一般来说，参与介入手术的医护人员要身穿几十斤重的铅衣，全副武装地进行手术。

医生穿着沉重的铅衣操作数小时，很难一直保持手术操作的精确度；但如果医生不穿全套铅衣，那就是把自己暴露在辐射中；哪怕穿了，做手术的医生也不可能完全隔绝辐射。

理论上，在这个过程中医护人员受到的辐射量比完全暴露的病人小得多，但病人一般只需要做一次手术，医护人员一年下来参与的手术却非常多，接受的辐射量并不小，甚至已经有一部分医护人员因此遭受了不可逆转的伤害，比如暴露在外的眼睛、甲状腺等部位容易发生病变，还有可能会影响精子和卵细胞的形成，对后代产生一定的致畸影响。在很多医院就有不成文的约定：未婚未育的医生不参与介入手术。

机器人参与介入手术是近年来全世界都在研究的课题，它可以利用智能化的机器人代替医生的双手，让医生坐在稍微远离辐射的地方进行手术操作。这可以更好地保护医生远离职业暴露，延长医生的职业生涯。

当然，手术机器人的推广和应用也有不少难题：首先是成本高，进口的手术机器人非常昂贵，自主研发也需要投入大量的资金和时间，只有少数医院有这种条件；其次是技术还在逐步摸索中，各方面都不成熟，患者可能不接受，医生可能无法适应。

因此陆则很愿意参加阎医生所说的项目，哪怕只是去打打杂也是好的。

陆则正琢磨着先和李医生说一下回去的事，刘院长就叫人过来喊他去办公室谈话。

刘院长态度和善地让陆则坐下，关切地问道：“小陆啊，这段时间感觉怎么样？习不习惯？”

“习惯。”

刘院长说：“哈哈，是我问错问题了，以小陆你的能力当然是到哪儿都能习惯。”

陆则没接话，只是静静地看着刘院长。

刘院长被陆则看得有点儿心虚，端起茶喝了一口，对他说：“我听你们班主任老王说，在市区见习的学生基本都返校了，你有没有接到回去的消息？”他搬出镇长那套说辞劝说陆则，“你也来这里一个多月了，镇医院就这么大点儿，我看你继续留在这边也学不到什么，太耽误你了。”

陆则听明白了，刘院长是委婉地劝他离开鹿鸣镇。这也很容易理解，毕竟前几天有人跑医院找他的麻烦，他又明显不会留在镇医院。刘院长权衡之下劝他离开以维持镇医院的安稳，再正常不过。

陆则说：“我刚想和师兄商量，今天省院的阎老师说要推荐我去参加一个项目，十一月初就要出发，我也该回去了。”

刘院长自然知道阎医生，那可是稳坐省院第一把交椅的外科专家，就没有人不知道他的。

当初老王只说陆则是裴正德的爱徒，没说陆则认识老阎，刘院长还真有点儿惊讶。不过陆则自己有事要回去，刘院长当然非常高兴：“那是该早点儿回去，需要什么材料只管找小李他们。”

陆则说：“谢谢院长。”

陆则很快和李医生说了要回去的事。

李医生早就知道陆则不可能久留，听陆则说要走也不意外，爽快地帮陆则把该填的材料填完。

到了晚上，李医生亲自做了一桌子菜，邀请几个相熟的同事过来一起给陆则饯行。葛医生也过来了。因为有怀孕的女同事在，葛医生难得没抽烟也没劝酒，只是扫荡完李医生做的菜后敬了陆则一杯，竖起大拇指夸陆则：“小伙子，你是好样的。”

陆则笑了笑，跟他喝了小半杯酒。

葛医生带着酒气回了家，妻子正在弄挂烫机，见他回来了，不高兴地唠叨他身为医生不知道爱惜身体。葛医生一屁股坐到沙发上，仰躺着看向斑驳的天花板。可惜当初他为了当这个医生把家里都掏空了，女儿只能辍学，仅供养儿子念书，儿子知道姐姐辍学的原因后很生气，去县里念完高中就再也没回家。

现在他们夫妻俩都有工资，日子还算过得去，只是儿女都不愿意回来，逢年过节难免会觉得冷清。

妻子见葛医生没动静，放好挂烫机走过去问道："你怎么了？"

"没什么，前些天我不是和你说过那个实习生吗？他要走了。"葛医生说，"年轻真好啊，那是个好小伙。说起来，咱儿子也和他一样大吧？"

"你不是说他才二十吗？他比咱儿子小多了，这你都记不清了？"妻子提起儿子，也叹了口气，没再说话，只静静地握着丈夫的手。

儿女怨恨他们自私没用很正常，但当时如果丈夫没了工作，一家人估计连饭都吃不上了，还提什么读书？反正其他人家的孩子也是一年到头只回家一两天，见得着见不着又有什么区别？既然他们不愿意回来，她就当没生过他们就是了，反正也不指望他们养老。

夫妻俩双手交握，对着空荡荡的屋子静坐良久。

陆则结束聚餐，洗完澡，照常打开社交软件。

几乎是在他点开微信的一瞬间，裴舒窈的消息就发了过来："我们后天走，听我爸说你也要回去了，要不要坐我们的车回市区？我们车上还有挺多空位子。"

有顺风车，陆则当然不会拒绝，爽快地回了一个"好"字。

裴舒窈没再说话。

陆则给亲朋好友们点了赞，又回答了一些专业问题才躺下睡觉。

翌日，大伙都知道他要走了，一大早他跟着李医生去查房时不少病人要求合影留念，说以后可能再也见不着了，让他别拒绝。

李医生大方地让陆则自由活动，还让他和认识的病人告个别。

既然李医生都表态了，陆则没再拒绝，和好几个病人合了影。

中午吃过午饭，刘倩她们也不舍地拉他去外面的绿化带拍了几张合照。陆则一一满足了她们的要求。

最后，李医生和葛医生也过来分别和他合了影。

转天一早，李医生等人要照常工作，陆则早早收拾好行李到医院侧门等考古专家坐的车。

大家该道别的都已经道别过了，陆则没让任何人放下工作来送他。

不一会儿，一辆大巴车出现在陆则的视野里，裴舒窈坐在靠窗的位置向他招手。

陆则拎着行李上车，礼貌地和车上的其他人打了招呼，才走到裴舒窈身边的位置旁把行李放好。

裴舒窈等陆则坐下后，问道："去首都的机票买了吗？"

陆则说："还没，准备先回去把材料交了，再看看什么时候出发。"

裴舒窈说："我们过两天也要去首都，不如一起去？"

陆则没意见，虽然路上的时间他可以用来补觉或看书，但有个可以聊天的人也不错。他拿出手机查了下价格，直接把机票钱转给裴舒窈。至于陆则的身份证号码之类的就不用给裴舒窈了，她肯定有。

裴舒窈果然没问他要，两个人结束了一起去首都的话题，讨论起最近买的新书以及这次去首都有什么值得听的讲座。首都可是汇聚了各行各业顶尖专家的政治文化中心，牛人还是很多的，很值得他们去学习学习。

陆则和裴舒窈两个人凑在一起嘀嘀咕咕，不时拿出手机搜这搜那，并在小本子上写写画画做记录。

旁边的人听了几句，默默腹诽：你们一个学医，一个学考古，为什么要去听物理专题、数学专题、哲学专题的讲座？而且讨论起相关内容来还一副如数家珍的样子！

大巴车一路往回开，路不算宽，偶尔迎面来辆车，他们还要避让一下，两边各自挪一挪才能保证道路通畅。

陆则离开得很干脆，鹿鸣镇引起的关注却并未因此停歇。

就在陆则一行人前脚刚离开鹿鸣镇，后脚就有人在网上曝光自己去查探情况时被人打了的视频，这又引起了新一轮的网络讨论。

虽说某些主播或网红有点儿凑热闹、蹭热度的嫌疑，但他们至少是为查探真相付诸行动了，他们发出被打的视频和受伤照片之后自然引起了网友的愤怒，又一次把鹿鸣镇推到了风口浪尖上，很多人对它已经有了些许负面观感，觉得这个“桃源小镇”名不副实，都什么年代了，还捂着这么多破事。那些人那么凶，连游客都打，还有谁敢去旅游？

镇长看着网上飞速传开的负面言论，额头冷汗直冒。

中午，一辆县里开来的车停在了镇政府门口。这次过来的负责人说话很不客气：“关于鹿鸣镇的情况，县里非常重视。有些陈规陋俗很多人习惯睁一只眼闭一眼，但鹿鸣镇是县里重点发展的试点地，要给其他地方带个好头，出现这种事是绝对不能容忍的。”负责人朝镇长叹气，“老陈啊，目光要放长远。”

鹿鸣镇由此开始了一场由上至下的大整改，相关部门又和镇上的人宣讲包庇这些恶事可能带来的后果——旅游业萧条、经济倒退。享受过旅游业带来的红利的人怎么愿意去过原来的苦日子？有些人原本觉得事不关己，现在也紧张起来，暗中给县里来的调查组提供证据和线索。接下来的一段时间，调查组很快借着群众提供的线索揪出了好几桩旧案，解救了几个被拐卖到偏远山区的女人和孩子……

一场大清扫以雷霆之势在鹿鸣镇全面展开，这都是后话了。

现在，陆则刚被大巴车送到小区门口，和裴舒窈一起下车。他们刚下车就发现卫家的司机已经等在小区门口了。

陆则和裴舒窈没多客套，分别从两边上了车。

司机一向健谈，一点儿都不怕陆则的少言寡语："窈窈是回家还是和小则一起吃个饭再回去啊？"

裴舒窈说："回家，麻烦王叔了。"

"不麻烦不麻烦，也就绕个弯的事，那我先送你回去。"司机将车转了个弯，往裴家的方向开去，嘴里依然没闲着，"小则你最近出名了，我那天和几个老朋友喝酒都听他们聊起你。你干得好，那男的太过分了，往自己的老婆身上撒气算什么本事？人家父母宝贝着养大的女儿，就是被他这么糟践的吗？照我说，这种人根本就是孬种！"

陆则说："对。"

裴正德在高校工作，工资虽然不少，但也买不起这边的豪宅，这房子是他妻子伍心慈的资产。

裴舒窈拎着行李打开家门，裴正德不在家，她母亲伍心慈倒是难得没出门。看裴舒窈回来了，伍心慈问道："今天回来怎么不说一声？我好让人去接你。"

裴舒窈说："我和陆则一起回来的，卫叔叔家的司机送我回来的。"

卫家别的不缺，就是人丁太少，卫家是三代单传，除了几个远房表亲之外连可以走动的亲戚都没几个。所以，卫父不仅对自己的孩子喜欢得不得了，每当提起陆则这个出色的继子来同样一脸骄傲。

即使如此，陆则也不爱和人报备行程，不过他和卫家人没有血缘关系，徐淑珍又比较敏感，陆则不愿看她红眼眶，所以每次过去、离开都不忘提前知会一声，由着徐淑珍让人来接他。

裴舒窈觉得回自己家又不是大事，解释道："我想着你们可能在忙，就没特意和你们说。"

伍心慈也习惯了女儿的独立，要是女儿突然变得热络又黏人，她才要怀疑女儿是不是生病了。

伍心慈笑着说："那我这就和你爸说一声，让他中午早点儿回来，要不他又该怨我让他错过给你做饭的机会了。”她给丈夫打了个电话，然后叫人张罗着先给女儿做点心垫垫肚子。

至于女儿和陆则一起回来这事，伍心慈想都没想。

陆则也回到了家。

他向司机道了谢，拎着行李走向主屋。徐淑珍正坐在客厅等着儿子，见陆则走进来，不由得站起来上前要帮陆则拿行李。

陆则摇头道：“很轻的，我拿回房就好。”

“好。”她跟着陆则一起往楼上走，“饿不饿？我叫人给你准备吃的。”

陆则看见了徐淑珍眼底的失落，点头道：“一大早开始坐车，饿了。”

徐淑珍这才高兴起来。

午饭准备好，卫父也回来了。卫父见到陆则非常高兴，把他从头到脚夸了一顿，才问他这次在家待多久。

陆则对卫父的夸赞已经习惯了，回答道：“阎老师推荐我去参加一个项目，后天飞首都。”

卫父说：“回头和老王说一下，到时让他送你去机场。”

陆则点头。

一顿饭，他们一家吃得很融洽。

陆则难得有两天空闲，决定放松一下，把今天和裴舒窈换来的书看了。

陆则身边风平浪静，有些地方却不怎么平静。

陆则要到首都跟项目了！而且，他的师妹裴舒窈也要去首都了。

一个各方专家云集的群里，有人突然甩出一个问题——

老杜（哲学）：“今天我被小陆问下个月有什么值得听的讲座，他有没有找其他人？”

老莫（物理）："他也找我了。"

老蔡（数学）："小裴找我了。"

小王（数学）："好了，看到他找蔡前辈了，我去重新准备讲义了……"

大章（历史）："我和老莫的天体物理撞了，他们应该会去听老莫的讲座……"

老蔡（数学）："@小王（数学），我没推荐你的讲座！"

小王（数学）："我知道了。"

老杜（哲学）："@小林（哲学），我推荐了你月中的那场。"

小林（哲学）："我知道了，谢谢老师。要不我把讲义发给您，您看看有没有相关书目可以推荐给我补充的？我怕我漏读了。"

老杜（哲学）："可以，你发来我看看。"

周一早晨，陆则早早接了裴舒窈一起去机场。

裴正德很是不舍，先对裴舒窈叮嘱一番，又对陆则叮嘱一通，让他们相互照应。

最后，裴正德对他们殷殷叮咛："遇到解决不了的事找老师和家长帮忙，千万别嫌丢人，太爱面子容易吃亏。"

"知道了。"陆则和裴舒窈十分乖巧地答应。

裴正德依依不舍地目送车子往小区大门驶去，心里还是不踏实。不是他瞎担心，而是他早就认识陆则了。

那会儿网络还没现在发达，消息传播途径没现在多，有什么事也就报纸或者地方电视台报道一下，不像现在这样可以瞬间传遍全国。即使如此，陆则也没少闹出动静来，比如感化了一条街的混混儿让他们改邪归正。别人考完试都是家里人接去庆祝，唯独陆则不一样，陆则是一群混混儿模样的家伙跑到考场门口拉横幅迎接他！

这几年陆则沉迷学习，低调了许多，裴正德松了一口气。结果他前不久出国交流几个月，陆则一下子又成了舆论焦点，天天待在风口浪尖下不来！也不知他这次会不会又惹上什么麻烦。

裴正德决定去煲个牛蹄汤。新鲜牛蹄加桂皮八角炖三个小时，再加当归、枸杞炖一个小时，汤汁鲜美清甜，牛蹄也炖得正好，筋骨酥软易入口，一口咬下去全是满满的胶原蛋白，纯天然无添加。操心太多的人容易老，他得多吃点儿蹄子补回来！

裴正德正琢磨着怎么变着花样给自己和妻子煲汤，陆则和裴舒窈已经抵达机场，与裴舒窈的导师会合。

他们都是老熟人，裴舒窈的导师笑呵呵地打趣几句，点齐人数，便带着几个学生一起去办理托运。

陆则把行李放去托运，转头看到有个中年人殷勤地对一位老者说："老师，要吃点儿什么吗？"

那个中年人四十多岁，身上有股药味，陆则嗅觉敏锐，远远就闻到了，不由得多看了那两人一眼。这一看，他才发现那老人竟是有过几面之缘的熟人，姓江，是省里一流的中医名家。

江老早些年在一场会议上与不少人闹翻了，拒绝了院里的返聘，也不再给人看病。

陆则记得当时业内围绕木通这味药展开了一场拉锯战。

有一个常用的古方——龙胆泻肝丸，需要使用木通这味药。

龙胆泻肝丸的主要用处就是去火。人们常说一的个词是"上火"：咳嗽不止，上火了；口苦尿赤，上火了；头晕眼疼，上火了。当初龙胆泻肝丸属于非处方药，到处都可以买到。

需要一提的是，木通主要有三种，白木通、川木通和关木通。和白木通、川木通相比，关木通易于种植、价格低，近几十年来迅速占领了市场。

问题就出在这里，关木通是便宜，却有一个致命的缺点：它含有马兜铃酸。马兜铃酸会对肾脏造成不可逆转的伤害，甚至可能造成肾衰竭或者癌变。当年业内业外围绕要不要禁用关木通这件事，开过许多会议。江老也参与过这类会议。

江老到底因为什么事决定不接受返聘已经无人知晓，不过裴正德说很可能和当初的关木通争议有关。

陆则久闻这位老前辈的大名，想了想，主动上前跟江老问好："江老师，您好。"

江老刚对中年人摇了摇头，表示不需要吃东西。听到有人喊"江老师"，他转头看向声音传来的方向，看见了陆则。江老朝他点了点头，算是回应。

陆则也没有多说什么，问候完便转身和裴舒窈他们会合，一起等候登机。

今天天气不错，飞机没有晚点，他们按时过了登机口。

巧的是，江老与那个中年人也是同一个航班，座位正巧在过道另一边。陆则不是喜欢寒暄的人，没再上前搭话，和裴舒窈一起对号入座。

陆则刚系好安全带，叶老头儿又跑了出来。这小老头儿最近缩成巴掌大小，在眼前飘着都不太起眼。他好奇地在机舱里飘来飘去，还到窗边看着停在机场上的其他飞机，想瞅瞅这些庞然大物到底是怎么带着人飞上天的。

陆则没理会叶老头儿，转头和裴舒窈聊接下来的安排，到了首都，坐地铁不耽误时间，走地面路线反而容易因为堵车而耽误时间。两个人凑在一起交头接耳，飞机已经起飞了。

叶老头儿看完机长开飞机，意犹未尽地溜回来，正要听听陆则和裴舒窈在聊什么，目光忽地被旁边的青年人吸引住了。

"小子，看看你旁边那个人。"叶老头儿到陆则面前喊道。

陆则转头看去，只见旁边的青年面色很不好，瞳孔微缩，手按着上腹，仿佛很害怕。

叶老头儿麻利地指挥："按合谷穴！"

陆则虽不是学中医的，但这个穴位很好记，知道就在虎口那儿。与叶老头儿相处这么久，陆则知道叶老头儿不会无的放矢，当即毫不犹豫地按住对方的合谷穴。

他用的力道不小，青年脸色一白，接着眼底的恐惧渐渐退去，血色也慢慢回到脸上。陆则又按照叶老头儿的指示，依次按压了几个穴位。

青年的额头很快渗出一层薄汗。

等陆则收回手，青年终于找回了自己的声音，虚弱地向陆则道谢。

陆则说："不用。"他其实也没做什么，甚至不太确定这个青年到底遇到了什么问题。很多情况可能导致青年出现类似的表征，也可能只是飞机起飞时不太适应而已。

叶老头儿看完陆则准确无误地完成一系列动作，才施施然地来到窗边，看窗外的茫茫云海，不再多说半句。

陆则见青年面色恢复正常，转头继续和裴舒窈说话。

裴舒窈没多问。她虽然讶异于陆则突然出手，但既然陆则不提，她也不会多问。

相比陆则和裴舒窈的平静，过道另一边坐着的中年人却还沉浸在刚才陆则那一连串的动作中。

很多人觉得穴位之说虚无缥缈，实际上结合现代解剖学来理解，许多穴位学说还是很有道理的。人体遍布血管、神经、淋巴，血管为全身输送营养和能量，神经控制人的各项生理活动，淋巴则是人体免疫系统的主力军，针对特定位置施加有效的按压、针刺、艾灸之类的外界刺激，能够促进或者抑制相应位置的活动。只是怎么做才算有效，就比较考验医生的医术了。

刚才陆则动作迅捷，他甚至都没看清陆则到底按了哪些穴位。但是他可以确定，这个年轻人用的是中医手法。

想到陆则刚才主动上前问好，中年人忍不住问身旁的江老："那个年轻人是学中医的吗？"

江老现在很少给人治病了，却也不是两耳不闻窗外事，自然认识裴正德的爱徒。他眼皮都没抬一下，淡淡地说："学西医的。"

中年人想再说点儿什么，见江老已经靠着椅背闭目养神，便不再多说。

照理说他应该给江老买商务舱的票，可救人如救火，临时买票只能买到经济舱。好在江老不在意这些，没有半句不满。现在江老不想说话，中年人自然不会聒噪。

飞机抵达首都，中年人麻利地取了托运的行李，才向江老问出心中的疑问："老师，您有没有看出刚才那个青年是什么病？"

江老在飞机上补了觉，没再拒人于千里之外，平静地回答："癫痫。"

癫痫是常见的慢性病，患者发作时往往会失去意识，强直性抽搐，发作时间一般在五分钟内，之后会恢复如常。一般癫痫发作时没有特别有效的治疗方法，只能解开患者身上的束缚，让患者在开阔处侧躺等待发作结束，以免患者因为突然发病而窒息。若是患者出现连续发作的严重癫痫，则要紧急注射应急药剂，就近送往医院急救。

癫痫病因繁多，很难找到发作规律，没有一劳永逸的治疗方法，病人未发病时和常人无异，所以没有任何关于癫痫病人乘坐飞机、高铁等公共交通工具的规定。患者没发病时，医生也不能光靠看上几眼来确定对方到底是不是患有癫痫。

江老行医数十年，见过的病人多如过江之鲫，从神色和动作可以判定那个青年患有癫痫，而且那个青年对自己即将发病有预感，所以才会面露恐惧之色。

至于陆则一个学西医的人，怎么能敏锐地察觉并有效地阻止青年的癫痫发作，江老也有些好奇。大约是有些人天生能闻一知十、学以致用吧。

江老没太在意，上了中年人安排的车。这次江老来首都，是为了给一位德高望重的老人治病。他已经不再接诊，要不是他的学生出面恳求，他也不愿跑这一趟。

陆则在地铁站和裴舒窈分别，独自按照地址去研究所报到。陆则早来了一天，专家们都没到，研究所还很安静。

陆则给阎医生打了个电话，阎医生接通后说道："我明天直接从国外飞回去，你自己先去报到，我已经和研究所打过招呼了，食宿你看看人家怎么安排吧。"陆则应了声"好"，拖着行李箱向门卫大叔问路。

门卫边核对他的信息边念叨："小伙子是来跟项目的吗？看起来真年轻啊。"

陆则说："对，我跟阎老师来的。"

"老阎我认得，游泳是一把好手来着。"门卫大叔干了许多年，对出入研究所的人了若指掌，对老阎更是印象深刻，"想当初我也是横渡黄河的水中悍将，居然比不过他！小伙子会游泳不？"

陆则礼貌应答："会的。"

门卫大叔说："回头我们和老阎一起去对面的游泳馆耍一耍。"

陆则一口应下，在门卫大叔的指示下找到后勤办公室，顺利拿到宿舍钥匙。

陆则拉着行李箱走到宿舍门口，掏出钥匙打开门，一阵泡面香味扑鼻而来。

这次的宿舍还是两室一厅的两人间。陆则来得早，项目组头一批报到的人里还有一个是单住的，叫侯志洲，是个程序员，主要搞自动化系统的研发。

手术机器人的核心之一就是自动化系统。有了自主研发的自动化系统，这套手术机器人才有了灵魂。目前前期研发工作基本已经完成，阎医生他们集中过来主要是为了测试实操效果。

陆则看了眼时间，早上十点半，既不是早饭时间也不是晚饭时间。

他向准室友问好："你好。"

准室友侯志洲正夹着一筷子面条往嘴里送，听到动静后抬起头热情地和陆则打招呼："新来的？左边那间房间是你的。"

陆则说："谢谢。"

侯志洲主动自我介绍："我叫侯志洲，大家都叫我'猴子'，你也这么叫就成了，喊别的我反应不过来。"

陆则说："我叫陆则，你叫我的名字就好。"

侯志洲比陆则热情多了："吃了吗？要不要来一碗？喜欢红烧牛肉还是老坛酸菜？还是你喜欢泰国风味或者韩国风味？我觉得辣白菜也不错。"

陆则沉默片刻，摇头道："不用了，我吃过早饭。"

侯志洲也不勉强，由着陆则去放行李，自己接着吃泡得刚刚好的老坛酸菜牛肉面。程序员嘛，作息日夜颠倒很正常，起晚了错过食堂饭点更是常有的事。为此他积极关注了大量泡面测评帖，囤了好几箱各种口味的泡面，可以保证吃一周绝不重样！

真正关爱自己的人，连吃泡面都不能含糊！

第六章

他记不记得我们？

下午，陆陆续续有人抵达研究所，陆则既没有熟人，又没有老师，不用负责接待工作，只在吃饭时认了个脸熟。

知道陆则是阎医生带来的人，不少人看向陆则的目光都很微妙。

阎医生这人脾气奇大，从不服管。据说他曾和老师闹翻，师兄弟和他的关系都很僵；他经常把手下人骂哭，根本不把比他资历浅的晚辈当人看。总而言之，阎医生这人既不尊老也不爱幼，堪称“人见人嫌”。

很多人看陆则时就是“瞧你也是个眉清目秀的好小伙，怎么那么想不开跟着阎医生混”的表情。

陆则也知道阎医生在业内的风评，不过没在意。阎医生水平高、胆子大，很多别人不敢做的手术他敢接，不少病人把阎医生视为最后的希望。

在生命面前，很多东西都要让路。

下午，陆则把研究所周围的情况摸清，买了点儿生活用品。回到宿舍时侯志洲已经不在宿舍，大概是忙去了。陆则看了看时间，打电话约裴舒窈去科学馆周围吃饭，今晚科学馆有理论化学相关的讲座，这个行程在他们的计划内。

吃过饭，差不多是讲座入场的时间了，陆则和裴舒窈按时抵达科学馆，拿着票入场，由于他要票要得晚，位置在后排。

说起来，陆则和裴舒窈都曾被今天这位主讲专家拉黑过，票是陆则从物理学家莫教授那里要来的。他和裴舒窈嘀咕："很久没见到赵老师了，不知道他还记不记得我们？"

裴舒窈说："应该不会忘。"

当初她和陆则一起参加国际竞赛，这位赵专家当过领队，对他们非常看重，力邀他们报考化学专业。

可惜后来裴舒窈学了考古，陆则学了医。

赵专家恨恨地把他们拉黑了。

同一时间，坐在临时办公室里的老赵眼皮跳得厉害。

他回忆了一下他老婆常念叨的话，好像是"左眼跳财，右眼跳灾"。老赵摸了一下跳个不停的眼皮，右眼。呸，这些封建迷信的玩意，他才不会信！

老赵给自己的保温杯装满水，用胳肢窝夹着讲义前往学术厅。

理论化学这玩意分支很多，内容很广，一般人根本听不懂。今天的讲座主要方向是量子化学。这个学科难度不小，老赵也没准备"骗"到多少人，能有一个算一个，万一有人不小心听出点儿趣味来呢？

老赵推学术厅大门时眼皮又狂跳起来。完了，他觉得自己的眼睛可能出了毛病，回头得多喝点儿枸杞茶才行，枸杞有清心明目的功效来着？

老赵把讲义放到讲台上，习惯性地扫视了一圈。

很好，台下是一双双求知若渴的眼睛。

第一排，是年轻人；第二排，是年轻人；第三排；是年轻人……很不错，全都非常年轻。

年轻好啊，年轻人精力旺盛，年轻人思想单纯，说不定能逮着一两个可造之才，把人“骗”过来学理论化学。

老赵正愉快地琢磨着，忽然注意到后排端坐着两个有点儿眼熟的身影。他拿起一旁放着的保温杯猛灌一口枸杞茶，再定睛看去，那两个身影没有消失，依然正襟危坐。

这两个家伙什么时候来首都的？

老赵十分镇定地把枸杞茶放下，开始这次的讲座。呵，以为他会怕吗？他才不像某些人那样，把这么两个小屁孩儿当成洪水猛兽，还建群互通消息，丢人！他能把他俩拉黑了，就绝对不会加群！在自己的专业方面，老赵从来不慌！

老赵有条不紊地把讲义上的内容侃了大半，看着底下那些求知若渴的眼神逐渐变得迷茫和无助，不由得在心里叹了口气。果然，他还是指望不了这些没什么底子的年轻人啊。

老赵转头看向后排那两个身影，决定破罐子破摔提前转入互动问答环节。

他们不是要来砸场子吗？他倒要看看他们能不能提出有建设性的问题！

不出所料，那两个小屁孩儿头挨着头嘀咕了一会儿，陆则举起了手。

来了来了，老赵镇定自若地把陆则叫了起来。

几年不见，这小子倒是长高了不少，人还是那么机灵，明显是全听懂的样子。

哼，聪明有什么用，还不是别人家的！老赵冷哼一声，和陆则你来我往地对答起来。两个人提问和回答的速度很快，快得让其他人的表情越来越迷茫、越来越无助，仿佛在承受着来自灵魂的拷问：我是谁？我在哪里？我在干什么？

裴舒窈坐在陆则身边，等陆则把疑问问完，紧接着举手提问。

老赵绷着一张脸，拿起保温杯喝了口枸杞茶。这是搞车轮战，她有什么了不起，再聪明又有什么用？她还不是跑去学八竿子打不着的考古。

结束完两轮“你问我答”，老赵的枸杞茶也见底了。他有点儿疲惫，但还是傲气地扫视一圈，进行最后一次提问：“还有问题吗？”

所有人连连摇头：“没有了。”

老赵得意地扫了陆则和裴舒窈一眼，夹起讲义迈着胜利的步伐走出学术厅。

呵，两个乳臭未干的家伙而已，有什么可怕的！

老赵回到学校，正要给自己续满新一杯枸杞茶，今天跟了全程的学生小董就小心翼翼地跑过来问：“老师，这讲座可以放出去吗？”

刚才在学术厅虽然没有起什么争执，可小董还是感受到了老赵和那两个小年轻之间的“刀光剑影”。说实话，小董都好久没有看到他们老师这么精神抖擞了。

搞学术的人一般都重传承，偏偏眼下学术界人才青黄不接，真正的好学生完全靠抢。他们老师也是看隔壁莫教授直接混成了“网红教授”，吸引了不少好苗子主动报考，才动了开讲座的心思，广撒网多捞鱼！

可惜，他们这学科的受关注程度不高，难度倒很高，捞来捞去也没捞着什么好“鱼”。

他们前几次的讲座放出去，连转发分享的人都没几个。老赵对此不甚在意：“发吧。”尝试过后他也知道自己和搞物理的老莫走不了同样的路线，不过计划都安排下去了，自然是该干什么就干什么。

小董把讲座视频先传给学校官微负责人，再传给科学馆官微负责人，等两边反馈说安排好了，才打开微博准备在老赵的账号上也发一下。他平时还负责管理老赵的微博和短视频APP账号，现在新媒体种类太多了，老赵玩不过来。而且效仿莫教授的建议本来就是小董出的，一事不劳二主。

小董刚登录账号，一连串的转发、评论指示就冒了出来，差点儿让他的浏览器卡死。

这是怎么回事？小董一脸蒙。他重启浏览器，再次打开微博，这次浏览器撑了下来。很快，小董看到了“罪魁祸首”——

人不鬼畜枉少年：“今天去科学馆听讲座，碰到一段好素材，手痒做了个视频，给老师和两位种子选手打个码。顺便说一句，主讲老师是@赵应同。”

博主是著名的鬼畜视频UP主（在网站上传视频、音频文件的人），主“战场”是F站。

所谓鬼畜视频指的是一类画面重复性特别高、极具洗脑效果和喜感的视频，对鬼畜视频UP主来说，世间万物皆可鬼畜！

这不，这位UP主在讲座结束后不到半小时就剪辑出了一个视频，内容居然是老赵和陆则、裴舒窈对答的片段！

本来这个互动环节的节奏就快到让很多人跟不上，经过加速处理之后，更是没人能听出他们在讲什么，为此，人不鬼畜枉少年还贴心地配上了字幕。

“我觉得字幕有点多余。”

“有了字幕，我开始怀疑自己的智商，明明字我都认识，为什么组合在一起就看不懂啥意思？”

“‘化学狗’路过，我倒是看懂了，但是就想问一下，小陆医生不是学医的吗？”

“你这话就不太对了，生化是一家，学医能不懂生化吗？一个有真本领的医生，当然要懂生物、化学！”

“对的，还要懂一点儿量子物理。这也没什么啊，这本来就是医生应该学的，要是不能充分了解世界的真实面貌，怎么能攻克疾病、战胜病魔？不行，我编不下去了……”

“我觉得这位赵教授也很厉害！”

粉丝们这样评论道。

一个鬼畜视频UP主的视频其实引不来多少关注，一般只在小范围内乐一乐，结果这视频被转发多了，竟被莫教授注意到了。

莫教授现在是学术界网红，人气很旺，粉丝很多，看到视频后乐得不行。

万万想不到，老赵是第一个被鬼畜祸害的！莫教授不仅当场贡献一个转发，还把链接发到群里和老友们“众乐乐”。

这就造成了小董看到的局面，莫教授现身，其他学科的老前辈也下场了，同学科的老前辈紧接着也来了。虽说大家都只是搞学术的，没明星那么多粉丝，但是，他们的学生多啊！学生一届接一届地带，说是桃李满天下也不为过，现在他们的学生遍布各行各业，看到恩师突然转发鬼畜视频能怎么办？当然是跟着转发！

在他们回学校这短短的半小时里，这个视频直接被送上热搜榜！小董看得额头冷汗直冒。

老师看到这样的视频接受得来吗？小董思考数秒，决定悄悄瞒下这件事。反正老师也不上微博！

而作为视频主角之一的陆则此时正被另一个主角裴舒窈拉着买围巾。

首都的秋天空气不好，刮来的风还特别干燥，到外面走一圈脸就被吹得快起皮了，出门裹上围巾，遮风挡尘很不错。

两个人到科学馆附近的商场里转了一圈，陆则手上多了一条围巾和一套润肤乳，贵点儿的擦脸，便宜的哪里干燥涂哪里，反正不浪费。他俩虽然不太了解各种品牌，但分析能力都不差，看材料、成分……想挑出适合自己的东西一点儿不费时，都是目的明确地拿好就去付钱。

商场直通地铁站，他们的目的地正好是反方向，下了电梯就道了别，分站在两侧候车。

开往两个方向的地铁几乎是同时到站，地铁里人多，陆则挤上车后转身看向对面，发现裴舒窈也被挤在门口。

两个人的视线隔着透明的玻璃门交会。

裴舒窈朝他露出笑脸，脸颊上出现了浅浅的酒窝，让她本来就漂亮的脸蛋更添几分甜美。

地铁很快启动，陆则提着围巾，有些愣神。他看着自己映在车门上的脸，发现上面没有笑意，看起来甚至有点儿严肃。师妹对他笑，他却没有回个笑脸，这样不够礼貌。

陆则认真地反省完，戴上耳机听起了感兴趣的课程。

陆则出地铁回了研究所安排的宿舍。

两栋宿舍楼之间的连接走廊上没亮灯，昏暗的夜色中只能看见烟头上那一点亮光。显然是有人站在那里抽烟。

陆则没太在意，掏出钥匙打开宿舍门。

门一开，他又闻到一阵泡面香，味道和早上闻到的有点儿区别。

陆则往里一看，侯志洲正坐在那儿打游戏，面前摆着个泡面碗，碗上压着一本书，《代码整洁之道》。

见陆则回来了，侯志洲很热心地要拉陆则加入泡面大军："小陆你加完班了？饿不饿？要不要吃碗泡面当夜宵？我下午买了一箱新牌子尝鲜，混合装，一次性拥有八种口味！"

陆则摇头："我吃过了。"

侯志洲说："其实我傍晚也吃了一碗，不过现在又饿了，唉，只吃一碗我根本吃不饱，两碗一起吃又太腻。"他和陆则分享自己的养生感悟，"还是健康专家们说得对，少吃多餐比较健康，每顿分两次吃就很不错！"

陆则无话可说，少吃多餐不是指让你每天把六包泡面分六次吃，谢谢。

报到的第一天仿佛转瞬即逝。

第二天一早，陆则就见到了风尘仆仆的阎医生。

阎医生是一线医生，没有太多空闲参加各种研究项目，这次要不是被大力邀请，他也不会国外国内赶场一样来回飞。

阎医生看到陆则，只淡淡地点了头，说："来了。"说完这话他就没再多说半句，直接带着陆则去会议室安排这次的实操测试。

陆则早习惯了阎医生的脾气，默契地坐在阎医生身边，飞快地记录着会议要点。作为打杂的，陆则很有操守，不该问的不问，不该做的不做，多看多学，等候指挥。

项目的主心骨到齐了，研究所上下一下子忙碌起来。

阎医生来首都前先飞了趟国外，体验过目前最先进的手术机器人，对比起来想法就多了。陆则负责记录和反馈阎医生的操作过程，还要负责把阎医生的想法转达给自动化系统研发团队。和他对接的就是室友侯志洲。

侯志洲原本怕陆则表达不准确，聊过之后竟发现陆则对自动化系统也有了解，把阎医生的要求表述得精准又具体，甚至还提出一些很有建设性的建议。侯志洲如获至宝，屁颠屁颠地拿着陆则提的建议去找他们老大。

自动化系统研发团队的领头人叫章有，今年才二十五岁。

侯志洲扑了个空，转头问旁边的人："老大呢？"

旁边的人抬起头来，推了推鼻梁上的黑框眼镜，毫无感情地回答："抽烟去了吧？"

侯志洲又屁颠屁颠地去外面找章有。

章有正倚着棵老槐树在抽烟，听到有人在喊他，转头看去，瞥见侯志洲的身影。他摁灭手里的烟，看向朝自己跑过来的侯志洲，眼皮都没抬一下，淡淡地问："什么事？"

侯志洲的热情被章有的冷淡态度浇熄了，他老老实实地回答："来活儿了。"他把陆则那张写着建议的A4纸递给章有。

章有接过去，把上面的内容看了一遍，没发表什么意见，只平静地对侯志洲说："叫其他人过来干活儿。"

最近，老赵感觉很多人看向他的眼神有点儿古怪，更过分的是甚至有人看着他憋笑。

老赵觉得肯定有什么事是自己没注意到的。作为一个严肃认真的学术专家，老赵开始抽丝剥茧地寻找原因。很快，老赵看到了被老莫转发的视频。

就知道这个老莫爱搞事。老赵对隔壁老莫这种看热闹不嫌事大的可耻行径表示强烈谴责，但还是和学生小董要来自己的微博密码，上线看看网友们是怎么评价这次讲座的。

看到一堆表示看不懂的留言，老赵绷着一张脸，唇紧抿，一脸不高兴，直到看到一些认真讨论问题的同行，老赵的脸色才慢慢缓和下来。

算了，能有这么多人关注已经是意外之喜，他就不去谴责老莫的无耻做法了。

老赵关掉网页，带着几个学生去泡实验室。实验、理论、计算是化学的三大支柱，泡实验室是搞学术的基本日常工作。

刚回味过和陆则、裴舒窈那番互动问答，老赵觉得手底下的学生怎么看怎么不顺眼，恨铁不成钢地说："这么简单的操作，怎么别人能做到，你们做不到？这么简单的思路，怎么别人能想到，你们想不到？"并表示当初人家陆则和裴舒窈高中时就能轻松完成这些操作了。小董很久没享受过老赵的"训话套餐"，感觉雷霆压顶之余又有种莫名的舒爽感。可能他在实验室待久了，需要一点儿小刺激吧！

后知后觉的人远不止赵教授一个，陆则过了两天才从侯志洲那里看到以三人为主角的视频。

侯志洲对陆则佩服无比："你怎么能学那么多东西？我光是跟着我们老大混就觉得压力贼大！"

陆则说："兴趣而已。"他从来不觉得自己比别人厉害，只是把别人玩乐的时间投入到学习新东西、了解新领域方面而已。

侯志州说："那还是很厉害。我就很惨了，你是不知道，前几天老大把一本《代码整洁之道》拍我脸上，骂我代码写得太乱。唉，我觉得代码这东西，跑得动不就成了？写得再好看，除了同行，别人也看不懂啊。"

陆则听了，倒是觉得侯志洲这老大不错。代码本来就是密密麻麻的一片，再不写整洁点儿，看着岂不是浑身难受？见侯志洲一脸痛苦，陆则体贴地没把心里话说出来。

人各有志，他不能把自己的喜好强加到别人身上。不然，按照他从小到大积累下来的经验来看，是要被打的——除非像侯志洲的头儿那样混成老大。

陆则记得那人叫章有，其实这名字听起来也让人浑身不舒服，感觉像是少了半截。章有章有，到底有什么呢？

陆则没琢磨太久，因为他要和阎医生去对面的体育馆游泳。阎医生还约了刚好换班的门卫大叔。他和很多同行合不来，倒是和自称年轻时横渡大江大河的门卫有几分交情。按门卫大叔的说法，他们算是"泳友"。

陆则的游泳水平只能算一般，好在他身体素质强，什么运动都玩得像模像样，下水之后看着也很像那么一回事。

门卫大叔看了一会儿，转头和还在热身的阎医生说："花架子。"阎医生闻言瞧了瞧陆则，赞同他的看法。

门卫大叔朝阎医生下战书："难得你来首都一趟，我们来比一场。"阎医生没反对，有始有终地完成一套热身动作后和门卫大叔转到深水区的赛道，齐齐跃入水中。

陆则游到岸边看两人较劲。不得不说，和两个老将比起来他的水平确实差了不少，难怪他们不带他玩。

周围有不少人被这两人的"友谊赛"吸引，或驻足岸上，或直接泡在泳池里当观众，看到他们来回游了两轮，阎医生胜出，不少人热烈地鼓起掌来。

门卫大叔喘着气，摇头说："老了啊，不服老不行。"

阎医生不这么觉得。哪怕工作再忙，他也坚持锻炼，为的就是能"站岗"更久。

阎医生说："五十出头算什么老，我们有位老前辈八十多岁还每天上手术台。五十岁，人生的路才走了一半，以后的日子还长得很。"

门卫大叔哈哈一笑："你说得对，才五十出头，算不得老。"

三个人在泳池里游够了，换回衣裤回研究所。

回去的路上，门卫大叔和陆则说起他和老阎的缘分："当年我第一次参加横渡黄河活动，游了一半路程，腿抽筋了，差点儿出事，丢人啊，太丢人了！那会儿老阎正好也在，是他救了我，他是我的救命恩人。"

陆则还是头一回听说这段往事："原来您和老师认识这么多年了。"

门卫大叔笑了："那当然，算算都快三十年了。虽然不常见面，但只要我们见着了，就还和老朋友一样，一点儿都没变。"

三个人边说边走，不知不觉已经到了研究所大门前。

门卫大叔要去拿东西，和陆则两人挥挥手往门卫室里走去。

陆则正要跟着阎医生回宿舍，就听一个阴阳怪气的声音在不远处响起："我说怎么那么眼熟，原来是表弟啊？你现在是越混越回去了，和个门卫都能谈笑风生啦！"

陆则停下脚步，看向站在路灯下的青年，顿了顿，对阎医生说："老师，您先回去吧。"

阎医生看了眼那个年纪比陆则大不到哪里去的青年，再瞅了瞅对方的小胳膊小细腿，一下子判断出对方肯定不是陆则的对手。他没说什么，点了点头走了。

陆则站在原地。他认识这青年，这是他舅舅的儿子、他母亲徐淑珍的外甥，叫徐明辉。

徐明辉从路灯下走向陆则，脸上挂着居高临下的表情，轻蔑地打量着他。

陆则也打量了徐明辉几眼，客观地评价："脚步虚浮，眼圈浮肿，目光无神，再纵情声色下去，你的身体可能要垮了。"

徐明辉的目光一下子变得阴鸷起来。

他一直讨厌陆则，小时候是因为陆则一直是"别人家的孩子"，哪怕姑姑和陆则他爸离婚了，这家伙依然阴魂不散，总是能以各种方式碾压他。到了近几年，他对陆则的厌恶就更深了。没别的原因，他的未婚妻特别喜欢陆则，她不仅对他百般挑剔，还整天说他这里不如陆则，那里也不如陆则。别的他都能忍，这个真的不能忍！虽然他也没多喜欢这个未婚妻，可不喜欢不代表他喜欢天天被拿来作比较！

徐明辉冷哼道："你这时候来首都，是想去爷爷的寿宴吗？我告诉你，门儿都没有，你这辈子都别想再踏进我们徐家半步。没有你们父子，姑姑会比现在幸福一百倍！"

听青年提到徐淑珍，陆则神色淡漠，脑海里却回想起许多年前的那个秋天。父母要离婚，按照父母的经济情况和父亲工作的特殊性，他本来应该跟着母亲，但徐家人找上了门。

世道对女人不公平，带着孩子的男人再娶容易，带着孩子的女人再嫁太难，很难找到好的再婚对象，所以徐家不希望他成为母亲的拖累。那时陆则年纪虽然小，却也感受得到徐家人对他的不喜和不欢迎。

他也希望母亲能真正幸福快乐，所以跟了父亲，一直和父亲辗转各地。

他到过沙漠，去过大海，穿越过丛林。他在人潮熙攘的城市里停留过，也在许多人迹罕至的地方停留过。然而他没后悔过自己的选择，能在过去十几年间见识这个世界各种各样的面貌，结识各种各样的师长与朋友，对他而言是一种非常难得且非常难忘的经历。并非所有人都能有这样的机会。

得知母亲再婚，嫁给一个门当户对、对她很好的男人，陆则替她高兴。只是他还真没想过再攀徐家这门亲戚。

“我跟着老师来跟个项目。”陆则看了徐明辉一眼，实话实说，“我不知道你爷爷什么时候过生日。”他记性虽然不错，但也不会特意去记不相关的人的生日。徐家不喜欢他父亲、不喜欢他，觉得母亲和父亲的婚姻是错误，他的出生更是错误，那他也没必要往他们那边凑。

想了想，陆则又非常礼貌地补了一句：“虽然不知道到底是哪天，但还是祝他老人家身体康健。”

徐明辉感觉自己一拳打到了棉花上。他瞪了陆则一眼，恨恨地走到停在路边的豪车旁边上了车，紧接着又重重地带上车门，狠踩油门呼啸而去。要是陆则巴巴地贴上来，他肯定瞧不起陆则；可陆则一副没把他们徐家当回事的态度，他又觉得浑身不得劲。

陆则凭什么啊？就因为他比旁人聪明一点儿，就不把他们徐家看在眼里了吗？聪明有什么用？那么多名校毕业生、海归留学生，还不是上赶着来给徐氏企业打工！徐明辉越想越气，上立交桥后拐了个弯，转往老宅的方向。

徐老爷子寿辰将近，老宅倒是热闹，不断有人回来给徐老爷子庆生。

徐明辉把车开进车库，径直去寻徐老爷子。

入夜了，徐老爷子正闲坐着逗鸟。见徐明辉气咻咻地进来，徐老爷子问：“这么晚了，你过来做什么？”

徐明辉说：“爷爷，你猜我今天见着了谁？”

徐老爷子懒得猜，徐明辉只能自己揭开谜底：“我见着陆则了！”他添油加醋地告陆则的黑状，“那家伙来都来了，竟没想过来给您贺寿，甚至都不知道您的寿辰是什么时候！”

“那又怎么样？”

徐明辉语塞。

徐老爷子说：“你有这闲工夫，明天一早去探望一下你褚爷爷，哄着他早点儿让你把盈盈娶回来。”

提到未婚妻褚盈盈，徐明辉一下子蔫了。要不是有两家的交情在，他还真追不着褚盈盈这样的未婚妻。他怀疑如果不是褚老爷子病重，褚盈盈可能已经找上门把这桩婚约给解除了，压根不会给他半个眼神。

徐老爷子看到徐明辉那如丧考妣的模样就来气。他这些个孙子里没几个是争气的，但凡他们有点儿出息，他哪里会在意他们联不联姻？

至于陆则这个外孙，虽然可惜，但他当年放弃了就是放弃了，没有反悔的余地。既然如此，他又何必在意？再说了，陆则学医，顶破了天也不过是个厉害点儿的医生，未来一眼就能看到头，值得在意吗？

徐老爷打发走孙子，把手背在身后，叹着气看着笼子里那只黑不溜秋的鸟。和那鸟对视片刻，徐老爷子终究还是剥了个瓜子喂过去："鹩哥啊鹩哥，你在笼子里，谁又不是在笼子里？你不自在，谁又真正是自在的？"

笼中鸟，世间人，谁都别想逃。

与此同时，陆则接到了来自褚盈盈的电话。

褚盈盈比他大三岁，学服装设计的，刚从国外读完书回来，正着手创立自己的服装品牌。

陆则和裴舒窈出国比赛时，褚盈盈是当地派来的接引师姐，他们三个人之间还算熟悉。

褚盈盈说："你这小子来首都也不和姐姐说一声，要不是窈窈跟我提了一句，我都不晓得。"

"在跟项目。"

褚盈盈呵了一声，继续谴责："你不是还和窈窈去听讲座？全世界都知道了，你没法抵赖。"

虽然她又要忙创业又要关心老爷子的病情，但看个视频的时间还是有的。说来也奇怪，那么多人削尖了脑袋往她跟前凑，她都没兴趣看一眼，陆则和裴舒窈这两个从来没主动联系过她的小孩儿却总能让她惦记着。大概是优秀又好看的人总是会获得优待吧。

褚盈盈说："算了，知道你不爱玩不爱热闹，我也不为难你。我爷爷病了，你过来看看他？不知道你还记不记得，你小时候我爷爷可是抱过你的，照片我这儿还有呢！"

陆则记性好，对这事还有点儿印象，记得褚老爷子是个慈眉善目的老人家。他答应得干脆："行，我明晚过去？"

褚盈盈说："老宅那边地铁到不了，也不好打车，明晚七点我去接你。"

第二天，陆则依然勤勤恳恳地打杂，只是在和侯志洲对接时出了点儿状况。侯志洲说章有要和他当面聊聊。

侯志洲的原话是这样的："老大可能觉得我转达得不够精准，光看纸上的内容又太笼统了，所以想直接和你对接。唉，老大肯定是嫌弃我了，谁叫我脑子跟不上。"

陆则只能体贴地宽慰他："别难过，脑子是天生的。"

侯志洲还能说什么？他把陆则带到章有面前，伤心地找地方哭去了。

陆则还是第一次见到章有。章有的作息时间比较乱，有时几乎是昼伏夜出。从陆则接触到的几个自动化系统研发团队成员来看，他们的生活习惯或多或少有那么一点儿不健康。

章有比陆则想象中要年轻许多，身上有浓浓的烟味。感受到章有身上透出的"别和我闲聊，直接说正事"的闲人勿近气息，陆则没废话，直接把阎医生一天实操下来提出的改进意见转达给章有。

章有也有些意外于陆则的年轻，本以为能跟这种大项目的至少人得是个研究生，可陆则看起来明显才二十左右。不过陆则够爽快，不像侯志洲那么多话，章有也乐得和他交流。

两个人针对阎医生的提议谈完各自的想法，才发现已经是饭点。

陆则客气地问章有："要去食堂吃饭吗？"

章有点头。

两个人去了食堂，其他人还好，自动化研发团队的成员们都目瞪口呆。老大什么时候自己来食堂了？平时老大都是睡觉睡到自然醒，三餐由同寝的人捎回去，从来不劳动自己的双腿。

陆则没留意别人惊诧的目光，和章有一起解决完晚饭，各自散去。

阎医生本来晚上喊他一起去游泳，但今晚陆则和褚盈盈有约，陆则也就没去。他准时在路边等着褚盈盈。

褚盈盈也很准时。她今年也才二十三岁，衣着打扮却比陆则要成熟许多，搭配上她火红的跑车，看起来像一朵烈焰中的玫瑰。她倚在车上朝陆则笑："你就这么两手空空地去？"

陆则说："你一会儿拐个弯，载我去一个地方。"他给褚盈盈发了个定位。

褚盈盈好奇陆则准备带什么登门，点开定位跟着导航走，很快来到一处其貌不扬的四合院前。

陆则让褚盈盈在门口等一会儿，自己下了车，走进四合院。不到两分钟，陆则走出来，手里多了盆花，看起来是某个品种的兰花，可以看见隐隐的花苞。

褚盈盈从小就不懂花，不怎么喜欢花，也认不清花的品种，尤其是兰花——就这么几片绿叶子，谁能看出它到底是什么玩意哦？和褚盈盈正好相反，褚老爷子特别爱兰花，家里有专门的花房养着各种品种的兰花，前两年还曾培育出一盆拿过奖的稀有品种！

褚盈盈勉强认出这是兰花，打趣道："没想到你还打听了我爷爷的喜好啊。"

陆则一脸平静地说："小时候我还去过你们家花房玩。"他记得小时候去褚家，褚家花房里全是兰花，褚老爷子还教过他们认兰花。昨天褚盈盈让他去看褚老爷子，他提前和熟人要了一盆兰花。

褚盈盈本来只是逗一逗陆则，没想到陆则还真记得小时候的事。

陆则离开首都时也才五六岁吧，到他们家玩是更早以前的事了，这记性未免太好了。

褚盈盈叹着气说："比不了，比不了。"有时候认识的人越多、见识越广，越能明白自己其实属于"平庸的大多数"。好在有那么多人作陪，陆则倒也不至于心理不平衡。

褚盈盈稳稳地把车开回褚家老宅。

相比往年的热闹，褚家老宅现在寂静了许多，一来是老人家病了需要好好休养；二来则是现在有话语权的褚家当家人早搬了出去。

褚盈盈停好车，领着陆则去见褚老爷子。还没往里走，迎面就撞上褚家三叔。

褚家三叔看到褚盈盈身边的陆则，再看看陆则手上捧着的兰花，讥笑道："盈盈啊，这是你朋友？他抱着的兰花是什么名贵品种，说出来让三叔开开眼？"

褚盈盈冷下脸。老爷子一病，什么妖魔鬼怪都现形了。她冷笑道："和您没有关系。"别以为她不知道，就是她这好三叔极力促成她和徐明辉的婚事。要不是怕刺激到爷爷，她昨晚就直接把徐明辉扫地出门了！

褚家三叔冷嗤一声。褚盈盈就一个小丫头片子，要不了多久就会嫁人，他压根没将她放在心上。倒是旁边这年轻人看起来有点儿眼熟，好像在哪里见过……

褚盈盈没理会褚家三叔的探究。听人说褚老爷子醒着，精神似乎挺不错，褚盈盈稍稍安心，领着陆则往里走。

陆则走进褚老爷子的卧房，入鼻就是一股药味，最近褚老爷子似乎是在用中药进行调理，陆则能从屋里的味道分辨出好几种药材。

床上半卧着一位年过七旬的老人，他已经非常瘦弱，再也瞧不出陆则记忆中的富态模样。

褚盈盈鼻子有些酸，但还是尽量让自己的声音听起来更欢快一些："爷爷，我带陆则来看你了！"

陆则上前喊人："褚爷爷。"

褚老爷子精神确实挺不错，拍拍床沿，示意褚盈盈和陆则坐下说话。瞧清楚陆则的剑眉星目，褚老爷子很是感慨地说："是小则啊，你小时候我可还抱过你。"

陆则认真地说："我记得。"他把抱着的花放到旁边的空桌上，"这是我给您带的花。小时候您带我去您的花房里玩，里面有很多兰花，我想您应该爱兰。"

褚老爷子不太相信陆则的说法，当年陆则才那么大，能记得这么清楚才怪，肯定是他孙女提点的。他看了看自己最疼爱的孙女，又看了看陆则，不得不承认，光是看脸的话，陆则确实远胜于昨天来探病的徐明辉。

可是有些东西光看脸也不行啊，这么明显的偏帮更是不应该。

褚老爷子正琢磨着，目光突然凝注于那盆兰花根部的小花苞上，难以置信地睁大眼。

褚盈盈一直关注着褚老爷子的神色，见褚老爷子脸色不对，立刻问："爷爷，你怎么了？"

褚老爷子嘴唇抖了抖，半天没说出话来。等他按捺住翻腾的情绪，才激动地问陆则："这是'秋归'？会开花的'秋归'？"

兰花品种繁多，一年四季都有可能开花，可"秋归"不一样，"秋归"开花的记录还是在民国时期。传说当时有位养花能人找到一株"秋归"，当年它就开花了，花香清绝，花姿秀丽，当地名人齐聚一堂，写了无数锦绣诗文，把它夸得天上有，地上无。可惜这株"秋归"后来绝迹了。这大概就是张居正所说的"夫幽兰之生空谷，非历遐绝景者，莫得而采之"。

得不到的总是最好的，越是找不到"秋归"，爱兰的人越是对它思之如狂，每次兰花展会但凡出现疑似"秋归"的兰花都被人抬出高价。

褚老爷子爱了大半辈子兰花，早在心里描摹过无数次“秋归”的模样，看到眼前这盆兰花后，十分确定这就是他心心念念的“秋归”。

也许是因为太过惊喜，褚老爷子居然两眼发光地下了病床，伸手小心地抚摸着“秋归”的叶子。触碰到那绿莹莹的枝叶，褚老爷子的眼眶居然不争气地湿润了：“活的，活的！这是活的‘秋归’，今年就能开花的‘秋归’！”

不知什么时候跑出来的叶老头儿凑到“秋归”弯弯的翠绿叶片上头，仰起头观察着褚老爷子的脸色。然后，叶老头儿转头对陆则说：“你倒是误打误撞，救了这老头儿一命。”

对有些病人来说，只要他们自己在精神上撑过来了，剩下身体上的病多半也能治好。

褚老爷子情绪波动太大，褚盈盈不放心，让人把医生请过来给褚老爷子看看。陆则虽然是个现成的医学生，但还是太年轻了，哪怕褚盈盈喜欢他，也不敢让他给褚老爷子诊病。

褚盈盈叫完人，才向陆则解释：“江老先生不太喜欢别人接手他的病人。”

陆则听到“江老先生”，眉头跳了一下，想到了上飞机时遇到的江老。会这么巧吗？他问：“你说的那位江老先生住在这里？”

褚盈盈说：“对，前几天刚到。啊，我想起来了，江老先生也是你们那边的人，你们可能认识。”

陆则说：“如果是江老师的话，见过几次，没机会请教。”

叶老头儿在陆则肩上冷哼道：“有我在你都不请教，请教谁去？”陆则没回应叶老头儿的不满。医学是不断发展的，古人累积下来的智慧结晶很重要，后人的继承与发展也很重要。这一点叶老头儿其实也很清楚，所以才经常抓住机会观摩学习。

江老确实是陆则所想的那一位，他这几天都住在褚家老宅里。听人说褚老爷子情况有变，江老立刻拿起药箱过来。

见到陆则，江老动作一缓。

陆则主动喊道："江老师。"不管是什么前辈，先喊老师总没错。江老朝他轻轻颔首。

褚盈盈把褚老爷子刚才下床看兰花的事告诉了江老。

江老转向被褚盈盈扶回床上的褚老爷子，面上难得露出了讶异之色。他坐到床前给褚老爷子看诊，先看脉象，再看五官和气色，心中更加惊异。

江老问："感觉怎么样？"

褚老爷子觉得孙女有点儿大惊小怪了，江老给他调理了几天，他感觉自己的身体越来越轻快。刚才下床走了一遭，他更是觉得浑身的病都好了！

褚老爷子说："我感觉自己从来没有这么好过。"

江老说："是好事。"本来褚老爷子的情况非常棘手，他也没有十足的把握能治好对方，顶多只能保证吊住褚老爷子的命。

现在褚老爷子的情况却大不相同了，如果说原来是"淤塞"，现在却是"通达"。他在褚家待了这么多天，找的其实就是一个让"淤塞"变"通达"的契机。若是普通人还好，褚老爷子这种什么风风雨雨都见过，身居高位、儿女俱全的人，还真难找到适合的刺激。

江老看了陆则一眼，说道："我换一个药方，明天开始喝，喝上十剂就能行走如常了。"

褚老爷子喜出望外。人越老越怕死，他也不例外，要是能好好活着，谁不想多活几年？今年病倒之后，他能明显感觉出自己的身体每况愈下，一天不如一天。

褚老爷子也焦急、难受，可生老病死是谁都无法避免的事。家财万贯又如何，病来了人还不是说倒就倒！直到他们请动江老出山，褚老爷子的心才稍稍安定下来。

褚老爷子高兴地说："谢谢江老哥了。"要不是身体实在撑不下去了，他也不会豁出脸让人把年纪比自己还大一岁的江老请出山，让江老一把年纪长途奔波。

江老说："没什么，我也只能给你调理调理。"他看向陆则带来的那株兰花，"你得谢谢它。"

褚老爷子看向被他挪到床边的"秋归"，虽然一开始的激动已经过去，但每看"秋归"一眼，还是觉得十分欢喜。

褚老爷子白白收下晚辈这么贵重的礼物，脸有点儿热，可要他把"秋归"还给陆则，他又舍不得。

琢磨完江老的话，褚老爷子也明白过来，自己的病好了可能真的和这盆兰花有关。人到了他这个年纪，有时候撑不过来就没了，撑过来了可能还可以多活几年。

褚老爷子这才有心思问陆则"秋归"的来历："小则，你这盆'秋归'哪里来的？"

陆则说："我有个朋友喜欢养花养草，每年都会进深山老林找些野花野草来培育，这可能是他在山里找到的，我也不知道它叫什么。"那人脾气挺古怪，花草养了一堆，从不拿去卖，也不拿去参展，任由它们在自家庭院里开开落落。

当年陆则是在人迹罕至的山林里遇到那人的。他们是由直升机直接送到目的地的，也不知那人怎么一个人走那么远。那人被蛇咬伤了，意外地被他们救下。那会儿陆则算是好奇心最旺盛的时期，对这种特立独行的人特别感兴趣，时常凑上去看看对方怎么捣鼓花草，一来二去两人也就有了交情。

这次他想要一盆兰花，对方就准备好这盆"秋归"让他自己过去拿。

陆则看褚老爷子见到"秋归"时的反应，大致猜出这可能是某种十分珍稀的兰花品种。

这盆兰花具体珍稀到什么程度，陆则一个门外汉实在不了解。

他说："花送有缘人，既然您能认出它，它以后就由您照料了。"

褚老爷子说："那我就不要脸一次，收了你这份厚礼。"他慈祥地看着陆则道，"以后小则你有什么事只管来找我，只要是我老头子能做到的，你尽管开口就是。"

就算陆则开口要娶他的孙女，也不是不行。咳，他不是觉得孙女不如一盆"秋归"，而是觉得这个小伙子正直又大方，人品好，长得帅，还很聪明，这样的好孩子外面打着灯笼都找不到。

陆则说："您安心养好身体就好。"他对褚老爷子的好印象不仅源自小时候的记忆，还有这位老人做过很多值得敬佩的事。哪怕英雄迟暮在所难免，他也希望病痛能远离他们。

人看过了，时间也不早了，褚盈盈又亲自送陆则回研究所。

一直到车停在研究所门口，向来骄傲张扬的褚盈盈才坐在驾驶座上默默地流下泪来。她的父母一直很忙，小时候她是在爷爷家长大的。爷爷虽然也有工作，每天却不忘陪她玩、教她下棋、教她书法，她算是爷爷手把手带大的。

这段时间她一直精神紧绷，生怕自己的担心和难过影响爷爷。现在爷爷的身体有转机了，她也终于可以好好哭一场了。

陆则本来已经解开安全带要下车，见褚盈盈哭得伤心，想了想，抽了两张纸巾递了过去。褚盈盈看向陆则，发现眼泪模糊了视线，又笑了起来："谢谢。"

人在走投无路时难免会病急乱投医。陆则从小到大运气都不错，遇到什么危险都能逢凶化吉。褚盈盈邀请陆则去看老爷子，其实还怀着点儿迷信的想法，想看看陆则能不能给老爷子带来一点儿好运。她没想到陆则只是带去了一盆兰花，老爷子的病就有转机了！

褚盈盈知道自己又哭又笑看起来肯定很奇怪。她擦掉眼泪，对陆则说："你回去吧，我哭完也回去睡觉了。"

陆则见褚盈盈情绪还算稳定，点了点头，没再多留，打开车门下了车。

他刚朝研究所大门走了两步，迎面遇到出来买东西的侯志洲。

侯志洲看看坐在豪华跑车上哭的褚盈盈，再看看神态自然的陆则，憋了半路，等离得足够远了才忍不住问陆则：“小陆啊，那是你的女朋友吗？”

陆则摇头：“一个朋友。”

侯志洲莫名想到前几天那个鬼畜视频里的另一个主角，性别为女、长得超级好看的那个，瞬间脑补了一段恩怨情仇。小陆那么优秀，那么出色，那么俊秀帅气惹人爱，偏偏只有一个！晚到的人能怎么办？来得晚了的人只能哭！可惜哭这招对小陆根本不管用，看看小陆的脸色多么平静、多么冷淡，压根不为所动！

侯志洲的眼神满是谴责。虽然优秀不是陆则的错，但是他难道不能稍微收敛一下、低调一点儿，别让女孩子们的芳心都往他身上砸吗？他好歹给其他“单身狗”留条活路！

陆则总觉得侯志洲看向自己的目光怪怪的，真是一点儿都不想知道他到底在脑补什么……

两个人一起走回宿舍，陆则又看到连廊上亮着一点儿红光。

侯志洲也注意到了，说道：“老大睡醒了，我们老大每天睡醒都会在那儿抽烟。”

陆则说：“难怪每晚锻炼完回来总能看到他。”这人作息时间紊乱，抽烟成瘾，生活习惯真是怎么糟糕怎么来。

侯志洲像是看懂了陆则的想法一样，摇着头感慨：“要我说，其实你这样的才是异端，现在的年轻人有几个不熬夜的？每天早睡早起、坚持锻炼，是游戏不好玩呢，还是不好看呢？”

陆则解释道：“阎老师说，身体好才能在手术台前多站几年。”

侯志洲说：“听说有时候一场手术好几个小时，确实需要好体力。”他好奇地问，“你跟过手术了吧？你跟过的最长的手术是多长时间？”

陆则略一思索，报了个数："十六个小时。"

侯志洲咋舌："你们不用吃饭的吗？"

陆则说："手术台上，争分夺秒。"有的手术是精细活，一点儿都不能分神，更别提中途暂停手术去吃饭了。

侯志洲说："真佩服你们，我肯定撑不下来。"

两个人回到宿舍，侯志洲又问陆则要不要吃泡面，他刚才出去买了一堆火腿，准备每种都试一试，看看哪个是最好的泡面搭档。

陆则依然婉拒了他的热情邀请，准备洗个澡，看看书好睡觉。

研究所的日子按部就班地过着，虽然阎医生和其他专家偶尔会起争执，但都是因为学术意见不同而已，也不是针对谁。

转眼小半个月过去了，徐老爷子的寿辰到了。

令许多人吃惊的是，病了好几个月，早传出风声说可能不行了的褚家老爷子，居然出现在这场寿宴上！

徐家人一开始得知褚老爷子要来，一阵人仰马翻。

徐家这一代没出什么有能耐的接班人，褚家不一样，褚家有出息的后辈多得是。远的不说，光是褚盈盈的父亲就前途不可限量，只有一个褚家老三比较混账。

这是褚老爷子病愈后第一次公开露面，给足了徐家面子。不过，褚老爷子和徐老爷子关起门来谈了许久，谈完之后徐明辉和褚盈盈的婚约彻底吹了。婚约虽然是他们早前议定的，可现在都什么年代了，没有逼着后辈联姻的道理。要是他们自己愿意，那是皆大欢喜，他们不愿意的话，何必勉强？小心最后两家结亲变成结仇！

解决了婚约的事，褚老爷子领着孙女回家。身体好起来了，孙女不乐意的婚事也解决了，褚老爷子心满意足地天天泡在花房，专心伺候陆则送的那盆"秋归"。

相比褚老爷子的悠闲自在，有人对解除婚约的事反应激烈。

褚家老三和徐明辉这两个隔代纨绔起了内讧，一个说对方没本事，一个说对方靠不住，骂着骂着还动起手来。说起来他们也够背的，刚好赶上有人到夜场抽查，听到动静破门而入，当场把他们给逮了，顺便把他们叫的几个嫩模一起带走了。

事情发生得太突然，更惨的是也不知哪个认识的人那么损，不上前帮忙不说，还乐颠颠地把逮捕现场给拍了下来。这下好了，“褚家老三、徐家孙子嫖娼被抓”的照片很快传开了，还是不加马赛克、给人脸特写的那种。

这些事陆则还是在完成日常社交任务时才知道的。

因为褚盈盈发了条朋友圈，主要内容是她的闺密团给她发红包庆祝的截图，红包上写着硕大的“恭喜亲爱的远离渣男”。九个大红包，硬生生地凑满了一个九宫格。

陆则给褚盈盈点了赞。

褚盈盈很快找了过来，和陆则分享徐明辉和褚家老三“被抓”的喜讯。有什么比两个自己讨厌的人倒霉更值得高兴的事？她有些幸灾乐祸地说：“那天见他奚落你，我就觉得他要倒霉了。”

陆则听得一头雾水。

褚盈盈说：“当年你和窈窈出国比赛，不是有几个人跑来挑衅你吗？”

陆则回忆了一下，才说：“好像有。”他不爱和人起冲突，可也挡不住有些种族歧视的人上赶着跑到他面前放狠话。

褚盈盈说：“你是不知道，比赛结束后他们不是爸妈涉嫌贪污被抓，就是平地摔跤崴了脚要休学。还有一个更夸张，喝水呛到被送医院，去了黑医院，白白出了十几万检查费。我还是第一次听说有人喝水呛到要花十几万的！”

陆则沉默了。这些事他都不知道，对方找上门时也没自我介绍，手下败将那么多，他又不会特意去记。

褚盈盈说："不过没想到徐明辉也跟着倒霉了，徐明辉好像没找过你吧？"

陆则据实以告："不，前两天找过。"

看来她得叮嘱亲朋好友千万别和陆则过不去。

陆则还不知道自己被褚盈盈列入"这人不能惹"的行列。

第二天研究所出了点儿小意外，有个和陆则一起打杂的研究生中午休息时跑去喂实验犬，结果被咬了一口。

既然是还在试验阶段的手术机器人，自然不可能拿来对真人动刀，用的基本是繁育基地专门培养的实验动物。研究生去医院打疫苗，那条实验犬也用不了了，被送回了繁育基地。

陆则倒是因此多了动手的机会。

半个月忙活下来，专家们都上手操作了，其中不乏阎医生这种工作在医疗一线、平时已经和进口手术机器人打过交道的老手，优点、缺点基本摸清了，陆则这些打杂的也陆续被安排上去实操。

本来以陆则的资历明显是最底层的，其他人全轮完才能轮到他。现在临时缺了一个人，阎医生自然第一时间把陆则加了进去。

陆则操作一下午，一开始很多人对老阎的加塞行为不满，围过来看陆则操作。等他们看了一场之后，所有人又默默地散去。

这水平，他们的学生比不了啊。

当晚阎医生又带陆则去对面的体育馆游泳。他们游了两圈，阎医生对陆则说："过两天我要回去了，你自己留在这里，接着跟这个项目没问题吧？"

陆则说："没问题。"

阎医生是个工作狂，一天不上手术台不舒服。他出省这段时间，已经有许多人排队等着他了！

阎医生说："好好跟，结题论文你自己看着写。"

陆则点头。

阎医生转身潜入水里游出一段才重新钻出水面，灵活地往泳池对面游去。

回去的路上，陆则接受了阎医生给他的游泳卡，两张游泳卡还可以游二三十次。

阎医生严肃地叮嘱："不要仗着自己年轻就不注意身体，再忙也要坚持锻炼。"

陆则认真地把卡收好。

他们回到研究所，陆则又远远地看到章有在连廊上抽烟。

这人年纪轻轻，看起来却心事重重，也不知有什么难处。疑问在陆则的心头一闪而逝，他推门走进宿舍，难得没看到侯志洲在屋里吃泡面打游戏，而是在发呆。

陆则问："你怎么了？"

侯志洲恍然回神，勉强和陆则打招呼："小陆你回来了？"

陆则点头，还是奇怪侯志洲到底怎么了。

对上陆则疑惑的目光，侯志洲唉声叹气道："我跟你说，今天我太惨了，出去相亲，本来聊得好好的，两个人都挺满意，晚上约好一起双排，结果上线一看，她发现我就是上次挂机害她掉段的元凶！那妹子说了句'好啊，没想到是你'，就把我拉黑了。唉，世界真是太小了。"

侯志洲一脸愁苦："我也不是故意的啊，老大半夜紧急召唤，我有什么办法？"

陆则只能说："说明你们没有缘分。"

陆则安慰完侯志洲回到房间，发现自己有个新的好友申请，居然是来自章有的。章有一看就不是爱发朋友圈的人，加了也不会增加日常任务的负担，他点了接受。

两个人加了好友之后谁都没说话，陆则也不在意，放下手机按时睡觉。

阎医生在第三天早上就走了，陆则留在研究所“孤军奋战”。陆则的水平有目共睹，其他人对老阎的离去没意见，甚至还觉得老阎不在更轻松。

阎医生一走，陆则陆续从几位专家嘴里得知许多关于阎医生的八卦消息，简单来说就是阎医生年轻时脾气就很臭，特别不服管，跟谁都敢对着干。

阎医生一战成名的手术是从他老师手里捡来的，当时他老师宣布那个病人救不了，阎医生不那么认为，自己去和家属沟通，硬是把人弄上了手术台。没想到那病人还真被他一个愣头青救活了。这可就狠狠地打了他老师的脸。后来二人又经历几次争执，阎医生的老师当众表示自己没有阎医生这个学生。

在这件事上，业内的人各有看法，有人觉得阎医生脾气太犟，一点儿都不给老师面子；有人觉得当医生的不分入行先后，用手术刀说话才最具权威。不过阎医生不好相处倒是事实。

陆则对阎医生早年的光辉事迹早有耳闻，只不过都是缺乏细节的传闻，这次算是被这些专家补齐了。

这主要得益于陆则表现良好、任劳任怨，闲下来的专家们就爱找他闲聊。专家们还对陆则谆谆教诲道：“你一入行就跟着老阎，可别被他带进沟里去。我听人说他的手术室里禁止荤笑话，这可不行啊！他自己总绷紧神经不怕秃头，也得照顾别人不是吗？要是别人常年不能放松，‘英年早秃’了怎么办？”

有位热心的一线前辈周末直接带着陆则去自家医院上了两台手术。

病人到了手术台上被麻醉医生打完针，很快陷入全麻状态。接着陆则真切地感受到了和阎医生、李医生他们做手术截然不同的氛围，医护人员你一句我一句地飙起了段子，全程都热闹又欢快。难得的是，手术效果全然没被影响，两场手术都非常成功。

热心前辈拍拍陆则的肩膀，一脸慈和地问：“怎么样？和老阎带你时很不一样吧？”

“不一样。”

热心前辈相当自然地把话题转到了正题上，循循善诱道：“明年可以来我们这边实习啊，你们省院虽然是你们省内最好的选择，但是放眼全国就不够看了。”没错，这位热心前辈拐这么个弯就是为了挖阎医生的墙脚。

同样是带新人，老阎怎么就能走“狗屎运”捡到陆则这么个好苗子？既然老阎不负责任地把陆则一个人留在研究所，就别怪他们！

陆则在这一刻终于明白了为什么这么多人来对他抹黑阎医生了。

陆则不为所动：“我觉得省院挺好。”

这里的环境很好，前辈很热情，设备很齐全，名气也比他们省院大，但有一个小问题，就是荤段子涉及他的知识盲区了。

第七章
一起回家

由于陆则全程都表现得很稳重，没露出丝毫疑惑或羞涩的表情，热心前辈根本没看出到底哪里出了纰漏，只能恨恨地骂老阎下手太早。

热心前辈挖墙脚宣告失败，陆则也没被为难。他依然勤勤恳恳地在项目组打杂，一次次地测试手术机器人的各项性能，寻找可以改进或突破的地方。

陆则每周会和裴舒窈出去一两次，跑科学馆或者去听讲座，时不时还会被人拍下来发到网上刷存在感。不过这对陆则和裴舒窈没有任何影响，两人依然该干什么还干什么。

倒是褚老爷子偶然看到别人辗转发给自己的视频，盯着上面的陆则和裴舒窈会看许久，开始担心孙女的婚事。

本来吧，他以为孙女心仪陆则，大三岁也没什么，"女大三抱金砖"！陆则这小伙子他喜欢，为人大方，做事踏实，虽然出身比较一般，还和徐家有渊源，但他们褚家又不用靠联姻过活，孙女看得上就好。想着要是赔上个孙女，他收下"秋归"也不觉得太亏心。结果现在陆则时不时跟个小女娃在一起，自己的孙女倒是一心扑在她的工作室上，看起来压根没有去争取的意思！

这可怎么办才好？褚老爷子发愁，又想起这段时间让他面上无光的事。他家老三不争气就算了，还和他们家盈盈的前未婚夫搅在一起。他让人去赎人时脸上火辣辣地疼。

只能说，幸好解除了婚约，要不然他们家盈盈不知要受多少委屈。亏老三还姓褚，就这样还极力促成盈盈和徐明辉的婚事，真是不是自己的女儿不心疼，呸！这么一想，褚老爷子又想开了。不管怎么说，解除这桩婚约都是好事啊。

转眼到了深秋，褚老爷子收到了秋季花卉展的邀请。

首都的秋季花卉展有专业的评委和蜂拥而至的爱花之人，不少人会把自己培育的品种带到花卉展上展出，顺便让专家评委给估个价。虽然在每个人心里自己的爱花都是无价之宝，可要是想让别人知道自己的宝贝有多牛，还是得有个实价比较直观！

褚老爷子欣然应允，并打开微信里的兰友群，预告自己会带一盆谁都想不到的珍稀兰花去花卉展，能来的一定要来。

深市兰友A："老褚你带的是什么？提前透个底吧！首都太远了！"

沪市兰友B："能让老褚这么吹牛的，一定不能错过，我安排上了！"

渝市兰友C："老褚你身体好了？"

老褚："@渝市兰友C，已经好了，精神得很。至于到底是什么兰花，你们来了就知道了。一定要来啊，不来你们肯定会后悔。"

褚老爷子和兰友们说完，顿觉神清气爽，又去花房看他的"秋归"。

既然孙女不能把陆则"骗"回家，他也只能看看以后有没有机会帮陆则一把。这世上最难还的就是人情债啊，这又送花又救命的，也不知得他一个承诺陆则那小孩儿算不算亏。

转眼到了首都秋季花卉展当天。

褚老爷子带着专人护送的爱花抵达会场。别人还没机会一睹"秋归”的风采，专家们倒是先围在它的周围惊叹连连地做了初步评估，把它安排在安防最好的区域并派专人看守。

这架势开场就吸引了不少人，有些不懂兰花的人走过来看了看，只觉这兰花鼓鼓囊囊的花苞挺好看，但也看不出特别的地方。

直至老褚动员过来的那批兰友抵达之后，“秋归”前面才真正热闹起来。有人开始疯狂出价，一心想把这盆“秋归”买走。特意为老褚那番预告飞过来的兰友们看到“秋归”，恨不能把房子卖掉换走它！有人把“秋归”发到兰友群，没来的人也疯狂了。

兰友们砸钱大方，“秋归”也很争气。

展会过半，它那鼓鼓囊囊的花苞缓缓绽放，一阵清淡的香气在展厅中飘散开来。这明明不是多浓郁的芬芳，却瞬间吸引住所有人的脚步，让人不由自主地在它面前驻足。花卉展最不缺的就是花香，“秋归”的香气却不与任何花香混合，幽幽地擒住每一个人的呼吸。

花开之前“秋归”价格只出到一千万元左右，花开之后竟翻了几番，有人出价五千万！

不懂兰花的人都目瞪口呆，一盆兰花五千万？那他们赶紧学种兰花去吧！如果他们也种出一盆这样的兰花，都能在首都买房了！

毫无疑问，这盆“秋归”夺得了今年首都秋季花卉展的“花王”名头，不管是珍稀度还是关注度，它都当得起花王之名！

陆则没关注这些，连褚盈盈都是在花卉展当晚，听她爸说起才知道这事的。

虽然褚家不缺钱，但也没有富到花五千万买一盆花的程度，结果陆则随手送出来的兰花居然被人喊出这样的高价！

褚盈盈有些震惊，赶紧给陆则打电话。陆则也觉得惊讶，但还是理智地和褚盈盈分析：“就算出价一亿，你们家老爷子也不会卖的，把花给我的人也不会想卖。”

要不是他开口要，这盆“秋归”会在那间四合院里独自开开落落，除了种花人根本没人有机会欣赏到它的美。

现在“秋归”能让人喊出这个价格，归根到底还是因为它是由褚老爷子带到展会上去的。褚老爷子有那么丰厚的家底，别人出个一两百万就想让他割让爱花不是侮辱人吗？对这个高价，陆则除了乍一听到有些惊讶之外就没有其他想法了。

褚盈盈见陆则真的不在意，也没再多说。不仅她爷爷会承陆则的这个情，她也不会忘。

褚盈盈挂掉电话，就回老宅找褚老爷子要到第一手资料，整理好后在朋友圈里炫耀了一番。金银珠宝和古董名画值这个价的不少，花值这个价的却不多，很多人忍不住惊叹，甚至还有想过来赏花的。

相比褚盈盈这边的小范围传播，媒体就夸张多了，针对这件事大书特书——

“震惊！天价花王现身首都秋季花卉展！”

“奇香满室！今天没来首都秋季花卉展的人都后悔了！”

“你可能不知道，民国大佬们争相赞颂的名花竟是……”

不明真相的网友点进去一看，也被盛开的“秋归”吸引了，恨不能亲自到场闻一闻它的香气。虽然众人不知道“秋归”的香气，但价值五千万的花香肯定是好闻的，呼吸一口有它的空气都赚大了！

褚家老三看到褚盈盈那条朋友圈还有点儿不信，等看到铺天盖地的报道都蒙了。那天陆则抱着盆兰花登门，他还觉得这小子穷酸。结果，那盆看起来一点儿都不起眼的兰花居然值这么多钱，能换好几辆他的爱车！

褚家老三赶紧联系徐明辉。自从上次他们当过难兄难弟，两个人默契地没再联系对方。徐明辉不明所以地接起褚家老三的电话。等听褚家老三说这两天朋友圈的“天价花王”是陆则送的，徐明辉的第一感觉是不信：“不可能，那小子那么穷酸，怎么可能随手送出一盆价值五千万的花？”

褚家老三说："爱信不信，我亲眼看到他带着花上门的，就在你爷爷寿辰前不久。"褚家老三和徐明辉说起自己的猜测，"我怀疑你和盈盈的婚约黄了就是因为这小子。"

徐明辉挂了电话，越想越气，又去老宅找徐老爷子告陆则的黑状。

徐明辉先把"天价花王"的新闻给徐老爷子看了，义愤填膺地说："爷爷，他也太过分了，你做寿没见他给你送点儿什么，却给褚家那边送那么名贵的花，这一定是他在恶意报复！说不定就是他把褚盈盈哄走了！"

徐老爷子坐在鸟笼边听徐明辉说完，冷着一张脸说："就算是真的又怎么样？"他冷睨着徐明辉，"假如你有一盆值五千万的花，你舍得把它送去褚家吗？"

徐明辉语塞。

徐老爷子越看越觉得这孙子碍眼，摆摆手把他打发走了。到底谁给他的脸，让他觉得陆则会巴巴地来徐家送寿礼？再说了，那花要不是到了老褚手上，也未必能喊出那样的高价。

遥想当年，徐老爷子感觉自己也算眼光好、能力强。现在也不知造的什么孽，儿子都不争气就算了，孙子还这样子，想想他就头疼。尤其是徐明辉，婚约没了不说，还闹出丑闻，真不知道说他什么才好！这其实也不算什么，风头过去就没人记得了。最大的问题就在于，这孙子脑子不太好使。徐老爷子感觉这孙子可能要砸手里了。

相比徐家的种种猜测，陆则感觉自己的日子过得非常安宁，没有一丝波澜。他默不作声地和叶老头儿一起提高对手术机器人的操作熟练度。

若说一开始还有人觉得他年纪小、学历低，属于项目组底层的话，现在已经没有人这么想了。

到项目接近尾声时，专家们已经没有新的意见和改进思路，研发团队也对手术机器人进行了最后一次系统升级。

总负责人找到陆则，希望他能配合拍个宣传视频。结题报告当然轮不到他来做，不过宣传和展示可以由他上。理由很简单，他长得帅。在很多地方，长得好看的人总是备受关注。

陆则对此没意见，反正负责人说他只需要和往常一样操作手术机器人就好，拍摄和剪辑交给专业人士。

出于展示需要，太血腥的内容不适合往外放，负责人要求陆则演示一段“辣手摧花”，把花瓣一瓣一瓣切离，这样看起来比较赏心悦目。

他们商量妥当之后，摄影师很快到位了，对方没打扰陆则，全程闷头在旁边拍摄。

一周之后，展示视频出来了，摄影师给了每个项目成员特写镜头，但手术过程展示基本只有陆则出镜。负责人对成品非常满意，并召集所有人询问大家对这个安排有没有意见。

按照研究所和高校联盟弱到没边的宣发能力，众人觉得争这个“C位”实在没什么意义，自然没人有意见。

当然，也不是所有人都没异议，侯志洲下午去厕所时，就听到有人在说酸话：“真不知道陆则给我们老师灌了什么迷药，什么都让他上。”

侯志洲听出了对方是谁，晚上回去后自然兴致勃勃地和陆则说这件事。他怕陆则记不清人，还贴心地给陆则提示：“就是那个才来没几天就被狗咬的家伙。”

陆则不是很在意：“反正项目结束也没多少机会再见面。”除了他以外，其他人基本是首都名校的人，毕业后要工作肯定首先考虑留在首都，以后确实不会有太多交集。

侯志洲觉得和陆则聊天太没成就感，决定上游戏带妹子去了。

陆则洗完澡，打开手机，发现负责人在微信@了群里所有人，要求他们转发官微最新的宣传视频。和所有人预料的一样，官微的宣发效果一如既往地不理想，坚守个位数转发、个位数评论战线不动摇。

陆则兢兢业业地听令转发，照常开始做每天的问答和社交任务。

陆则的微博一般只发整理好的问答内容或者有争议的论题。上一次他发布的闲杂内容还是“教你如何种植沙漠植物”。

深夜九点多，夜猫子们从白天的打盹状态开始苏醒，纷纷开始享受难得的私人时间。

时隔三个月，luze2020这个账号终于再次出现了一条大家都看得懂的微博，粉丝们纷纷点开视频，开始欣赏手术机器人的宣传片。

一开始，大家想着怎么也要支持一下才点开的，事实上宣传片的前半段枯燥得让人想按快进。许多人抱着“我一定要坚持到小陆医生出来”的心态往下看。

到宣传视频的后半段，画风突变。众人看得出摄影师特别偏爱陆则，把陆则上上下下、远远近近地拍，脸部特写、手部特写、背影特写一个不少，接着就是陆则精准快速的操作。

演示过程中，时而是一朵盛放的玫瑰花被“摧花”的过程，时而是陆则锐利的眼神和灵活操作控制台的双手。转眼间花瓣尽数落下，剩下的花托切口平齐，这个过程看起来美得不得了，配上背景音乐让人热血沸腾。

许多关注陆则的同行和校友也看到了这个视频。

目前国内不少医院引进了进口手术机器人，对这台最新研发的国产手术机器人很多人持观望态度，不是说进口的一定好，只是这个领域国内确实涉足得不如国外早，具体如何还得看看实操展示或者亲自上手试试才知道。

相比同行的慎重，凑热闹的网友们就没有那么多想法了。随着晚间上网高峰期的到来，这条宣传视频的转发量节节攀升，还有人贴心地提示“拉到两分半有惊喜”！

第二天一早，管理研究所官微的小孙按时上班，登录官微一看，残余的一点点睡意全飞了。

等等，他是不是眼花了啊？这挤满浏览器的消息提示是真的吗？

小孙点开消息提示一看，更蒙了，这些人为什么都在说“疯狂舔屏”“堪比大片”。

他再认真一看，转发的大V中搞科研的很少，有做直播的、玩摄影的、搞种植的，甚至还有开旅行社的、开饭馆的。跑来评论的粉丝更是千奇百怪，甚至连卖“片”的都闻风而至。

这都什么跟什么啊！他只是按照项目负责人的要求发布了一个平平无奇的宣传片，开头他看了，挺无聊的，坚持不到两分钟他就关掉了。难道两分钟后有什么奥秘？小孙按照网友的提示把视频剩下的部分看完，服气了。

这完全出乎小孙的预料，他赶紧和负责人联系。这次项目投入很大，经费高得吓人不说，专家都出动了几批。难得有这么多人关注官微发布的内容，他们何不趁热打铁？

小孙的提议是开一次直播，顺便带带在直播平台的官方账号。要是能当个有尊严的官方账号，谁想当无人问津的小可怜呢？国内不仅有公立医院，私立医院也不少，既然项目出成果了，当然要扩大宣传，而且最好趁早。毕竟项目的结题报告会一开，项目组就要解散了，到时他们可很难再把陆则这个“活招牌”请过来啊！

负责人自然又跟陆则商量，陆则没意见。项目到后期，整理材料的时间多，上手操作的时间少，哪怕是展示练习也可以过过手瘾。

小孙得知陆则同意了，紧锣密鼓地开始宣传，准备直播事宜。现在直播再简单不过，有手机的人都能播，小孙本身就是负责搞宣发的，当仁不让地承担起直播前后的所有工作。

一切非常顺利，得知研究所要在周五晚上七点直播，粉丝又热闹起来——

“我猜这个活动是看到昨晚的热度后，官微君一拍脑袋想出来的。”

“是小陆医生直播吗？我要准时守在手机前等着。”

“自从关注了小陆医生，我感觉自己升华了！谁会想到，一个正值花季的美少女推掉约会、拒绝逛街，一口气得罪了闺密和男朋友，只为了看一场医学科技直播？”

“小陆医生跨度好大啊，前面还是在网红小镇，现在又去首都跟项目。”

“胡说八道，小陆医生才不是去首都跟项目的，他是和我们裴裴去砸场子的，不信你们戳链接：‘我们诚心诚意地向您请教，您却觉得我们是来砸场子’系列合集（新增王教授哲学讲座）。”

“楼上的合集好齐啊，已收藏补课。现在问题来了，我们小陆医生和裴裴到底有什么不会的？”

“没有，别问，问就是自取其辱。”

宣传效果很好，还没到周五，官方账号的粉丝量已经噌噌往上涨了，一些原本无人问津的宣传视频也被网友们挖出来，惊叹国内自主研发的成果。

小孙非常满意。

有人却不满意了，比如那个被狗咬的研究生。

这个研究生叫蔡胜，和他的导师是同乡，极力争取才得到这次跟项目的机会，为的就是以后考编制时多一项资本。陆则成为宣传片主角，就让他很不高兴了。他不觉得这次的热度是陆则带来的，明明是他们整个项目的宣传片，难道那么多人全是冲着陆则那张脸来的？自己比陆则年长几岁，学医的年头也比陆则长，操作不比陆则弱，凭什么次次都是陆则露脸？

蔡胜背着导师悄悄找负责人毛遂自荐，表示自己也可以直播，保证稳稳当当不出错。年轻人想出头，负责人理解，他和小孙那边商量后觉得可以用一用直播软件上的PK（比拼）模式，两个人或者多组同时进行直播，这样也能给其他年轻人一个展示的机会。

负责人决定后再次召集群里的人，问除了陆则和蔡胜之外还有没有想直播的，直播主题非常简单——手术机器人在线缝合葡萄皮！

群里的人一听要直播开PK模式，立刻静了，没有一个吱声的。

PK不可怕，谁丑谁尴尬！

他们可没信心能和陆则一比高下，不说操作谁好谁差，光是看脸就让人失去了信心。到时候要是直播间观众疯狂给陆则送礼物，他们这边什么都没有，对比岂不是太明显了？

年轻人们纷纷服软："不了不了！"

"我不行，我有镜头恐惧症！"

"我觉得我还有很多不足，需要再练练。"

老一辈的专家也表示自己不爱玩这些年轻人喜欢的玩意，参与就不必了，不过到时他们会号召学生去看直播。

最后负责人把陆则和蔡胜两个人的名字报给小孙，让小孙做好直播准备。

近来项目收尾了，大家都很闲。得知要直播PK，侯志洲比陆则还激动。好歹他是搞计算机的，一听到消息立刻屁颠屁颠地跑去支援小孙，积极地包揽下陆则这边的直播准备工作。

周四晚上，侯志洲和陆则嘀咕："记得不？那天就是他在羡慕嫉妒。现在我有点儿佩服他了，一般人都是随便说说，他还真敢直接上。"

陆则说："他学医比我久，手术也做得很不错，实力很强的。"要是蔡胜真是个草包，也不可能混进项目组，国家投资那么多项目资金可不是为了锻炼新人。

侯志洲说："反正你不会输给他。"

陆则说："又不是真要分出高低来，没什么输赢可言。"

侯志洲觉得陆则的心态太稳了，一点儿都不像二十岁的年轻人。

与此同时，蔡胜的室友发给蔡胜一个资料包，说是大家集思广益发现了一些他还可以提升的地方，让蔡胜拿去看看。蔡胜对其他人的水平很了解，不觉得他们可以发现什么不足。

虽然他很看不惯陆则，但他不得不承认陆则是年轻人里唯一配当他的对手的人，其他人和陆则比起来还是差了点儿。

不过考虑到他和室友关系还不错，一起说过好几次陆则的坏话——主要是他在说，但室友也没反驳，蔡胜接收了室友发给他的资料包。

反正看看也不费事，他随意点开其中一份文件。看着看着，蔡胜不自觉地坐直了身体，目光也渐渐变得专注而凝重。看来有时候“三个臭皮匠”，还真赛过“诸葛亮”，资料里的一些内容正中要点！要是他能照着上面的方法锻炼锻炼，手术技巧说不定能“更上一层楼”！

光是想到这一点，蔡胜心头就忍不住一阵激动。

第二天一早，大家还没吃早饭，蔡胜早早地向他的导师讨了钥匙，要去练练手。蔡胜的导师挺爱惜这个学生，见他一脸急切，也没拦着，爽快地把钥匙给了他。

蔡胜一早上都扑在练习上，早餐没吃不说，差点儿连午饭都忘了吃。还是导师让他别一整天霸着控制台，给其他人留点儿练习机会，蔡胜才恋恋不舍地去吃饭。

蔡胜才走出门，就遇到吃完饭回来的陆则。

蔡胜哼了一声，对陆则说：“我不会输给你的。”

陆则早上也看到了蔡胜在拼命练习，并不在意蔡胜的敌意。羡慕、妒忌和恨这些情绪谁都会有，如果有人能化嫉恨为动力，努力提升自己，而不是想着给对方使绊子，本性也没坏到哪里去。

陆则对蔡胜的话予以肯定：“蔡师兄的操作很好。”他一个人又救不了所有病人，有能力的医生当然越多越好。蔡胜专业学得好，想争取往上走，去更好的医院并没有错。

陆则的反应让蔡胜觉得自己一拳打在了棉花上。他默不作声地去了食堂吃饭。

陆则进去后，接收到蔡胜的室友看过来的复杂目光。

陆则没上去搭话，朝对方点了点头算是打过招呼了。他拜托研究所的实验员把材料准备好，径自坐到了空出来的控制台前练手。

晚上六点半，陆则和蔡胜分坐在两处控制台前等待直播开始。由于模式改成了PK，所以他们都没登录官方账号，而是自备直播平台账号。

陆则的账号明显是新号，昵称依然用的是微博账号的名称luze2020，粉丝量在官微公布双方的直播账号时迅速攀升。

这还是得益于李家妈妈及其家人的推动。周五晚上大家放假的放假、下班的下班，从几个转发的大V账号里得知陆则开了直播账号，立刻赶去围观。

相比脸生的蔡胜，大家自然都跑陆则的直播间去了。

侯志洲负责把控陆则的直播间，宣传微博发出去没多久，直播间里的在线人数就迅速飙升到一万。随后一拨接一拨的观众进入直播间，人数多到侯志洲来不及和陆则闲聊。

相比之下，蔡胜那里的观众少得可怜，只有一百来个，都是支持蔡胜，过来充人数的亲朋好友。蔡胜不知道陆则那边的情况，不错眼地盯着控制台。他们上了手术台之后，那就不是看脸的事了，全凭实力说话。

今天他练习了一天，感觉自己又提升了不少，对这次PK信心十足。比人气他肯定比不过，但他相信自己和陆则比技术是不会差的！有了这个展示的机会，相信会有慧眼识珠的人看到他的实力。

各方人员陆续就位，实验员也把今天另外的主角准备妥当——两串水灵灵的紫葡萄，紫里透红，洗过之后隔着皮都能看出颗粒汁液饱满。

陆则和蔡胜要做的就是把葡萄皮轻轻剥下一部分，再缝合起来。

手术机器人自有一套成熟的成像系统，可以让坐在控制台前的医生清晰地看到手术台上的葡萄，也可以导出到其他屏幕，让其他人同步观察手术过程。所以直播起来很方便，可以随意地在手术画面和操作台之间相互切换。

七点还没到，陆则的直播间已经有人开始送礼物了，观众每天都有免费礼物领，不送白不送，干说话不砸礼物多不好意思是不是？何况这还是陆则第一次直播，粉丝看着陆则和实验员说话，侧脸认真又帅气，当场就控制不住自己的手了！

免费礼物送完，很快有人对付费礼物伸出了邪恶之手。

“还没开始PK，现在砸礼物不算数的吧？”

“算不算数有什么要紧的，热闹就行！”

哪怕和主播没有互动，粉丝们也十分活跃，不到半小时竟直接把陆则的直播间刷到平台首页人气榜。

直播平台宣发部一直关注着数据，发现这天晚上注册量大增，还一股脑地往陆则的直播间跑。信息化时代，拥有用户等于拥有一切！陆则这种自带一定关注度的人来直播，一上来就搞PK，宣发部的人都乐疯了，第一时间申请给陆则来个免费推广，直接做了首页推荐和APP消息推送一条龙。

陆则和蔡胜都在对机器和葡萄的情况进行最后的检查确认，没注意到网上的变化。

七点整，他们准时坐到控制台前，开始专注地进行这台对葡萄做的“手术”。

侯志洲把镜头给了葡萄。小小的“手术台”上灯光很亮，聚焦在小小的葡萄上，近看可以看见陆则挑中的葡萄十分饱满，透过薄薄的葡萄皮甚至能看见果肉里的筋络，看得侯志洲都想吃葡萄了。

两个直播间连线之后，陆则开始操控机械手给葡萄剥皮。轻轻两剪刀下去，葡萄皮上剪出了浅浅的两条痕迹。他操控镊子夹起约莫五分之一的葡萄皮向镜头展示，机械手的动作灵巧，没有丝毫迟滞。

不提缝合，光是这剥皮技术就已经让观众叹为观止。

明明陆则的动作放得很轻，非常小心，速度却比对面的直播间快一些，他展示完了，蔡胜才把葡萄皮剥下来。

陆则默不作声地开始给葡萄缝合。侯志洲才把镜头移向控制台数秒，再转回“手术台”上一看，葡萄皮上已经缝了好几针，机械手不断地在剥离的葡萄皮边缘来回活动，留下一行细细的缝线。

知道的人会说他在展示外科缝合手法，不知道的会以为他是在葡萄上玩艺术呢。那精巧又细致的缝合痕迹实在太漂亮了！

侯志洲怕影响陆则发挥，把赞叹憋回了肚子里。

粉丝们没那么多顾忌，一边送礼物一边惊叹连连——

“不会是快进了吧，怎么才转开几秒就缝了这么多针？”

“其实隔壁也缝得很不错啊，就是慢一拍。”

“主播的直播太精彩了，土豪盈盈打赏了‘飞机’×10！”

“我眼花了吗？”

“没眼花！确实是十架‘飞机’没错！”

“一百万啊！开播第一天就有人砸一百万！”

“飞机”这个礼物一个就值十万块，只要送一个就能全网推送宝箱，吸引其他人来直播间开宝箱。十架“飞机”瞬间给陆则的直播间带来无数新观众。不愧是目前十分火爆的直播平台，这么多人同时进入也没半点儿卡顿。新来的人抢完宝箱，发现直播间里在PK，又把手里的免费礼物、便宜礼物送了出去。

众人再仔细一看，陆则已经开始缝合第二颗葡萄，目光依然专注，动作依然快得让人不敢眨眼——毕竟一眨眼，陆则就把它给缝完了。

为了防止直播在几分钟内结束，他们一共需要缝合十颗葡萄。

陆则一直笔挺地坐在那里，连坐姿都没换过。明明他专注操作连个正脸都没露，那些过来凑热闹的人却莫名地觉得陆则认真得让他们不知不觉跟着安静下来。

他们重复看陆则和蔡胜缝合十次葡萄都觉得枯燥乏味，陆则和蔡胜这样的技术是缝合多少次练出来的？明明都是重复的动作，直播间里送的礼物却越来越多。

还有人觉得蔡胜直播间的弹幕太少，跑过去给蔡胜也送了一些。虽然永远慢一拍，但蔡胜也把葡萄缝得很好。技术好的医生都值得鼓励，以后说不定自己要靠他们手里的手术刀救命啊！

褚家老宅。

褚老爷子正拿着亮闪闪的手机眯着眼睛看。手机有个少女心十足的手机壳，四周一圈亮亮的钻不说，背后还是流动的小彩虹。手机的主人褚盈盈正坐在褚老爷子身边一起看直播。

他们家老爷子十万火急地把她召唤回来，就是因为他不会摆弄直播APP，又不想叫别人来帮忙，索性借用孙女的手机。

褚盈盈不玩直播，不过既然想做设计，各方面的资讯都得了解，闭门造车也不是出不了艺术家，但她想做的服装品牌既要上得了国际大舞台，又要能融入普通人的生活。为此，各个社交软件、直播软件她都在用，还会让手下的人筛选一些值得关注的人或作品给她。

没想到她的账号居然在这种情况下派上了用场。

褚老爷子在褚盈盈的指导下，爽快地送出十架“飞机”给陆则当礼物，还对褚盈盈表示这礼物一点儿都不符合现实：“一百万连一架‘飞机’都买不到，还十架，简直是做梦。”

褚盈盈无奈，只能说：“十块也买不到自行车，爷爷你就别纠结这个了。”

褚老爷子摇了摇头，继续关注直播。

陆则显然没留意打赏，依然专注地进行着缝合工作。

褚老爷子注意到陆则每次剥葡萄皮都会夹起来展示，这个动作和其他动作相比放慢了不少，至少耗费两到三秒，这对争分夺秒的PK来说无疑是在浪费时间。

褚老爷子看了几轮，品出味儿了：“这孩子，和人搞PK，还特意等对方。”虽说快不是做手术的必然要求，但有些情况下快一秒也许就能救患者一命。所以在同等效果下，医生的手术速度快自然更好。平时医生做手术没有比较，没有谁快谁慢之说。可现在他们是同台竞技，慢的一个就丢脸了。陆则在展示这一步上明显是在放水。

当然，很少有观众会注意到这一点。

褚老爷子眼睛毒，他甚至还注意到陆则每次用的时间几乎一模一样，第一次缝合时每个步骤用多少秒，接下来的九次每个步骤也用多少秒。

这表明他可以完美地控制好每个步骤的用时。对这种简单的操作，他可能习惯了一气呵成，想慢都很难，所以想放水只能在展示那个环节稍微拖延一下时间。

褚老爷子心里很感慨，看向孙女的目光免不了又带上几分惋惜，自家孙女怎么就不能把陆则“拐”过来呢?

褚盈盈被褚老爷子看得心里发毛，不过还是将疑问说了出来：“他哪里放慢了？”

褚老爷子给褚盈盈讲了一遍。爷孙俩说完，直播也接近尾声了。

褚盈盈觉得这么刺激的事不能让陆则蒙混过去，都PK了，还谦让什么啊，当然要赢得漂漂亮亮！

褚盈盈拿过手机，选了十架“飞机”，噼里啪啦地打了一句话发了出去。

“主播的直播太精彩了，土豪盈盈打赏‘飞机’×10！有人注意吗？小陆医生每次剥皮、缝合的用时都一模一样，十次都一模一样！”

这财大气粗的大手笔瞬间引起了所有粉丝的关注。

此时，直播结束了。

有人看到褚盈盈的话后，倒回去看了直播回放，震惊地发现陆则这十次缝合的耗时果然一模一样，若不是葡萄表面略有不同，怕是连缝合痕迹都完全一样。

手术机器人虽然叫手术机器人，实际上还是靠人操控，不可能做到完全自动。这种情况下要做到每次缝合情况大同小异，对医生来说挑战还是不小的，这说明陆则对这台机器的操作已经熟练得不能再熟练。

至于陆则故意在展示上耗时，褚盈盈没提，其他观众也没察觉，只赞叹陆则年纪轻轻就技术高超。要是将来自己或家里人有需要动刀子的毛病，有条件的话可以考虑去找他们的小陆医生！

一场直播PK在观众的赞叹声中落幕。虽然比人气蔡胜输得很彻底，收到的礼物连陆则的零头都不到，但蔡胜的操作还是很不错的。

蔡胜全神贯注地操作了十次缝合，结束直播，离开控制台的时候，额头冒出了一层汗。

缝合不难，只是要持续地对着控制台缝合还是有点儿耗神，更何况他心里还憋着一股劲——绝对不能输给陆则。事实证明他撑过来了，对自己的表现非常满意。

蔡胜抹了把汗，转头问负责全程帮他掌控镜头的室友："怎么样？"

室友实话实说："比人气你肯定比不过。"要说PK结果的话，蔡胜也肯定输了。室友把手机还给蔡胜，宽慰道，"不过大家都觉得你缝合得也很好，还有挺多人给你送了礼物。"

蔡胜点开自己的直播间，看到里面果然有不少礼物，还有不少人在他的主页留言，鼓励他好好努力，以后当个好医生。

蔡胜绷着一张脸，点开陆则的主页，发现不但陆则的粉丝数碾压他，直播回放量也碾压他，陆则的主页的赞美留言数更是把他碾压了个彻底。这是预料之中的结果。

室友见蔡胜点开陆则的直播回放，先给他打了预防针："有个'土豪'给陆则的直播间砸了二十架'飞机'。"

蔡胜找个地方坐下，把直播回放看完了。自己的动作偶尔会卡顿，陆则的动作则完全是行云流水般流畅，完全挑不出毛病。

蔡胜以前看陆则操作时只觉得寻常，经那个送礼物的观众一提，也开始注意陆则的每个步骤的耗时。

看着看着，蔡胜就看出问题了。每次剥皮之后那两三秒的展示时间属于败笔，多留意就会看出不对。他的脸色有点儿难看，他这次是真的输了。

看着陆则一次又一次精准地重复操作，蔡胜电光石火间想到了什么，转头盯着室友看。

“怎么了？”

蔡胜说：“那份资料是不是陆则给你的？”他虽然一向骄傲，但也不至于盲目自大。那些一语中的、正中要害的分析，那些具体而有效的练习方法，分明不可能是室友和其他人一起讨论出来的。要是他们能在那么短的时间内讨论出这些来，也不至于连他都比不过。

室友没想到蔡胜能猜出来，一时不知道该说什么。蔡胜家里条件不怎么好，属于全家凑钱供他一个大学生。平时蔡胜就很要强，一直很在意样样出挑的陆则，室友怕答不好伤了蔡胜的自尊心。他也看过陆则给的资料，知道里面提出的那些问题确实很有针对性，才答应帮忙把资料给蔡胜。

室友硬着头皮说：“是陆则给的，不过他是好心。”他们都是一个项目组的，直播是为了宣传项目成果，而不是要争个高低。陆则应该是出于好心才整理出那份资料，室友觉得陆则应该知道蔡胜对他有意见，要不然也不会让别人编借口转交。

蔡胜不吭声了。

热热闹闹的直播结束，小孙虽没达成帮官方直播账号大量涨粉的目的，但微博粉丝涨势喜人，也算是一个巨大的突破。他叫上了参与这次直播的人去吃夜宵。

都说春天乍暖还寒，消夜适合吃小龙虾暖和暖和；夏天天气太闷，消夜适合吃小龙虾热闹热闹；秋天气候干燥，消夜适合吃小龙虾滋补滋补；冬天寒风冻人，消夜适合吃小龙虾热乎热乎。所以在这个已经有些寒冷的初冬夜晚，小孙叫了小龙虾外卖招呼所有人齐聚食堂！陆则虽然没有消夜的习惯，但还是很合群地拿了一盒小龙虾坐下。他刚戴好手套，就感觉一个阴影笼罩在自己面前。

陆则抬头一看，竟是蔡胜走到了他对面的位置。

陆则愣了愣，礼貌地说："没人，坐吧。"

蔡胜和陆则相对而坐，默不作声地剥小龙虾。直到把小龙虾都解决完了，蔡胜才终于开口："我不会感谢你的。"

陆则也把小龙虾解决完了，闻言抬头看去，说："你为什么要感谢我？"

"我已经知道那份资料是你给的了。我不需要你的施舍，"蔡胜认真地宣告，"我承认你确实比我厉害，但是我绝对不会认输，总有一天我会超过你。"

陆则顿了顿，才说："我没有施舍你。"

蔡胜又开始一语不发。

陆则继续认真地解释："既然你都知道了，我就实话实说吧。我上次看操作视频时发现了你的一些问题，一直很想告诉你，偏偏你见到我时经常绕着走，我都没机会和你说。"

蔡胜的脸色黑了。

陆则十分坦荡，直接把自己的真实想法告诉蔡胜："这些问题憋着不说吧，我浑身难受；直接找你吧，我又怕你听不进去。所以我趁着这次直播的机会整理整理，拜托你的室友找个理由发给你。"

陆则接着说："不骗你，真的浑身难受。比方说你看到别人的裤链没拉、扣错扣子，你也很想提醒对方，对吧？"

蔡胜咬着牙说："对，你说得对。"

直播虽然结束，热度却还在继续。

两百万大"飞机"和一堆大小礼物还是有点儿用处的，各大社交软件都转发了这次直播PK的视频，既让陆则和蔡胜露了脸，也给这款手术机器人打出了知名度。

如今是酒香也怕巷子深的时代，加大宣传力度果然是明智做法，当天晚上已经有不少私立医院过来询价。至于公立医院，要走的程序比较多，暂时还没什么动静。

而对陆则来说，结题报告会一结束，这次的项目就没他什么事了。

不过，负责人在临别前还组织了一次聚餐。导师出车，学生代驾，一行人浩浩荡荡地去了一处老食坊，连研发团队的人都叫上了。

陆则和侯志洲是室友，阎医生又提前走了，陆则理所当然地被塞到侯志洲那边。

侯志洲负责开车，陆则、章有和另外一个研发团队成员是蹭车的。陆则和章有坐一起没什么话说，只有侯志洲和他的小伙伴努力活跃气氛。

陆则还好，时不时会应上几句，章有全程只说了两句话，“看路”还有“红灯”。车里一度因为他的开口陷入冷场。

就这样他们跟着前面几辆车开了大半个小时，总算抵达了目的地。

负责人是本地人，哪里有好吃的门儿清。

他们刚进门，陆则就看到中间搭了戏台，有人在上面咿咿呀呀地唱戏。戏台前围着不少人举着手机拍照、录视频，热闹非凡。相比之下，里头的空桌倒是不少，也没见有人占位。

负责人喊了一嗓子，立刻有人过来招呼他们坐下，满满当当地占了几桌。负责人当仁不让地揽下点菜任务，连菜单都没接，直接报出一串菜名。

凉菜上得快，陆则拿起筷子夹了一根蓑衣黄瓜。师傅刀工非凡，黄瓜切得厚薄均匀，也很入味，酸甜之中带着点儿辣，十分开胃。

年轻人坐一桌，胃口都好，三两下把凉菜解决了，开始趁着最后一次齐聚互加微信。

陆则显然是最受欢迎的，除去平时已经加过的，这会儿几乎所有人都来和他加好友。他甚至看见了蔡胜的好友申请。陆则没拒绝，一一通过。

大家正等着主菜上桌，戏台那边忽然传来轰隆一声，陆则转头看去，竟是那看起来有些年头的戏台塌了，上面的东西哗啦啦地往下砸，把身穿沉重戏服的京剧演员给埋底下了。

前面围着拍摄的也有人被殃及，其他人惊慌之下惊叫着奔走，场面极其混乱。

陆则和蔡胜最先反应过来，起身和店里的工作人员一起搬开砸下来的木架等杂物，第一时间查看演员的伤势。

受伤的两个演员都是店里从外面请来的，唱功不算特别好，但也能唬住人。

食坊的大老板闻讯赶来，看见陆则和几个老专家都围了过去，不由得有些担心。认识负责人的掌柜赶紧解释："他们都是学医的，好些人是医生。"

陆则最先查看其中一个京剧演员的情况，对方身上的戏服都染了血，情况看起来有点儿严重。他先帮对方止住了血，让人打120叫救护车。另一个京剧演员的伤势轻多了，除了脑袋磕破一个口子之外没别的事，还能自己凑过来问同伴的情况。

来吃饭的人自然没有随身带急救箱，陆则几人也不敢挪动伤者，只能让人把周围的杂物清一清。

好在医院离这食坊不远，救护车很快过来接走了受伤的人，只受了轻伤的演员也跟着救护车去了医院，一来是做个检查，二来是陪陪同伴。

店里出了这样的事，店老板没心情继续做生意。不过陆则他们的菜已经在做了，老板赔着笑脸说："谢谢几位医生帮忙，今天你们只管敞开吃，我老秦请客。"

陆则手上沾了血，问清楚洗手间在哪里，去洗了个手。他刚走出洗手间，就看到一个干瘦的中年人站在外面直勾勾地看着他，对方手里拿着拖把、提着水桶，像是要去洗厕所。

陆则礼貌地说：“您好。”

今年冬天来得晚，都进入一月了，还是可以穿风衣。

陆则今天就穿着一件简单合身的风衣，上面也沾了血，他刚把血洗掉了，衣服上留着一片水渍。

即使这样，他看起来依然俊秀出色。

中年人一愣，点了点头，走向厕所。

陆则回到饭桌前，已经开始上菜。他看了眼座位旁的空位，问侯志洲：“你们老大呢？”

“应该出去抽烟了吧？”看着桌上热腾腾的砂锅炖肉，侯志洲麻利地说，“可以开吃了，我去叫他！”

侯志洲刚站起来，就看到章有从门外走了进来，一脸白天被逼迫出门的萎靡神情。他赶紧说：“老大你回来得正好，上菜了！”

章有没说什么，坐下开吃。

饭菜吃了一半，忽然有几个警察押着一个干瘦的中年人从里面走出来，店老板也颓然地跟在他们身边。其中两个警察手上还提着三个水桶，表情严肃。

他们走得很快，没给陆则一行人询问的机会。还是掌柜的过来解释：“这人是我们老板的远房亲戚，老婆早年得病没了，女儿来我们店里打工时出车祸没了，他找过来时老板给了他不少钱，也帮他和肇事车主讨了一大笔赔偿。”

侯志洲问道：“那他怎么被抓了？”

掌柜继续说：“他当时也没闹，还说自己没地方去，想留下帮店里打扫卫生。老板看他确实可怜，就把他留下来了，没想到他居然弄了几桶汽油，想把我们店一把火烧了！”

侯志洲听得一愣一愣的，随后反应过来，刚才警察提走的那三桶东西是汽油啊！他一阵后怕："那我们岂不是差点儿被烧死？"

掌柜说："可不是吗？还好有人及时发现报了警。"他好奇地看向陆则这几桌人，"警察说报警的是个年轻人，是不是你们帮忙报的？"

陆则和侯志洲等人都摇头。

章有说："是我。"见其他人都望过来，他勉为其难地多解释了几句，"我去外面抽烟遇到他，闻到他身上有汽油味。"这中年人一不是汽修工，二不是加油站的。这个食坊又不像是会经常用汽油的地方，这就没法解释了。

侯志洲说："我想起来了，老大你曾经和警察合作过一个项目，专门追踪犯罪分子的！你是不是一眼就看出那中年人不对劲？"

章有说："对。"

其他人听得心有余悸：你发现不对也不提醒一声，早知道这么危险他们说什么也不留在这里吃饭了。

当然，也没人会抱怨出口，要不是章有敏锐地发现不对劲，麻烦可就大了。

掌柜的也是这个想法，颇为庆幸地说："虽然这么说有点儿对不起小杜（受伤的京剧演员之一）他们，但还好戏台塌了，才有了之后这些事，要不然我都不知会不会在睡梦里被烧死。"

店老板跟去做笔录了，厨师还在兢兢业业地做菜，菜继续上桌。

接连经历了两场惊吓，很多人没了胃口，陆则和章有倒是没受影响，把负责人点的菜都尝了一遍。

负责人觉得气氛有点儿消沉，起身给每个人敬茶，以茶代酒活跃气氛。

一顿饭吃得跌宕起伏，回去的路上大伙才缓过神来，纷纷讨论起刚才的两场意外。

章有看起来很没精神，上了车就靠在椅背上补眠，侯志洲不好说话，只能憋了一路。

等回到宿舍，侯志洲才和陆则说："老大不愧是老大，吸吸鼻子就能识别罪犯。你不知道，老大以前和警局合作时还因为太年轻被人瞧不起，后来所有人都服气了，整天想把老大挖过去，没想到老大来搞自动化系统了。"

陆则说："你们老大确实很厉害。"

虽说搞计算机的大多是年轻人，但章有这个年纪就能完成这样的大项目，着实让人难以相信。

侯志洲说："遇到你和老大，我才知道确实存在天才。"他和陆则吹了一通章有以前的丰功伟绩，什么合作过的人都"跪求"长期合作，什么再难的问题在章有那里都不是问题，过足了"八卦瘾"才和陆则分头收拾行李。

陆则是明天的飞机，侯志洲明天也要回家，今晚是他们住在研究所的最后一晚了。

今年陆父依然要守着工程过年，陆则估计自己还是要去卫家过年，一时有些犹豫。卫家不是不好，只是他继父是整个卫家的大家长，到时卫家所有嫡系旁支都要来向卫父拜年，他和卫家没有血缘关系，平时还好，过年期间留下难免有些尴尬。

陆则思考片刻，给阎医生打电话，问能不能提前安排他去实习，过年加班可以不要钱。

阎医生从不废话，直接问："你什么时候回来？"

陆则说："明天。"

"后天来报到。"

在首都的最后一晚，陆则列表里一直躺着的章有活了，他给陆则发了条消息："有件事想拜托你。"

陆则回了一个问号。

“我有个弟弟小时候走丢了，我想拜托你帮我留意一下。”

陆则没想到还有这样的事。

他接收了章有发来的两份资料：一份是日常照片，照片上的小孩儿看起来四五岁，是刚记事，又对很多东西表述不清楚的年龄；一份是很久之前的体检情况，上面显示章有的这个弟弟的血型很特殊，属于Rh阴性血，就是传说中的熊猫血。

当医生还是比较容易接触到各方人士的，章有家基因又这么好，要是遇上了估计看一眼就能对上号。

陆则爽快地答应：“我会帮你注意的，后天我就该去省院实习了。对了，我看合照里你们长得挺像，介意给我一张你的照片当对照吗？”

章有说了句“可以”，对话框又沉寂下去。

陆则看了眼没了反应的对话框，思索片刻，给章有提了一条建议：“其实你在公众面前露露脸或者发布求助信息，说不定能很快找到人。”

章有说：“不行，只能悄悄找。”他和陆则说出内情，“我母亲精神出了问题，看到我就会发病。”

没看到他的时候，他母亲可以健康生活，像是没有过孩子一样，新闻她会看，社交软件她会上，工作她也会照常做。可只要他出现，母亲就会发病，歇斯底里地吼叫，愤怒地打他、赶他走。

当年他们兄弟俩是同时走散的，从小不爱说话的他被警察领回去了，更讨人喜欢的弟弟却不知所终，章有觉得母亲受到刺激也很正常。为了不让家里闹得鸡飞狗跳，他连家都不回，更不会在任何公众平台上出现。

家里也在找弟弟，不过过去那么多年，大家多半觉得没希望了。章有会拜托陆则帮忙，心里其实也没抱什么希望，只是想做点儿什么而已。弟弟的事一天不了结，家里就一天不会安宁。

陆则自认为也算见多识广，这样的母亲却还是头一次见。看生日和年龄，章有和他弟弟是双胞胎吧，当时章有也不过四五岁。两个都是小孩儿，找回一个不好好哄着，他母亲还这么对他？

陆则说：“我知道了，我会帮你好好留意。”

章有给陆则发了照片，拍得中规中矩，毫无特色，但五官非常清楚。陆则保存好照片，没再多问什么。他不用想都知道，那肯定是章有的伤心事。

章有也没再说话，继续在陆则的手机通信录里“躺尸”。

第二天一早，陆则坐地铁和裴舒窈会合。来的时候他们一起来，回去他们也是一起回，非常难得。

两个人所在的地铁站相隔很远，约好在终点站会合。抵达之后陆则乘电梯上楼，远远看到裴舒窈拿着两杯热咖啡站在那里等他，脖子上围着和他同花纹不同颜色的围巾，非常醒目。

陆则竟看到有人上前和裴舒窈搭讪。对方不知说了什么，裴舒窈礼貌地朝对方笑笑，轻轻举了一下手里的咖啡，指了指正在走近的陆则。

对方转头看了看，默不作声地走了。

裴舒窈把其中一杯咖啡递给走到近前的陆则。

陆则好奇地问：“那人和你说了什么？”

裴舒窈笑得眯起了眼睛：“没说什么，就是问我在等谁，是不是在拍短视频、要不要他配合？免费！我和他说我的搭档来了，他就走了。”

陆则点头。

眼看时间还早，没那么快登机，两个人索性找了一家连锁快餐店坐下随便要了点儿吃的，凑在一起看了一个远程学术会议视频。

裴舒窈还和陆则提了一件事：“我爸说中午让你一起到家里吃饭。”

陆则没意见，他还没和徐淑珍说今天回去，准备等下了飞机再说。

两个人收拾收拾去登机，很快飞回省内。

裴舒窈的母亲伍心慈亲自过来接他们，见陆则和裴舒窈一人拖着一个行李箱，下车帮他们把行李放上车。

伍心慈笑着说："没想到你们回程还能凑到一起。"

裴舒窈说："古墓也不是经常有，导师说没什么事，索性放我们回家。"

伍心慈点头，又问陆则："小陆，你这次的项目结束了，是要接着回学校上课吗？"

陆则说："不是，我和阎老师约好明天开始实习。"

伍心慈惊讶地问道："这么赶？"

陆则说："阎老师知道我今天回来，让我明天去报到。"

伍心慈说："老阎还是这脾气。说起来，老裴和老阎以前还是一起上过进修班的同学，可惜老裴走学术路线了。"

伍心慈非常健谈，一路上讲了不少裴正德和阎医生当年的事，陆则和裴舒窈听得津津有味。

他们回到了裴家。

看到裴舒窈和陆则，裴正德非常高兴："我给你们煲了汤，红枣枸杞乌鸡汤，红枣补血，枸杞明目，乌鸡也是我从老朋友那里买的，他们现在还配合高科技养殖方法，扫一扫鸡腿上的跟踪码可以看到它每天走了多少步，保证买到的是再正宗不过的走地鸡。"

您老当真是"食不厌精、脍不厌细"啊！

那位养鸡的老朋友也很了不起，不是一家人不进一家门，居然还搞扫码跟踪！下一步他们是不是要赶着小鸡每天坚持走一万步，不走完不给饭吃？

裴家父母一个是大学教授，一个是商海精英，家里的气氛却很温馨，陆则喜欢在他们家蹭饭。

以前裴正德去南方那几年，他正巧也在那里，时不时会帮裴正德试试汤。后来绕了个大弯，他们竟又有了师生缘分，实在奇妙得很。

当年陆则去首都各所名校完全不是问题，不说成绩，光是国际竞赛拿下的奖项就足以让各所名校青眼有加。谁都没想到最后他哪儿都没去，决定留在省内。

陆则在裴家吃完午饭，没让人送，自己散步回了卫家，顺便打个电话告诉徐淑珍自己回来了。

徐淑珍听了很高兴："吃饭了吗？我让人给你做点儿吃的。"

陆则据实以告："是师母去接我和师妹的，顺便留我吃了饭。"

徐淑珍虽有些失落，却也一直感激裴正德夫妇对陆则的关照，没说什么，挂了电话等着陆则回去。

陆则到家后看到徐淑珍拿着遥控器坐在客厅，像在看电视，目光却没落在屏幕上。瞧见他进门后，徐淑珍就放下遥控器笑着说："回来了？"

陆则说："回来了。"

他想了想，打开行李拿出几条围巾，是上次他和裴舒窈去看讲座时，他在裴舒窈的建议下买的，一口气买了五条，都是浅色系，随便配什么衣服都好看。

陆则虽不觉得这种"全家套装"有什么意思，不过裴舒窈说这样有助于增进一家人的感情，他也没怀疑，给自己和继父一家都买了，甚至还因为买五条拿到了打折价。

陆则把占了行李箱一小半空间的围巾递给徐淑珍："这是我和舒窈去听讲座时顺便买的，我觉得挺好，适合今年这样的冬天。"

徐淑珍很高兴，接过看了看，说道："每个人都有吗？"

陆则点头。

陆则又补充："我还给弟弟买了别的，太重了没自己拿，一会儿应该有快递送过来。"

徐淑珍高兴地说："那我叫张伯注意一下，一会儿直接送进来。"

陆则见徐淑珍果然很欢喜，越发觉得裴舒窈心理学学得比他好是有道理的。不过他又不追求全知全能，不懂就不懂吧，虚心接受建议就是了！

陆则把行李拿上楼去收拾。

徐淑珍很快接到张伯送进来的快递，虽然好奇里面是什么，但陆则没说拆，徐淑珍就没动。

等卫子安从外面回来看到个大箱子，好奇地问道："妈，这是什么？"

徐淑珍说："这是你哥给你买的。"她指着半人高的箱子说，"你可以拆开看一下。"

卫子安摩拳擦掌地找来刀子，刺啦一声划开封箱的胶带。很快，里面的东西现出真容——《全国十强高中模拟题（××××年最新版）》。封面十分简陋，一看就是一线教师用文档随手制作而成。由此可见，这是一份十分宝贵的高考资料。

卫子安无语，他为什么手欠打开啊？！

陆则收拾好行李下楼，正巧看到卫子安对着快递泫然欲泣的模样，走过去体贴地解释："上次你说我给的卷子太难了，我和几个朋友讨论了一下，也觉得得降低一下难度。这不，我给你打印了国内十强高中最新的模拟卷，知识点覆盖面很广，题目多变，有难有易，劳逸结合，你没事可以拿来解解闷。"

卫子安一脸痛苦。不，这不叫劳逸结合，他也不想这样解闷。游戏不好玩吗？花钱买装备打得其他玩家嗷嗷叫，不刺激不爽吗？

晚上卫父也回来了，陆则趁机告诉他们自己明天开始实习的事。徐淑珍拿着筷子的手顿在空中。

卫父说："单位找好了吗？要不去我们家医院实习算了？"

卫子安说："爸，哥肯定是去省院啊，他以前就说过了。"

陆则点头："对。"

卫父哈哈一笑道："我们家医院的人老盼着我把你挖过去，我可没答应。"

徐淑珍笑着说："年轻人有年轻人的想法，小则想做什么就做什么吧。"

卫父赞同地点头，又望向卫子安："听说你哥送了你一箱卷子，你要好好做，别一天到晚瞎混。难道你想一辈子都被人说'这是卫康盛的儿子'？"

卫子安想说这又不丢人，反正他再努力也赶不上他爸和他哥。对上他爸的目光，卫子安又缩了缩头，把话全咽了回去，乖乖地说道："我会做的。"虽然那卷子的数量有点儿多，虽然那卷子的难度有点儿瘆人，可谁叫他爸和他哥都开口了？

卫子安觉得他承受着他这个年纪不能承受的负担。别人都出去和狐朋狗友到处玩耍，他却得天天写卷子，太丢人了！

一家人其乐融融地吃过晚饭，陆则出去夜跑。

徐淑珍走到露台上看着陆则在夜色中跑远，目光一直追逐着那道已经不太看得清的身影，直至再也看不见人，她才转身往里走，

卫父站在不远处看着她，语气温和地说："进来吧，外面凉。"

他们的结合都属于再婚，早些年徐老爷子对他关照有加，他见过徐淑珍几面，觉得她脾气温和，会是个好妻子、好妈妈，所以他们订婚半年之后结婚了。事实证明他没看错，她确实把整个家照料得很好，他们很快有了儿子。

直到得知由前夫抚养的长子有一年差点儿病危，她夜里就开始睡不好，反复惊醒，常常一个人躲着哭，精神状态越来越糟糕。医生说这样下去很容易得抑郁症。

他和陆则谈了一次后，陆则愿意回来念高中，也答应平时常来卫家吃住，多陪伴一下徐淑珍，慢慢解开她的心结。即使陆则住进了家里，卫父还是经常看见徐淑珍在夜里崩溃痛哭，最后还是她坚持用药，这种状况才慢慢控制住。

陆则真是他见过的最豁达也是最聪明的孩子，相处多了，他也很喜

欢这个继子，更感谢这个继子还愿意给予徐淑珍陪伴和关心。哪怕陆则总是一副冷淡的模样，卫父却很清楚他留在省内念大学很大一部分原因是他妈妈的病。

卫父拉着徐淑珍的手，牵着她往里走。徐淑珍在他人生低谷时帮他照顾好这个家，他也愿意陪着她走出困住她的过去。谁都年轻过，谁都犯过错，总想着过去也无济于事，还不如多向前看。

想到陆则还帮忙敦促卫子安上进，卫父做了一个决定，要是陆则愿意，他把卫氏砸重金堆出来的医院记到陆则的名下好了。要是一家医院不够，就再来一家！

第八章
我建议离婚

临近年底，学校也快放假了。

大四见习之后，每个人按照各自的情况，可以在大四下学期自己找实习单位，也可以等大五学校统一安排实习。

陆则把实习的事告诉裴正德，裴正德这个当院长的自然会帮他搞定别的事情，他只需要安心去实习就好。

第二天一早，陆则提前去医院报到，直接带上铺盖搬到了阎医生的宿舍。

阎医生的宿舍是三室一厅，他的一双儿女都单独出去住了，只有阎医生夫妇住在一起。阎医生的妻子是全职主妇，能言善道，跟谁都能聊上半天，和阎医生完全不是一类人。

见到陆则，阎医生的妻子马上高兴地说道："你师哥跑国外去了，三五年不回来一趟；你师姐又嫁到了南边，我们家里冷冷清清的。现在你来了，家里总算多了点儿人气！"见阎医生在旁边面露出催促之意，阎医生的妻子还和陆则约定，"对了，小陆啊，下个月我们几个老姐妹要参加社区广场舞大赛，一会儿我去录一段回来，你给我参谋参谋这套新动作成不成。”

陆则爽快地答应：“没问题。”

阎医生的妻子这才放陆则出门。

陆则亦步亦趋地跟在阎医生身旁，往外科楼走去。

阎医生瞧了眼陆则，想不明白这个看起来和自己一样沉默寡言的年轻人怎么这么讨他老婆喜欢。难道是因为当初陆则来见习时，给她们编了一段广场舞，让她们一举拿下那年的广场舞大赛的冠军？

比起鹿鸣镇的小医院，省院占地面积要大得多，组成也十分复杂，急诊楼、外科楼、内科楼、行政楼、药剂楼、医技楼……第一次来的人很容易被绕晕。

离宿舍区最近的是行政楼，包括行政人员办公室和宽敞明亮的职工食堂。

两个人经过行政楼时，阎医生停下脚步，让陆则去办个实习卡，要不然中午吃饭不好办。陆则不是第一次来了，轻车熟路地找过去报出阎医生的名字，不到两分钟就揣着实习卡追上了阎医生。

阎医生没再说什么，领着陆则走向外科楼。这是他们以后工作的地方。

阎医生目前的主攻方向是心胸外科，同时兼顾神经外科。

要是自己管的科室实在没手术做了，阎医生还会去蹭其他科室的手术，总之这人除了吃饭睡觉之外最大的兴趣就是做手术。他之所以热爱游泳，也是为了能健健康康地多做几年手术！

他们一到科室，阎医生马上问手术安排情况。

今天的第一台手术是肺大疱切除。

肺大疱是一种常见肺病，肺里部分肺泡融合胀大，像吹气球一样鼓起来。一般来说，肺大疱不严重的话并不需要动刀子。

今天这位病人情况比较严重，他的肺大疱太大，破了，形成了气胸。本来他这个病也就做个胸腔引流的事，结果患者是个“老烟枪”，憋不住躲着猛抽了几根烟，导致病情复发，而且比上次更严重，都开始咯血了。现在没办法，医生只能给他开刀。

这只是个小手术，阎医生让陆则准备好《手术知情同意书》，和患者以及患者家属进行简单的术前谈话。

陪护病人的是个浓妆艳抹的中年女人，拿着《手术知情同意书》听医生说完，踟蹰着问："他儿子还在飞机上，能等他过来再签吗？我不懂这些。"

这不能怪她犹豫，她老公都咯血了，谁知道签了字会不会出事？要是出了什么问题她可负不起责啊！要不是舍不得现在的生活，她才不会守着个烟酒不离手的老头儿过日子。

"签！"

躺在床上的老人气得咳嗽起来。这两年他病痛多了，这女人就露出真面目来了，在医院陪两天就开始不耐烦！

老人气呼呼地说："我死不了，小手术而已。你赶紧把名字签了，早做早出院。"这句"早做早出院"打动了女人，她在一堆同意书上签了字。

陆则默不作声地收起东西，给对方也留了一份。

实习期间遇到什么手术都是看运气的，陆则以前没跟过肺大疱切除手术。难得遇上现场学习的机会，陆则自然认认真真地跟着打下手，一点儿都不含糊地观摩全程。事实上整个手术过程比术前准备和麻醉的时间加起来都短，毕竟是个普通的微创手术，可以轻松地在胸腔镜的辅助下完成。

陆则看完后甚至有点儿疑惑这个手术为什么要劳烦阎医生来做，毕竟实在是太简单了，简单到只需要十几分钟就结束了，阎医生飞快地把几处严重的肺大疱一一切除，示意陆则负责缝合。

缝合毫无难度。手术非常成功，看起来过不了两天病人就能出院了。

阎医生让陆则去和患者家属说医嘱。陆则没怯场，上前和迎上来的几个患者家属交代术后注意事项。

老人的儿子刚赶到，长着张国字脸，不笑的时候很威严，瞧着眼神和神色就是长期身居高位。他已经四十几岁，一看就不是中年女人的儿子。见陆则这么年轻，老人的儿子不由得皱了皱眉。不过他显然很有涵养，耐着性子听完陆则的话才问："也就是说手术很成功？"

陆则说："对，手术很成功。"

老人的儿子点头，心里却对自己熟识的主任这样安排手术不太满意。看这情况就算不是陆则主刀，那也是让陆则参与了这场手术，虽然他和他父亲关系不怎么和睦，也不希望随便来个人就能给他父亲开刀。

陆则交代完了，本来没有继续攀谈的意思，叶老头儿却在旁边摇头："这样不行。"

陆则眉头一跳，看向还在麻醉状态的老人，其实问题也不是很大，就是脸白了点儿，唇色青了点儿，手足青筋明显了点儿。这不正常吗？正常人动手术都要虚弱一段时间，更何况是个烟酒不离手的老人。经烟酒荼毒多年的身体想要保持健康太难了。

他们这场手术主要是治疗气胸、切除肺大疱，其他问题不归他们管。不过，陆则还是问道："怎么不行？"

"他咳喘不仅是因为气胸，还有寒邪直中三阴。"叶老头儿有些痛心疾首。有病不治好，叶老头儿真是浑身难受，绕着推床转悠来转悠去。病人术后有恢复期，身体会比较虚弱，要是不早早把病治了，病情可能会加重。

陆则听懂了，就是这老人的病不仅是内部原因，还有外感原因。他们切了肺大疱还不算把人治好，得把这股子"寒邪"也解决了。

古人所说的"外邪"，类似于病毒、细菌或寄生虫，现在治起来也简单，一般对症吃药就行。

陆则回忆了一下老人的病历，发现不是这个老人对某些药过敏就是某些药对他无效，老人还有许多老年常见病，很多药不适合用，倒是有点儿棘手。

陆则已经知道女人是老人的伴侣，看了一眼老人的儿子和旁边浓妆艳抹的中年女人，这两人看年龄不像亲生母子，他们之间的气氛也不算融洽，陆则心里有了计较，语气平静地改了口：“虽然手术很成功，气胸问题解决了，但还是建议老人家检查一下其他问题。老人家身体虚弱，最好配合中医调理，”他扫了旁边的女人一眼，状似随意地补了一句，“就是可能要多住几天院，或者把药带回家自己煎。”

老人的儿子听了陆则的建议，眉头皱得更紧。这年轻人好好的一个西医手术医生，居然建议他爸找中医调理，真是不靠谱。

中年女人也这么想，不高兴地说：“中药味道太难闻了，还是别了吧，弄一碗药屋子得臭上一整天。”

听中年女人这么说，老人的儿子反而改了主意：“那我去挂一下中医那边的专家号吧。”

这个女人年纪和他一样大，年轻时看上他爸的钱，非要当第三者，逼得他妈和他爸离婚了。

现在他爸老了，她又嫌东嫌西，陪个床都不愿意，既然她不乐意闻中药味，他偏要让她闻个够，反正省院这样的大医院开的中药就算没用，也不会吃死人。

老人的儿子显然是家里当家做主的人，一开口中年女人就闭了嘴，跟着推床转去病房陪护。

家属和病人都走了，陆则回去和阎医生一起准备第二场手术。

阎医生抬头看着他：“对中医感兴趣？”

虽然他让陆则去下医嘱，也没两眼一闭什么都不管，陆则现在只是个实习生，医生签字还是要阎医生来，责任得他担着，他不可能让陆则乱来。

陆则看着转到左边又飘到右边，看起来十分得意的叶老头儿，没有说谎，轻轻地点头道：“算是吧。”

对中西医的看法，陆则和叶老头儿很一致，不管是传承下来的，还是创新出来的，只要能治病都是好医术。

比如一盆兰花让褚老爷子身体大好，就类似于历史上有名的“情志疗法”，设法激发人极喜、极乐、极怒等情绪，使人熬过病痛，各项身体机能逐步恢复，疾病也能不药而愈。当然，说“不药而愈”可能有点儿夸张，但只要能让自身免疫系统保持良好的工作状态，整个人的状态绝对不会太差。利用“情志”来治病也是中医的一种治疗方法，只是运用起来不那么容易而已。

一般而言，对外科医生来说做完手术、注意术后有没有并发症，只要手术效果不错，他们就等于完成了使命，至于什么“脾肺虚弱”“寒邪入体”都不归他们管。

不过阎医生不介意陆则广泛的兴趣，反正这小子会的东西又不是一样两样，中医好歹也是医学的一部分，学学也无妨。

在两台手术的空当，陆则才有机会和其他熟人打招呼。

众人都很意外陆则这么早来实习，眼看都快过年了，他这是想免费加班啊！

忙碌的护士长彭姐还特意过来看这睽违已久的帅小伙：“小陆啊，上回怎么不来我们医院见习啊？”

“学校安排我去鹿鸣镇。”

“我也看到了，就安排你一个人过去，真是奇怪。”

“老师想给我个锻炼的机会。”

“现在有对象没？”

“还没。”

“可得早点儿找啊，以后工作忙起来就不好找了。”

“会的。”

“要是有需要跟彭姐说一声，彭姐给你找。你看看老阎，他的对象就是我妈给找的，我是‘祖传’婚介专家！”

陆则送走彭姐，不由得看向默不作声地坐在那里闭目养神的阎医生。阎医生没睁眼，只对刚才的对话进行了简单的评价："祖传的能说会道。"两个在做准备工作的小护士都扑哧一声笑了起来。

彭姐确实热衷于做媒，这些小护士大多被彭姐介绍过对象。

按照现代人的生活节奏来说，要是上学期间不找对象，毕业之后想再自由恋爱就有点儿困难，对不喜欢出去玩或者没空出去玩的年轻人来说，彭姐这样的介绍人还是挺重要的。

听阎医生肯定了彭姐的说法，陆则挺佩服彭姐她妈的能力，毕竟阎医生这么难搞的人都让她妈给牵线成功了，了不起啊！

接下来一整天基本是常规手术，除非叶老头儿时不时冒出来指点一两句，陆则再没和患者家属说过半句多余的话，只耐心解答他们的疑问。

陆则在临床手术方面已经没问题了，现在只是缺资历，阎医生需要休息时偶尔也会让他上手。

大伙都知道陆则是阎医生的爱徒，堪称衣钵传人，对此都没什么意见。省院的手术室很少有空闲下来的时候，外科医生只要想上手术台绝对不愁没有机会，没人觉得陆则在抢他们的活儿。

夜里陆则洗完澡回到房间，坐到床上把叶老头儿喊了出来。

叶老头儿自认为今天指点了陆则好几回，颇为得意地哼哼着："怎么样？觉得我很厉害，想拜我为师了吗？"

陆则严肃地看着他。叶老头儿不高兴地回望，觉得这小子实在顽固，自己要把毕生所学教给他，他还不学！

陆则没理会叶老头儿的不开心，问道："你为什么越来越小？"一开始他以为叶老头儿可以变化自如，毕竟叶老头儿身份神秘又特殊，旁人看不见，变大变小还不是他自己说了算？可最近他发现叶老头儿出现的次数越来越少，每次出现时体形还越变越小。他仔细回忆了一下，叶老头儿似乎一直在缩小。

对陆则而言，叶老头儿是个不速之客。

陆则从小过着充满意外的生活，因此习惯把生活安排得井井有条，以便应对突如其来的变故。虽然他也修中医课程，但主攻方向还是西医外科，实习的主要内容是这个，未来的发展方向也是这个。叶老头儿却在他的准备阶段接近尾声时突然出现了。

叶老头儿虽然经常省略“解题步骤”，直接说“答案”，一般人很难接受这种教法，可对陆则来说这已经够了。给陆则一个答案，他完全可以靠自己熟读过的中医典籍倒推出其他部分。叶老头儿诊出过一种病，接下来再遇到这种病他完全可以举一反三。

一来二去，陆则或多或少也学了点儿叶老头儿的本领，也习惯了这神出鬼没、神气活现的小老头儿。

“还以为你永远都不会好奇。”叶老头儿哼了一声，没立刻回答陆则的问题，而是领着陆则进入药庐。

药庐只有数间简陋的茅屋，不过周围全是药田，药草延绵百里，举目看去一片青翠，分外养眼。

陆则还是第一次进入这个药庐。与其说是药庐，倒不如说是一方小天地。

陆则跟着叶老头儿走进中间的茅屋，发现里面是一排排药柜和书架。书架上的书看起来都有些年头了，和陆则上次接触的古墓出土典籍相去无几，只是外观看起来齐整很多，没有因为岁月的侵蚀而有半点儿损毁。

叶老头儿来到一处药柜前拉开其中一个抽屉，费劲地从里面抱出一根比他现在的身高还要大数倍的人参，得意扬扬地说：“看看，这是我没的那年种下的，今年才挖出来，年份足得很，是这里的镇庐之宝。”

陆则没说话。

叶老头儿抱着圆滚滚的老参，坐在抽屉边缘对陆则感慨：“一眨眼，都这么多年了啊。”

陆则注视着叶老头儿问道："您为什么带我来这儿？"

叶老头儿说："现在不比以前，以前想看本书都难，现在你随便动动指头就能找到自己想看的典籍。我当宝贝一样藏着的书，很多你已经看过了；既然你打开了这个药庐，这儿屋子的药材也随你任意取用。"

陆则安静地听着。

叶老头儿说："你缺乏的不过是一点儿经验。哪怕没人教你，你慢慢也会把所学的东西融会贯通。我一辈子最遗憾的，也就是没找到个好的衣钵传人，你的先祖虽然做事踏实、性格纯善，学医天赋却不高。"叶老头儿少有地正经起来，"现在能看到你，我也没什么遗憾的了。"

陆则觉得这话暗含诀别的意味。

叶老头儿说："这一方小天地是我师父传给我的，到我手上时才一亩见方，我行医大半辈子，药庐才有了现在的面貌。"

陆则认真地听着。

叶老头儿认真地与陆则对视："如今师门已绝，药庐不会再变化，我也将不复存在。你既能得到药庐，也算是你和它的缘分，记得尽早取用完这些药材。若是你有耐心，也可照料一下这些药草，在你有生之年药庐还能滋养它们。"

陆则说："只要我拜你为师，就可以把药庐传承下去，让你不消失？"

叶老头儿哼了一声："终于知道舍不得了？人总是在要失去的时候才知道珍惜！"他抱着手臂说，"光拜师还不够，你还要多救点儿人，救的人越多，这方小天地越能滋养药草。"自然也越能让依赖于药庐而存在的他不至于越来越小，甚至消失。

陆则诚恳地说："好。"

叶老头儿领着陆则到药庐正中一处悬空的灵玉前，让陆则伸出手来。陆则平静地把手伸了出去。叶老头儿不知从哪抽出一根金针，往陆则的食指上扎了一针，叫他用涌出血珠的食指按到灵玉中间。很快，灵玉通体泛出奇异的红光，仿佛在贪婪地吸吮着陆则的血液。接着整个药庐绽放出惊人的亮光，宛如最炫目的阳光笼罩住所有药田。

陆则在灵玉前看完一段漫长的回忆，一段关于医学发展的历史。

人类的发展史永远伴随着对自然的探索，医学也一样，从神农尝百草到黄帝问医，从扁鹊望而知病到华佗开颅治疾，从《伤寒论》到《千金方》，无一不是人在一步步地了解疾病、认识药石、想方设法地战胜病魔。这一方天地，正是为医术的延续而生。世上有太多无法解释的奇事，这藏在灵玉之中的药庐就是其中之一。

陆则继承了药庐，五感顿时变得格外敏锐，能感受到周遭的风如何流动，能闻到空中飘来的若有似无的花香，甚至能从淡淡的花香中分辨出药草的种类。

他看向叶老头儿，发现自己竟能看到叶老头儿体内藏着一缕微弱的灵魂之火，那小火苗还随风晃啊晃，仿佛只要风再大一点儿就会被吹灭。

好在这种能力是可控的，只要他有意识地收回过于敏锐的五感，一切又会恢复为平常的模样。

陆则恍然大悟："这就是您一眼能看出患者问题所在的原因吗？"

叶老头儿又哼哼两声，不乐意地纠正他："是我天生五感敏锐，才能让你继承这项能力。"他抱着手臂飘到陆则眼前，"能给你的我都给你了，你现在要是想翻脸不认人完全没问题，反正只有你知道我的存在，就算我从此消失也不可能有人发现。"

陆则当然不会过河拆桥，认真地问道："要怎么样才能让您活下去？"

叶老头儿说："我偶然获得这一方天地，见到我的老师时他已经几近消亡，只来得及把灵玉传承给我。"他飘到灵玉旁边，指着上面描绘的山川图纹说，"这是岐山，传言黄帝时期岐山脚下有位岐伯精通医理，黄帝亲自至岐山下问医于岐伯，于是有了《黄帝内经》。"

陆则点头："所以后世经常把医术称为'岐黄之术'。"

叶老头儿说："因为这图纹的存在，我自称'岐山派'传人游历天下，遇到善医的人就向他们讨教，遇到生病的人就主动提出给他们治病。我打着'岐山派'的旗号行走天下大半辈子，所有人都称我为'医痴'，而灵玉里的这一方天地也从一亩见方变成了如今的模样。"他看向陆则，"你握住灵玉试试。"

陆则伸手把那泛着莹白光泽的灵玉握在掌中。在灵玉上方出现了一卷图纸，边缘同样发着光，中间的舆图却灰蒙蒙的。陆则仔细看了一下，发现舆图左下角有一小块亮了起来，亮着的地方有一小块药田。

叶老头儿指着药庐后方一座灰蒙蒙的山脉说："你看，这里有泉水涌出，是传说中的灵泉，喝了不仅有益身心，还可以增强我的灵魂之火。接下来我啃几根百年老参补补，少出现在外面，还可以撑一段时间。只要你尽快让这处灵泉活过来，我说不定能活得比你还久。"按照叶老头儿过去的常识来看，不管用什么方法把人治好，只要有人认可"岐山派"的医术，舆图上的光亮处就会扩大。

陆则看着那张既透着古老气息又很像某种黑科技的舆图，表情非常严肃。

叶老头儿奇怪地问道："你怎么了？"

陆则说："这么多区域没解锁，看着浑身难受。"

谁说不是呢？要不是浑身难受，叶老头儿怎么会学医成痴、每天废寝忘食地琢磨，搞得连老婆都忘了娶？

陆则说："我知道该怎么做了。"

叶老头儿见陆则面色平静，一点儿都不觉得这个"解锁任务"有难度，心里像是有一百只爪子在瞎挠，忍不住好奇地追问："你准备怎么做？"

陆则说："到时您就知道了。您好好休养，我会尽快解决您的

‘熄火’问题。”说完他也不管叶老头儿如何暴跳如雷，退出药庐按时入睡。

陆则第二天早早醒来，和阎医生一起去上班。

作为实习生，陆则算是让很多人提起都要竖起大拇指的一个，许多人已经把他当成准同事看待了。

当然，也不是人人都喜欢总是出风头的陆则。

今年秋天，神经外科主任带了个年轻医生，刚结束本硕博八年连读，积极争取进了省院，怎么看都是个前途无量的好苗子。

不过这人和陆则有点儿渊源。

医学院的张副院长一直很想摘掉自己的“副”字，和裴正德很不对付；张副院长的儿子喜欢的系花学妹当众向陆则表白，这小伙子伤心得瘦了足足一斤，引得张副院长对陆则更加不喜。而这位年轻医生就是张副院长的爱徒。

任何领域其实都差不多，你有一张关系网，我也有一张关系网。

有研究表明“你和任何一个陌生人之间所隔着的人不会超过五个”，在同一个行业中更是容易和眼熟的人碰头。

年轻医生就很熟悉陆则，甚至还在微博私信和陆则讨论过问题。不过这件事他是不会承认的，反正除了陆则也没人知道，他为什么要告诉别人？在心底深处他嫉妒陆则，明明他比陆则大好几岁，陆则轻而易举地获得了所有人的喜爱，他却得付出比别人多无数倍的努力。

医生工作忙，新手医生工作更忙，平时闲着没事他们都要在医院提供的模拟人体上练习外科基本技巧，没空和别人针锋相对。所以这个年轻医生哪怕很不喜欢陆则，也就是在碰面时当作没看到陆则。

陆则在前辈面前是很有礼貌的，感觉年轻医生有点儿眼熟，不过在几次点头问候落空之后，他渐渐明白对方不怎么喜欢自己，于是很体贴地配合对方演着“你看不见我，我看不见你”的剧情。

不得不说，陆则非常擅长这个，并且拥有丰富的经验。要不是上学时老师们经常谆谆教诲要讲文明讲礼貌，他可以一整天不和任何人说话，绝不关注所有迎面走来的人。

这位师兄人不错，别人不喜欢这种无意义的社交都藏着掖着，他却主动表现出来让别人知道！陆则跟他有些惺惺相惜。毕竟要当一个有礼貌的人，真的很难很累的！他积极配合着这位师兄的“视而不见”。

意外的是，几天之后这位师兄突然休了病假。

有小护士悄悄和陆则说了事情始末。原来那天他值了一晚夜班后交班回宿舍休息，可能是因为晚上太忙了，精神很不好，恍惚间竟迎面撞上一辆垃圾车，摔伤脚、砸伤头不说，还被一整车的垃圾浇了满身。

那味道实在太熏人了！据说他隔壁宿舍的同事晚上回去还能闻到那股又馊又臭的味儿。

虽然陆则知道这可能是夸张的说法，但听起来还是“臭气扑鼻”。

作为后辈，下班后陆则跟着阎医生和几位邻居去看望这位倒霉师兄，祝他早日康复。倒霉师兄看到陆则时脸色有些不好，总觉得陆则是来嘲笑他的。

神经外科主任一点儿都不理解倒霉师兄的心情，宽慰完他，让他好好养病，转头对阎医生说：“你那边不缺人，我们这边少了个生力军，不如你把小陆借我们几天？”

阎医生没替陆则做决定，而是问陆则的意见：“你看怎么样？我记得你以前挺喜欢神经外科的。”

有机会现场见识更多种类的手术，陆则自然欣然答应：“谢谢孔主任愿意给我机会。”

旁观全程的倒霉师兄有点儿想打人，又有点儿想哭。

陆则不知道倒霉师兄的心情，推己及人地想了想，既然这位师兄不喜欢社交，肯定也不乐意这么多人过来打扰他养伤，陆则便体贴地劝说其他人一起离开。很快，一群探病的人走了，只留下几袋子水果静静地躺在桌上，显示刚刚有人来关心过可怜的伤患。

心胸外科在神经外科隔壁，说是隔壁不太恰当，准确来说是楼上楼下。

陆则第二天就去神经外科打下手了，神经外科主要负责颅神经和脊神经两大类，颅神经和脊神经一个出问题后果都会比较严重。

陆则到神经外科后遇到的第一个病人就是车祸导致脑部有血肿，压迫到视神经导致暂时失明。患者非常年轻，看起来才二十三四岁，明显刚大学毕业不久，不过已经结婚了。患者的丈夫比她大几岁，一直守在床边，似乎非常关心她。

陆则负责去确定患者的各项体征是否符合手术要求。脑部神经格外密集，这种对脑部动刀子的手术需要非常慎重，各种检查要反复做，反复确定结果。

手术难度不算太大，一开始是准备让那位倒霉师兄主刀的，也是他第一次主刀。现在倒霉师兄被迫休假，孔主任便让陆则提前告知患者和家属，这次手术由孔主任亲自负责。

挂普通医生的号换来主任做手术，患者的丈夫很高兴。他和陆则聊完手术事宜后，立刻迎上前热情地握住陆则的手说："您好您好，"患者的丈夫还给陆则递了张名片，"我是青昌制药的医药代表，以后还要陆医生多关照。"

陆则认真地说："医生不管药。"不管是医院采购还是患者拿药，医生都不沾手，医生只需要下医嘱，让患者去付款取药而已。

患者的丈夫笑呵呵地说："以后总有机会的。"

陆则把名片放进口袋里，点了点头，看向床上躺着的患者。

患者有些虚弱，面色苍白、双目无神。她长相平平，气质却温柔娴雅。对比患者的丈夫的活络，她看起来安静得像是随时会消失。

陆则按照孔主任的指示复核患者的各项指标，又看了患者的各项检查结果，确定没什么问题之后，让人通知手术室做好准备，自己耐心地指引患者的丈夫完成各项术前规定的流程。

这场手术陆则无缘参与，实习生本来就不容易进手术室。陆则也不在意，依然勤勤恳恳地在神经外科打下手。

年轻女人的手术非常成功。接下来几天，陆则每天跟着查房时都要看看对方的情况。虽然血肿已经取出，她还是非常憔悴，每天大部分时间在发呆，也不怎么和她丈夫说话。

陆则能确定她的身体没有什么大问题，问题大概出在心里。他没多嘴，只奇怪她住院这么多天了，怎么只有她丈夫来送饭和陪护。

陆则私下和孔主任提出心里的疑惑。孔主任虽然是搞神经的，对心理方面也有所涉猎，听陆则这么一问，也觉得她可能有心结，影响了她的康复。

孔主任说："既然你发现了问题，你去约谈一下家属吧。"

陆则没拒绝。

患者的丈夫听陆则问起妻子的其他家属，摇头叹气："她父亲去得早，母亲前两年也不在了，我们又没有孩子，家里没别人了。我爸妈在乡下，隔得太远，我不好叫他们过来，只能自己请假陪几天，这两天请不了假了，我才公司医院两头跑。"

陆则说："原来是这样。"

患者的丈夫紧张地问："是不是她的身体出问题了？"

陆则说："她的精神状况不太好。"

患者的丈夫说："自从她妈妈去世后，她的精神一直不太好，工作也辞了，还越来越不爱说话，我也没办法，只能努力工作养家，平时多陪陪她逗她开心。我比她大几岁，现在还是她唯一的亲人，就算她平时有点儿娇气任性，我也该包容她的，你说对不对？"

陆则点头。

陆则约谈完患者的丈夫，大致明白患者为什么会是这个状态了。这个丈夫明面上对妻子好，其实已经开始嫌弃妻子了，和别人说话时先大谈自己的付出，然后大肆贬低妻子。这样的人，还是患者唯一的亲人。

如果问陆则该怎么治疗她的心理创伤，让她尽快康复好好生活，陆则觉得建议应该很简单：离婚。

不过人们的普遍观念是“宁拆十座庙，不毁一桩婚”，平白无故劝人离婚是要被打的。而且这个患者情况特殊，不一定愿意离开这“唯一的亲人”。

陆则没和患者的丈夫多说什么，只和孔主任说了情况。

孔主任上了年纪，观念比较传统，自然不赞同随随便便毁人姻缘。

他摇头说：“虽然嘴上不饶人，但他看起来对老婆还是挺好的，每天三餐都过来送吃的，还在旁边陪着吃完。她又没别的亲人，离了婚不是更糟糕？要一起过日子摩擦肯定不少，夫妻之间哪能计较那么多？回头多开导开导他老婆就好。”

第二天，陆则见那个车祸失明、名为于曼曼的年轻女人独自躺在那里出神，上前搭话：“你手上的玉镯很漂亮，可以问一下是哪里买的吗？我姐姐快过生日了，我想给她买一个。”

于曼曼一愣，有些警惕地缩了缩手。等听出是医生的声音，她才稍稍心安，喃喃地说：“是我妈妈给买的，我妈妈已经不在了，我也不知道她在哪里买的。”

“抱歉，我不知道。”陆则说，“你的状态很不好，一定要好好养病，你妈妈应该希望看到你开开心心地过日子。”

眼泪从于曼曼的眼角涌了出来。已经很久没人这样和她说过话了，哪怕是这样普普通通的劝解也没人和她说。不知不觉间，她似乎被人从整个世界隔离了。那天，哪怕丈夫劝她开车去外面绕一圈，她也茫茫然不知道该去哪里，甚至差点儿死在路上。这让她越发觉得自己没用，活着只会拖累丈夫。可是，她也曾是父母宠着长大的独生女，认认真真地考上过自己心仪的学校，踏踏实实地为自己喜爱的工作奋斗过。

她也不知道自己是怎么把日子过成这样的。大概因为当初她不听母亲的话决定和丈夫结婚，又在母亲发病需要她时没能及时赶到，她才一直活在悲痛和自责中。

于曼曼哭了一场，状态竟比前几天好多了。也许是因为心情转好，下午时她本来只是朦朦胧胧感知到光线的眼睛竟可以看见东西了。她忙叫医生过来看看她是不是好了。

陆则正跟着孔主任当值，听到呼叫后过去给她做检查，很快确定血肿对她的眼睛已经没有影响了。

于曼曼脸上终于露出一抹笑容，苍白瘦削的脸平添几分生气："谢谢医生。"她又补了一句，"医生，可以先不要通知我老公吗？我想亲自告诉他。"

陆则见她有了精神，也不会多事地让她跟她老公离婚。有些事一个愿打一个愿挨，旁人很难插手。他说："好。"

傍晚于曼曼的丈夫过来送饭时，她正准备把好消息告诉他，却发现丈夫身后跟着个人。那是她以前的高中同学、丈夫现在的女同事，是他们共同的熟人。

由于常年不和人打交道，于曼曼的反应有些慢，没等她张口，丈夫和那女同事已经来到了病床前。女同事热情地拉着她的手说："曼曼啊，我知道你出车祸后一直想来看你，但是这段时间公司太忙了，到今天才有空。"

于曼曼僵硬地说："谢谢。"

女同事知道她的眼睛看不见，手上的动作和说话的语气都很热情，眼睛却没瞧向她，而是转头对于曼曼的丈夫露出鄙夷的眼神。

他这老婆有什么好，瞧瞧这上不了台面的性格，除了是省会本地人，家里在省会有两套房之外有哪点比她强？

于曼曼把对方的表情尽收眼底，心里有些凉，下意识地转头去看丈夫，却见丈夫正与对方眼神交流，并没有看她。她心里的喜悦完全被浇灭。

女同事问候完了非常自然地拿过男人手里的保温盒，说道：“外面的东西不健康，这是我给你熬的汤，还有我做的饭菜……”不等她说完，于曼曼已经失控地把保温盒扫到地上。

于曼曼的丈夫错愕地说：“曼曼，你发什么疯？人家好心给你带吃的……”

于曼曼定定地看着他，眼睛不再灰暗无神。

她的丈夫呆住了。

于曼曼说：“这个保温盒是我买的。”她看着她一心一意爱着的丈夫，一字一顿地问，“她为什么在我们家做饭？”

于曼曼的丈夫面不改色地说：“保温盒而已，难道只有你能买？”

于曼曼说：“保温盒上有道划痕，那是买不来的。”

因为全心全意地在意，所以只要一个眼神，她就能发现不对，而摔在地上那个保温盒就是物证。她什么都明白了。

难怪他会越来越晚回家。

难怪他会有那越来越不耐烦的眼神。

难怪他会有越来越多的挑剔和嫌弃。

她一直觉得是自己太没用，觉得自己拖了丈夫的后腿，一直非常自责不是一个拿得出手的妻子，却没想到丈夫是因为有了另一个女人才会对她越来越不满。她真傻呀，为了这样一个男人，连母亲突发心脏病都没能及时赶到，失去了自己唯一的亲人。

于曼曼痛哭出声：“你们走，你们都给我走！”

于曼曼的丈夫上前用力地抱住于曼曼：“曼曼，你冷静一点儿！”

她挣扎不开，只能艰难地按下呼叫按钮。

她哭着说：“你放开我！你放开我！”以前这个怀抱让她安心，现在这个怀抱却让她感到恶心，她甚至能闻到他身上沾着的香水味。在来医院之前，他们肯定做过什么！

夫妻俩的争执很快引起了其他人的注意，值班的护士也赶了过来。护士见于曼曼的丈夫抱着于曼曼不放，于曼曼明显情绪激动，护士忙上前说：“病人需要休息，你快放开她。”

周围一些病人和家属也往他们这边探头探脑地瞧。

女同事见这么多人看着，忙拉于曼曼的丈夫的手。于曼曼没工作，不怕闹，他们可是有工作的，闹开了对他们可没好处。

于曼曼的丈夫说：“曼曼你别激动，先冷静一下。我去给你买吃的，一会儿再来看你。”

于曼曼依然流着泪，嘴里却决然地说：“你不要再来了，我不想再看到你。”一想到他和其他女人你侬我侬完，又来对她表演深情不悔，她就想吐。以前她觉得千好万好、唯一能依靠的人，现在看起来却那么可笑。

于曼曼的丈夫还想再说，却被女同事拉走了。

两个人走出一段路，见已经远离病房，立刻起了争执，一个说“她都那么说了，你不是正好和她离吗，不就是两套房子？我们好好攒几年钱也能买到”，一个说“你住嘴，提什么房子”。

正赶往病房的陆则听到了两人的对话，不由得看了他们一眼，一下子认出其中一个人是于曼曼的丈夫。两个人也注意到了陆则，不再说话，拉拉扯扯地走了。

陆则顿了顿脚步，过了一会儿才走向于曼曼所在的病房。于曼曼已经哭完了，木然地躺在床上。

刚才赶来的小护士和陆则讲了事情经过。陆则上前说：“有信得过的朋友吗？你的情况晚上需要有人陪护。”

于曼曼转头看向陆则。

陆则严肃地说：“你们还没离婚，要是出了什么事，你的两套房子会由他继承。”

于曼曼愕然，他怎么知道他家有两套房子？

陆则说："我在走廊上听你丈夫和那个女人说的。"

于曼曼越发觉得自己可笑。他还哄着她，是因为房子吗？

陆则说："那是你父母留给你的，他们应该不希望你把它留给伤害你的人。"他平静地劝说，意外地让人安心，"给你信得过的朋友打个电话吧。"

于曼曼黯淡的眼神渐渐恢复了神采。是啊，要是她继续这样颓废下去，最难过的应该是在天上看着她的父母。他们辛辛苦苦攒下房子和存款是希望她一生无忧，她却把自己的日子过成这样。

于曼曼说："谢谢。"

陆则不再多劝，给于曼曼做了简单的检查，确定她的身体没出问题后，转身走了。

于曼曼目送陆则离开，拿起手机打开通讯录，发现上面唯一一个最近联系过的人只有"丈夫"，其他人都已经很久没说过话了。

在母亲去世之前，她有个非常要好的闺密，后来因为闺密说她丈夫不好，她觉得闺密对来自农村的丈夫有偏见，夹在丈夫和闺密之间左右为难几次之后终于受不了了，伤心地和闺密断了联系。

她现在回想一下，闺密应该是一心为她好，她却伤了闺密的心。于曼曼没脸让闺密来医院陪护，可觉得自己欠闺密一个道歉。

她还是拨通了闺密的电话号码。那边几乎是铃声一响就接通了，只不过对方张嘴就是嘲讽："哟，谁给我打电话了？于大小姐？"

于曼曼听到这熟悉的语气，眼泪唰地掉了下来，想说的话一句都说不出来。那边的人听到于曼曼的抽泣声，一下子没了刚才的尖锐："出什么事了？是不是那个浑蛋欺负你了？我就说他不是好东西，你还不信！你在哪儿？我马上过去！"

"对不起，"于曼曼终于找回了自己的声音，泣不成声地说，"对不起，我错了。"

半个小时后，一个年纪二十四五岁的短发女人穿着高跟鞋赶到医院，直接找到于曼曼的病房里。

于曼曼的丈夫觍着脸回来哄于曼曼，被短发女人抄起包赶了出去。

两个从小相识却近两年没联系的好朋友一直聊到很晚。

第二天，陆则就听到小护士闲聊，说于曼曼的闺密是律师，正准备找业内最有名的离婚律师帮于曼曼离婚，发誓要让于曼曼的丈夫净身出户，一个子儿都不给他留。小护士还很气愤："那个男的出轨就不说了，居然还惦记着人家的两套房子，他是不是娶她时就存着这样的心啊？"对这种事，女孩子总是更能感同身受。

孔主任看了眼平静又乖巧、任劳任怨的陆则，眼神都变了。那天陆则说建议他们离婚，他还觉得现在的年轻人性格太激进。现在看看，陆则分明是"独具慧眼"，一眼看出人渣本质才果断劝离！小伙子了不起，眼睛够毒！

这次孔主任对于曼曼离婚的决定予以支持："这婚是该离！"

得知于曼曼有个靠谱的闺密，陆则没再多管，也是因为他那倒霉师兄才休息几天，就坚强地回来了。

陆则在神经外科旁观了几场重要手术，对这样的收获已经心满意足，没再强求。对倒霉师兄的认真敬业精神，陆则心里是非常敬佩的，还把自己这几天的旁观心得抄送了一份给对方，相当于帮生病的同学抄了份笔记。

他谨记倒霉师兄不喜欢和人打交道的性格，体贴地把心得留在了倒霉师兄的桌上。

这倒霉师兄回归岗位后，看到自己桌上留着的心得记录，心情非常复杂，虽然很想把它扔进垃圾桶，手却诚实地翻开看了一遍，又看一遍，然后认真地把它放进抽屉里收好，心情比看到它时更复杂了。

算了，导师之间的摩擦和他们当学生的有什么关系？

很快，陆则发现倒霉师兄对自己的态度有了转变，见面对方竟也会和自己打招呼了。虽然遗憾倒霉师兄无法坚持自我，不过陆则也知道在社会上特立独行太难，这也不能怪倒霉师兄啊。

倒霉师兄总觉得陆则看向他的眼神带着点儿莫名其妙的惋惜。

接下来陆则又在阎医生身边打了两天杂，终于迎来了值夜班之后难得的休息日。他回家和家里人吃了顿饭，饭后找继父商量正事。

卫父难得见陆则向自己开口，没等陆则说什么事就打包票："小则你有什么要我做的，只管开口，要钱要人都可以。"

陆则说："我记得您投资了一个叫《养生大讲堂》的节目，在国内最大的网络平台播出，点击量很不错，讨论度也高。"

卫父说："对。怎么？你有兴趣？"

这是他为了给卫氏旗下几家医院打广告砸钱砸出来的节目，现代人越来越关心自己的健康问题，这个节目也获得了不少中老年观众的喜爱，年轻人也有不少为了这样或那样的问题关注的。

陆则说："我想在放假的时候录几期。"

卫父豪气地说："这有什么问题，让他们把全部档期空出来给你录都没问题。"那些专家都是他给发工资的，怎么能和陆则比？当然是陆则想什么时候上，就什么时候上。

陆则说："谢谢。"

卫父说："一家人说什么谢不谢的？"他一拍脑袋，把前段时间叫底下的人着手准备的事告诉陆则，"我记得你和静书的生日只差三天，一年才一次，你记得请个假回来一起过啊。我叫底下的人准备好书面材料了，到时我把这边的医院转到你名下，你有家医院在手上，想做什么研究也方便，对不？"

"有家医院在手上也方便"这种话，也只有财大气粗的卫康盛才能随随便便地说出口。

卫父拍拍陆则的肩膀，说道："我们是一家人，你看静书和子安哪个是管理公司的料？我没对他们抱太大期望，所以物色了很多人才负责卫氏的管理。你不一样，很有主见，做事也踏实，把医院交给你，我很放心。平时的杂事不用你操心，自然有管理层负责，你只需要在关键时期做点儿决策就好。”卫父的话说得推心置腹，陆则也没拒绝。

想要钱他其实有很多方法可以弄到，别的不说，光是药庐里那些药材就可以卖出天价。要说他非常富裕，暂时还说不上；但只要他想，他有办法解决任何金钱上面的问题。

陆则说：“谢谢您的信任。”

卫父见陆则接受了，非常高兴，当即打电话让人通知《养生大讲堂》给陆则留档期。

陆则和卫父说定了，当天下午就去录了一期节目。既然是《养生大讲堂》，他当然不可能上去给观众讲怎么做手术，他这段时间每天晚上锻炼完，都会认认真真地整理材料，把叶老头儿以及灵玉传承给他的信息融合现代全面而浩大的数据库做了几个专题，准备借这个节目给他们岐山派扬名。

病不一定人人会得，养生谁不需要呢？女孩子难道不关心怎么不让脸上长痘、皮肤粗糙、身材走样、月经疼痛？男人难道不关心怎么避免啤酒肚、“地中海”、人到中年有心无力？老年人难道不关心血脂高、血压高、血糖高怎么预防？

陆则的目标很简单：节目内容要称霸朋友圈。

叶老头儿还是有些疑虑：“这真的能成吗？”

陆则说：“现在是信息时代。”比起消息闭塞的古代，现代社会想要名扬全国容易多了，至少陆则时不时就在热搜榜上露一下脸。他感觉这没什么难的！

叶老头儿没再吱声。他觉得只解决长痘、秃头、肥胖这些问题太小儿科了，真的能让人诚心诚意地信服岐山派的医术吗？

陆则没多解释，当天下午就去录了一期节目。节目组负责人让陆则放心，马上就让人剪辑，明天就播这一期！

开什么玩笑，这可是大老板的儿子！虽说陆则不是大老板的亲儿子，可听人说大老板都准备把整个医院转给他了，简直不是亲生胜似亲生！自己怎么能不认真对待？

陆则说：“不急，你看着安排就好。”

负责人说：“您不急，我急，我打包票，您的加入一定会把我们的节目推到新的高度。”他贴心地追问，“您对宣传上有什么要求吗？”陆则把委托裴舒窈帮忙做的门派标志发给了负责人，让他给岐山派打广告。

陆则在节目开始前也说了，他是受师父所托才加入这档节目，一开头就给岐山派刷了把存在感。负责人一口答应，叫人抓紧时间宣传。

主流媒体自然是正正经经地宣发，搞抽奖、搞预告。至于其他一些媒体渠道，宣传起来就不要脸多了——

“震惊！小陆医生竟是岐山派传人。”

“带你走进你所不知道的神秘中医门派……”

“还在为减肥烦恼吗？点击就看，神秘减肥秘籍！”

不少人看到这样的宣传都糊涂了。小陆医生什么时候成岐山派传人了？明明小陆医生是学西医的啊！

还有，为什么减肥专题点进去能看到小陆医生？小陆医生还能教减肥？难不成是宣传抽脂手术？可是小陆医生也没去美容医院当医生啊！

所有人都满脑子问号，纷纷点进宣传视频看看是怎么回事。等他们发现陆则真的参加了《养生大讲堂》，还真心实意地为岐山派宣传后，围观群众更蒙了。

宣发还没砸多少钱，陆则师承中医的事突然被曝光，消息传遍业内外，以至于陆则第二天回到医院时迎来不少微妙的眼神。

连不爱交际的倒霉师兄都过来劝陆则，说人的精力是有限的，不要被黑心商人骗去做坏事，好好做手术才是正道。他听人说，这档节目就是黑心商人砸钱砸起来的，专捧自己医院的专家。这些商人毫无良心，把医院当成生意，正经医生最好还是别和他们搅和在一起。

陆则听了倒霉师兄推心置腹的话，很是感动，坦坦荡荡地对倒霉师兄说了实情："不是他们让我去的，是我自己要求的，这个节目的最大投资商是我继父。"

说人坏话说到正主头上了怎么办？刚才他左一个黑心商人右一个黑心商人，陆则会不会回去学给他继父听啊？倒霉师兄只好默不作声地转身走了。

陆则总觉得他的背影有点儿沧桑，活像被百八十个壮汉殴打过，很惨，很悲伤。他目送倒霉师兄离开后，开始做日常工作。

相比陆则的平静，倒霉师兄今天过得跌宕起伏。

他刚从说错话的冲击中回过神来，又在科室里迎来一番热闹。原来是有人来送锦旗，指名要送给神经外科最年轻的那个小医生！众人一琢磨，最年轻的小医生可不就是倒霉师兄？于是众人都把倒霉师兄推了出去。结果人家患者说不是他！

虽然患者一开始确实是倒霉师兄接手的，但后来换了人，过来劝人的不是他啊。短发姑娘描述了一下，说是年纪更小、眼睛看着更帅、声音听起来更好听的那个男生。

倒霉师兄的脸都黑了。这不就是陆则吗？

这个家属自然是于曼曼的闺密，这几天她一边在医院陪护，一边和律师同事了解于曼曼的婚姻状况。越了解，她越心惊。她多留了个心眼，特意查了查那场车祸，最终竟发现这不是一桩离婚案，很可能是一桩谋杀案。

更可怕的是，警方还从女同事口里问出另一件事，当初于曼曼的母亲发病时曾给于曼曼打电话求助。当时于曼曼正在洗澡，她的丈夫接完电话后把通话记录删了，没告诉于曼曼，到第二天才对于曼曼说："很久没陪你去看妈妈了，我们去一趟吧。”夫妻俩到于曼曼的母亲家时，人已经救不回来了。

那时这桩旧案的真相没有其他人知道，众人看于曼曼的丈夫在葬礼上哭得比谁都伤心，还忙前忙后比亲儿子都尽心。谁都想不到是他眼睁睁地“看着”于曼曼的母亲去世的。

之所以牵连出这件事，还是因为最近于曼曼的丈夫酒意上头，在女同事面前说漏了嘴。女同事也是爱他爱得深，听到这种事后还同仇敌忾地说于曼曼的母亲势利眼、瞧不起他们这些乡下来的人，罪有应得，怪不得别人。

之后，女同事就一直劝他早点儿离婚，免得于曼曼知道这件事。她也没想到，他会对于曼曼下手。女同事对他旁观于曼曼的母亲发病还可以接受，对结发妻子下杀手这种事她就接受不了了——万一将来哪天他把她也杀了呢？女同事赶紧把事情交代了，免得自己被牵连。

通话记录自然不是删了就彻底消失了，想查还是能查到的，因此这家伙干的事全被揭穿了。

那天，于曼曼哭了一整天，紧绷的神经一松，晚上睡得不错。昨天早上起来她还很有精神，和闺密说了很久的话，约好出院后一起去祭拜母亲。

闺密从于曼曼嘴里知晓，是陆则这个小医生劝她给自己打的那通电话，对陆则自然万分感谢，下了个加急单叫人做了锦旗送给陆则。

虽然一开始错了，于曼曼的闺密还是顺利地找到陆则，把后续情况和他说了，并正儿八经地把锦旗送到陆则手上。

陆则在其他人好奇的目光中打开锦旗，只见上面写着金灿灿的八个大字：慧眼识渣，救我友谊！

行吧，好歹这不是之前火爆全网的那句“救我狗命”。他从小到大遇到过不少意外，虽然于曼曼的丈夫做的事令人发指，不过对他来说也算不得多大的事，他也一本正经地收下锦旗，表示这是医生应该做的。

医生和护士都很忙，但看到病人心理和身体状况每况愈下，也不可能当什么都没发生。了解内外病因，解除病人的痛楚，本来就是医生的天职。

中午陆则在食堂吃饭时，先是不少人来找他聊几句锦旗的事，随后又有中医科的老中医组团过来找陆则，问他岐山派的事。

陆则说自己遇上个行踪不定的老人，姓叶，非要把毕生所学全教给自己，只有一个条件，帮他将岐山派发扬光大。他得了师承，自然要认认真真地实践诺言。他中医证还没考，只能先讲讲养生。

听说陆则有考中医证的准备，老中医们都十分欣慰。

相比西医的人才济济，中医其实断层有点儿严重，主要是中医成长期太长，一般人找中医基本会找资格老一点儿的，年轻中医的发展空间非常有限。就算年轻医生敢治，病人也不敢给看。

唉，好苗子难找啊！等陆则考到中医证，他们就可以和外科抢人了。老中医们炙热的眼神太过明显，旁边的阎医生眉头一跳，不由得多看了陆则几眼。

陆则乖巧地吃饭。

阎医生嘴上没说什么，自己就不是服管的人，即使再喜爱陆则这棵好苗子，也不会强行干涉陆则的选择。其实如果不是每个人的精力有限，医生专精一项已经非常艰难，中医学、西医学理应是没有界限才对。

既然陆则有精力，又有天赋，阎医生不会把自己的想法强加给陆则，让陆则自己考虑吧。

作为所有人眼里的“好苗子”，陆则可没想这么多，下午依然勤勤恳恳地打杂，晚上则认真整理着得来的传承。

即便他不是为了开启灵泉，有些东西还是该发扬光大。

陆则说不急，《养生大讲堂》节目负责人真没急，有条不紊地展开了宣传。

到周末人气最旺的时间段，《养生大讲堂》正式在国内最大的视频网站上线，观众打开网页就能在正中间最大、最抢眼的广告位看见推荐，打开视频APP则是开屏推送和消息推送。难得陆则开一次口，卫父当然要把能花钱的地方都花到。

晚上七点五十分，卫家一家四口坐在电视前进行每周必备的“全家一起看电视”活动。

一天到晚离不开手机的卫子安都被迫告别游戏队友，抱着薯片坐在他姐和他妈旁边跟着看电视。好在今晚是看他哥录的节目，卫子安还是很有兴趣的。他同学里就有许多是他哥的粉丝，他看完回去和小伙伴们能有更多的共同话题！

至于为什么他哥一个医学生会有那么多粉丝，卫子安就不懂了，不过把他哥的照片和当红小明星们的照片摆在一起，卫子安觉得自己更喜欢陆则！

这个可怕的看脸的世界啊！

与此同时，远在南方的某个正骨诊所里，老医生正站在门口等着小学徒关门。今天他们约好在威霸物流大楼的放映厅里搞特别聚会，聚会主题有三个：第一，老朋友们聚一聚；第二，大家看看陆则录制的《养生大讲堂》；第三，大家一起骂骂陆则这小子。

小学徒屁颠屁颠地跟在老医生身后，喜滋滋地说：“师父，师兄上节目了。”

老医生哼了一声，没接话。

小学徒再接再厉：“师兄不是也跟您学过吗？要不让他在节目上也演示一下正骨，顺便给您打个广告？那样我们称霸街道指日可待！哼，那家跟着我们一起开到这边的骨科诊所，抢病人抢得没脸没皮！”

老医生骂道：“病人多少有什么区别，你的手法学好了？药酒会泡了？一天到晚琢磨这些没用的东西。”

小学徒不敢再吱声了。

威霸物流的大楼离得不远，师徒俩一会儿就到了。老医生报上名字走进去，很快在放映厅和老朋友们会合。

一圈人坐下聊了一会儿，都觉得这突然冒出来的岐山派太过分了，居然让陆则这么大张旗鼓地宣扬自己的师承。想当年陆则认他们当师父时，这岐山派的叶老头儿还不知道在哪里呢！

其他人骂着骂着还忍不住瞅向老医生。

毕竟，正骨也是中医的一部分啊，这小子不厚道，暗自改换门庭！

老医生不屑地道："我早把他逐出师门了。"

这期《养生大讲堂》正式在网站上线后，威霸物流派出的热心小伙第一时间把它投放到放映厅的大屏幕上。刚才还一个劲儿数落陆则的一群老人都不吭声了，认认真真地看了起来，看看岐山派到底有什么魅力，能让陆则这么尽心尽力地给它做宣传，还特意录一档节目。

此时，《养生大讲堂》节目组所有成员也全守在办公室等着看这一期节目的反响。

节目一上线，负责人就感觉自己点开的网页竟有些卡，很快，节目观看人数开始飞快刷新，一眨眼的工夫，上面的数字就会上涨一大截。

而这时候《养生大讲堂》也放完了预告里的内容，进入正题。

陆则这期节目是有现场观众的。《养生大讲堂》节目的观众是随机征集的，节目组还给到场的观众三百块钱补贴，因为事少时间短，这钱不少了，除了这一带常年有空的中老年人之外，附近一家职校的学生也很爱做这个兼职。他们既能在节目上露脸又能拿钱，这样的美事谁不想参加？

这期的主题是如何远离肥胖。

有句俗话是"千金难买老来瘦"，不仅年轻人为了拥有好身材要注意控制体重，老年人也应该远离肥胖，否则随之而来的将是"三高"问题和心血管疾病，所以有限度地减肥不仅是为了美，更是为了健康。

陆则现场找了青少年、中年、老年三个年龄段的典型肥胖案例，推断出了他们身体上或大或小的各种毛病以及他们在日常生活中面临的一些问题。

被当作“肥胖典型”着实不是什么好事，上台的观众起初有点儿不高兴，等听完陆则准确无误地说中了许多情况后，他们的脸上只剩一副惊叹不已的表情。

青少年消化能力强，平日里消耗多，体重偏高的人还是少数。到了中年，大多数人会出现发胖问题，尤其是越来越明显的“小肚腩”……

陆则有针对性地分析完三个年龄段的发胖原因、给出对应的建议后，上台的观众非常信服，回到观众席。

节目播到这里，除了《养生大讲堂》的节目粉丝还在专心地往下看，其他人已经在弹幕上你来我往地聊开了——

“我们陆哥真牛，看一眼就能发现那么多问题！”

“哇，我也想去当观众，我会积极举手的，陆老师看我！”

“节目都是有台本的，望周知。”

“就是，毛都没长齐的小子，难道看一眼就能知道别人有什么病？”

“你这样一说，我又发现我们小陆医生有一个优点，他居然还会演戏！”

“群演们的演技也很好啊，震惊的表情演得惟妙惟肖。”

“我陆哥超好的，长得好看，说话又好听，演技还那么好，爱了爱了。”

陆则的粉丝不要脸的言论震惊了不少人，这都能扭转成夸他？就在很多人摩拳擦掌地准备加入战场时，节目里的“画风”忽然变了。

陆则居然开始现场教学。他教的当然不是医术，而是岐山派五禽戏。

众所周知，五禽戏是华佗传下来的，是一套非常好的养生操。至于为什么在五禽戏前面加上岐山派，那当然是和各种“×氏太极拳”一样，由谁改良就由谁冠名。

陆则演示的这套五禽戏就是经过叶老头儿改良的养生操，再适当地加入一点儿适合现代人的动作，把整套五禽戏完完全全地改得适合现代人的日常锻炼需求。

所谓五禽戏，其实就是通过模仿虎、鹿、熊、猿、鸟等动物的动作来强身健体，整套动作集飞禽走兽之所长，坚持练习下来哪怕不一定有奇效，也不会有什么害处。

节目主题一下子变成了“陆哥教你做操”。

陆则前面铺垫得太好了，现场观众大多已经对他信服，被选上台的观众马上跟着陆则的动作做了起来。也许是因为陆则这个老师教得好，他才教了一次，台上台下的男女老少差不多就能跟着做了！

节目最终以全部观众起身一起做操的热闹画面结束。

电脑和手机屏幕前的观众目瞪口呆。这“一言不合放音乐，大家一起动起来”的画面是怎么回事？前面不还是“陆哥眉头一皱，发现你的问题并不简单”吗？后面怎么变成这样了？更令人难以接受的是，他们居然觉得陆则这操做得特别好看，特别想跟着一起做。

“陆哥‘有毒’，我莫名其妙地就跟着做了三遍，现在我像死狗一样趴在电脑前发弹幕。”

“好看的是陆哥，我在镜子里看到了自己，并不美，像只猴子。”

“为了健康，当猴就当猴！”

观众如是说。

节目组又放出了陆则的幕后花絮视频：录制结束后，观众全舍不得离开，自发地在录制棚外的空地上排好队，想让陆则再给指导指导。陆则没拒绝，有条不紊地给现场观众进行动作指导！于是，现场观众又跟着音乐练起了岐山派五禽戏……

随着花絮视频横扫全网，话题“陆哥有毒”被顶上各大社交软件的热门位置。

网友们点开前不信邪，谁会傻乎乎地跟着视频做不知道有没有用的五禽戏呢？又不是小学生做广播体操。等他们点开视频，最终结果大多是默不作声地关紧房门跟着学了全套动作。

此时此刻，远在南方的威霸物流大楼里，一群老人挪开椅子做完了一套五禽戏，感觉腰不酸了，腿不麻了，人也精神了。他们慢慢地停了下来，你看看我，我看看你，都板着脸说：“时间不早了，该回去睡觉了！”

这视频果然有毒，具有传染性。要不他们怎么就不由自主地跟着做了起来呢？他们想做的话，回去关起门做谁会知道！当初他们就见识过的，这小子特别邪门！

随着这个话题逐步发酵，出现视频“中毒”症状的人越来越多，他们不甘心只有自己栽在上面，又故意以各种方式将视频扩散出去。这期节目上线不到三个小时，播放量已经破亿，直接破了《养生大讲堂》的纪录，而且，这个数据还在不断增长。

自愿加班的节目组成员已经惊呆了，虽然养生话题受大众欢迎，他们的节目也一直做得不错，但现在这个数据也太惊人了吧？

负责人激动地说：“我们的节目算是真正火了！”

小成就虽然让人觉得安稳，但是心里总不是滋味，现在来了次大爆发，负责人才真正感受到成功的喜悦。他做出了一档拿得出手的节目，以后不管是走是留，这都是他升职加薪的资本！负责人现在恨不得抱着陆则亲两口。这人气、这运气，能让不少人羡慕死！

巧的是，这天晚上有个当红“小天王”准备发新专辑。

为了这次专辑发布，“小天王”的团队预热了很久，粉头们也组织了很久，网络水军们更是紧张地就位，只等着“小天王”那边一声令下。

晚上九点半，“小天王”的团队果然给网络水军打了钱，让他们开始行动，务必把新专辑发布的消息送到热门话题榜的第一位。

只有第一才配得上他的人气和才华！一切顺利，粉丝们欢呼。网络水军敬业地掀起热度，操控评论走向。“小天王”发新专辑的消息在热搜榜的排名飞快攀升，转眼就即将登顶！

就在这个时候，一个名为“陆哥有毒”的话题从天而降，牢牢地占据了第一名的位置，关于“小天王”的话题只能委委屈屈地蹲在第二，怎么都翻不了身。

“小天王”气坏了：“这个陆则是谁？他不知道我今天预定了第一吗？一个才拍了档网络节目的新人，也敢来抢我的热搜！”

经纪人默默地把陆则的资料给自己带的小心眼艺人看。

陆则，省大高才生；他的父亲是高级工程师；继父是本省首富，资料还贴心地加了备注：“卫氏是我们公司的最大股东。”

经纪人语重心长地说：“我们的大老板就不用说了，你知道高级工程师是什么意思吗……”听完经纪人的一番解释，“小天王”瞠目结舌。

当明星来钱容易，前提是你要“红”。没名气的话，明星什么都不是！演员惨，歌手更惨，一次出场给你百八十块打发的都有！有时夜场唱歌一晚赚几百块，还得和同行抢破头。

在他看来，按照经纪人的说法，陆则简直一出生就是既定的人生赢家。这起点天生就不一样，不能惹啊！“小天王”缩回了想买通网络水军抹黑陆则的手。

第二就第二吧，反正他也不是第一次当老二。

第九章
她的礼物

这一晚上的热闹，陆则依旧没有多大感触。

整理完手上的资料，他开始兢兢业业地完成日常社交任务。他点开朋友圈拉到昨天晚上看到的位置，飞快地给有需要的亲友们点赞、留言，转眼就刷到了最新的几条动态。

那是来自他的几个师父的。他们发了同一句话：“呸，臭小子！”

他们这是在骂他们的哪个学生吧？陆则看完后很是唏嘘，觉得现在的年轻人一点儿都不懂什么叫尊师重道，瞧把他的师父们气得连骂人的词都懒得想了，全骂一样的。所以说，这年头收个好徒弟不容易啊。

想到自己要把岐山派发扬光大肯定也是要收徒的，陆则感觉自己肩膀上的担子格外沉重，甚至对师父们的气愤有一丝丝感同身受。思及此，陆则体贴地给愤怒的师父们“复制、粘贴”了一句安慰：“莫生气啊莫生气，气坏身体无人替！”

陆则这个统一回复一发出去，自然又收到多个十分一致的“滚”字。唉，人老了，脾气难免暴躁，这也不行那也不行，他还是听话点儿滚吧！

他关掉朋友圈，给投稿问问题的师弟师妹们解决完疑惑，然后按时进入梦乡。

此时，《养生大讲堂》带来的热度却还在持续攀升。

这一晚，很多人的朋友圈中有人转发“岐山派五禽戏”的教学视频，还引来不少专业人士的关注。

其实这种面向大众的养生节目，很多专业人士是不关注的，一来这些节目噱头太多、实用内容太少；二来是同行看同行，怎么看都看不顺眼。一听陆则说他师承岐山派，不少人下意识地以为他走的是野路子，再看看铺天盖地的转发和评论，心里不满。

他居然敢上这种火爆的养生节目，也不怕误导大众！看来只要你有钱，真的可以为所欲为！以前这节目大搞宣传就算了，去的好歹是有点儿水平的专家，现在居然让陆则这么个毛头小子当主讲人，这不是拿公众的生命健康开玩笑吗？

不高兴的人很多，不过大多是私底下和熟人嘀咕几句，一个网络节目而已，也没几个人会自找麻烦地出来说什么。

当然，也不是所有人都选择闭嘴。其中有个昵称是“蒋专家”的人连节目都没看一眼，就在微博上暗讽现在的年轻人好高骛远，爱做博人眼球的事。

这人的名字非常有时代感——蒋建军。蒋建军本人的思想跟他的名字一样富有时代感，他打心里认为中医是一个排资论辈的领域，年轻人就该有年轻人的样子，不要跳得那么高。

他在中医领域小有名气，这几年也为某保健中成药品拍过广告，每天打开电视都能看见。继这个广告之后，蒋建军的心就大了，他觉得自己的事业还可以更上一层楼，可以多接几个广告、多赚点儿钱。虽然说他家有车有房，儿子已经娶了媳妇、生了孙子，可谁嫌钱多不是？

最近蒋建军在接触一些养生节目，准备上去露露脸，《养生大讲堂》也在他的选择范围之内。可惜《养生大讲堂》一般主推自己人，对外来嘉宾的水平要求非常严苛，拍摄要求还高，不是坐在那里自己瞎掰就成，还得和观众互动，非常麻烦，节目组委婉地说主讲嘉宾已经够了，其实就是瞧不上他。

如果在平时，《养生大讲堂》节目组拒绝他就拒绝了，蒋建军的选择还有很多，也不是非要参加不可。可现在蒋建军心里就嫉妒得厉害。节目组连他都看不上，这小子又凭什么上去？

蒋建军在微博上讽刺完了，躺在床上翻来覆去睡不着，肝火太旺了，生气！

他不知道的是，这条微博很快被人注意到了。这还是因为最近他那个原本投放在地方台的广告被当成了鬼畜素材，在视频网站刷了一天屏，成了不少人印象最深刻的垃圾广告之一，甚至有人称之为“童年噩梦”。不管过程好坏，蒋建军的粉丝数量因为这股东风多了不少。

这也是蒋建军最近积极寻找合作节目的原因之一，看到自己粉丝大涨，他觉得自己特别厉害。看看周围那些同事，哪个能像他这样被那么多人关注？他在网上发一句话，都有好几十个粉丝给他回复！

他那条暗讽陆则的微博被人发现之后，很快转发数破千，随后一大批围观网友进入他的微博，模仿他的句式讽刺回去。

睡不着的蒋建军看到这么多消息提示，先是一阵狂喜，等看清内容后一下子怒了。这些家伙既没素质又没眼光，嘲讽他没本事不说，还贬低他唯一的广告，真是太过分了！他那个广告的总播放量算出来绝对超过陆则的那期节目！

蒋建军当场一条条反驳回去，还说“果然有什么样的博主就有什么样的粉丝”。这就是点名批评陆则了。

营销号对网上的热度一向嗅觉敏锐，随即蜂拥而至，凑热闹地转发蒋建军的微博，转发文案竟格外统一：“你怎么看？”

营销号横插一脚，很快把蒋建军的这条微博推到了风口浪尖。刚反复回味完新一期《养生大讲堂》的粉丝们恰好有着无处安放的热情，看到有人嘲讽他们的陆哥，一拥而上把蒋建军喷得狗血淋头，硬生生把“你怎么看”这句话推上了午夜热搜话题榜。

蒋建军气得心口疼。他的小儿子也注意到蒋建军还在微博上舌战群雄，打电话给蒋建军分析，信誓旦旦地说陆则肯定花钱找网络水军了。

营销号都是无利不起早的家伙，怎么可能这么统一地转发微博？这肯定是陆则自己搞的鬼，想踩着他上位！蒋建军觉得现在的年轻人心真黑，问儿子：“那现在怎么办？”

他儿子就是从事新媒体行业的，有门路，跃跃欲试道：“我们也找水军踩回去，不都说他是学西医的吗？我们可以说他连中医证都没有，误导大众！”

蒋建军憋了一肚子气，立刻听取了儿子的建议：“就这么办！”

他儿子小声说：“这么大规模的骂战，请水军可不便宜……”

蒋建军说：“你只管去找，钱我来给！”“佛争一炷香，人争一口气”，他绝对不能让一个小孩子踩着他上位！

蒋建军的儿子麻利地办事去了。他爸的存款很多，就是平时小气，连他们这两个儿子都很难从他口袋里掏出钱来。这次他正好可以从中间赚个差价！他马上和自己认识的网络水军联系，要求对方按照他给的方向好好抹黑陆则：首先，说陆则没有中医证，没有系统地学过中医，没资格上这种打着中医养生旗号的节目；其次，质疑陆则的医术都是表演出来的，互动环节全是按台本来的，欺骗观众；最后，批评他一个晚辈居然纵容粉丝欺负前辈，很不合适。对方拿钱办事，对他的要求没发表什么看法。

于是在陆则舒舒服服地睡觉的时候，一批网络水军悄然开始在网上大规模地抹黑他，有些没看过节目的人看完这些言论后也产生了怀疑，开始与向自己推荐陆则的视频的朋友发生了争论。

陆则的粉丝们很快注意到情况不对，顿时怒火中烧，当场冲到蒋建军的地盘上表演了什么叫真正的欺负人。

这下好了，蒋建军彻底睡不着了。

有种东西叫沉没成本，指的是我们在决定要不要做一件事时，考虑的不仅是这样做结果的好坏，往往也会看自己是否已经在这件事上花费了时间、精力或钱财等，这些无法收回的投入就是沉没成本。

当一个东西的沉没成本越高，你就越难放手。蒋建军想扩大网络水军的规模骂回去，要不然前面的钱就白花了！他儿子也乐意再赚一笔。

可惜等他儿子再去询问价格时，差点儿被对方的报价吓晕。

要对抗陆则的那些粉丝，他爸说不定得卖掉家里的一套房！开什么玩笑，他爸的财产可是要留给他跟他哥两个人分的，怎么能在这种地方浪费？他赶紧劝他爸放弃。

他好言相劝了一会儿，还让他妈抢了蒋建军的手机，才终于让蒋建军打消了买水军的心思。

陆则的粉丝大获全胜。

陆则第二天一早跟阎医生去食堂吃早餐，从凑过来拼桌的小护士嘴里听说了昨晚那场没有硝烟的战争。

小护士倒不是纯粹来闲聊的，而是提醒陆则小心这个蒋建军。物以类聚，人以群分，这人既然能小有名气，自然也有自己的人脉圈子。昨天晚上他吃了那么大的亏，心里肯定比之前更加气愤，陆则可得提防着点儿，免得他给陆则带来什么麻烦。而且，他做广告的那家保健品厂商来头也不小，说不定会为了宣传效果帮他。

陆则很感谢小护士的提醒。

以前他不怎么在意网上的事，现在他得靠网络宣传岐山派，经营自己的账号。他的粉丝中可有不少是潜在的岐山派支持者，甚至有可能是岐山派的未来传人，他得好好呵护！至于蒋建军，陆则没放在心上。看对方的年纪和履历，怎么都不像是会改投岐山派门下的人。一个不可能发展成支持者或传人的老专家，他爱说什么就让他说去吧。

陆则觉得自己非常尊敬前辈，也非常尊重别人的言论自由，绝不随意干涉别人发表意见的权利。

吃过早餐，陆则花了一些时间，发了条微博安抚昨晚为他发声的粉丝——

luze2020："谢谢，不要在意。"

陆则发完微博，收起了手机，跟着阎医生忙碌。晚上阎医生值夜班，陆则自然也得跟着，一直没机会碰手机。一直到早上交完班进入梦乡，陆则都没再关注过医院之外的事，根本不知道这一整天网上到底发生了什么。

这天早上九点，蒋建军疲惫地从睡梦中醒来，人老了精力不济，难得熬一次夜，醒来后身体跟散了架似的。想到昨晚白花的钱，他心如刀绞，吃早饭都骂骂咧咧的。

吃过早饭蒋建军打开微博一看，发现自己的微博竟奇迹般恢复了平静。

曾经呼啸而来的转发和评论全都消失不见了，仿佛昨晚的热闹只是一场错觉。蒋建军陷入迷茫。这是怎么回事，难道昨晚什么都没发生，都是他在做梦？

他冷着脸看热搜榜，发现上面挂着一个新话题："陆则后援会集结！"，点进去一看，里面可谓群魔乱舞，有一味吹捧陆则的长相的，有说"我就知道他肯定是在炒作"的，还有发小视频和照片的，甚至有画图、写文庆祝后援会成立的！

至于一个医生为什么要有粉丝后援会——陆则人气高，脸上又仿佛写着"我上网只干正事"，所以有人撸起袖子建了后援会，主要负责帮陆则应对昨天那种麻烦找上门的突发状况。

后援会成立后做的第一件事，就是找到昨晚冲上去怒斥蒋建军的小伙伴们，对他们晓之以理，动之以情："陆哥说不用在意，我们就不要在意，我们要当有素质的粉丝，陆哥说什么我们做什么。要知道有的人上蹿下跳其实就是想博人关注，我们一个眼神都不给他，他肯定浑身难受！”

不得不说，这群后援会的小可爱行动力非常强。陆则那条微博只发了短短几个小时，他们已经带领己方人员全部撤离，并打扫完了“战场”，没留一点儿痕迹。

这样一来，情况就有点儿尴尬了。现在的评论语气、内容全都差不多，明眼人一看就知道是蒋建军明嘲暗讽陆则还觉得不尽兴，又请人继续抹黑陆则。

就连蒋建军的老朋友们看了都觉得老蒋这次做得有失前辈风度。年轻人爱出风头挺正常的，虽说陆则这风头出得人人都羡慕，可你也不能不择手段地抹黑别人，不是吗？看着老朋友们发来的委婉劝诫，蒋建军气得直咬牙，等他打开luze2020的首页看到陆则发的那条微博后，当场气得突发心梗。

幸好他儿子急救得及时，他才勉强捡回了一条命。

蒋建军的儿子了解完事情始末，顿时觉得陆则不简单。别说一个医生，就算是不少当红明星的粉丝也不一定能这么听话，齐刷刷地把自己的留言、转发通通删光。偏偏人家这事做得没毛病，别人知道了还得夸陆则。

而且陆则都主动组织自己人把那些理智、不理智的留言全删了，他爸的心梗也不是昨晚吵得激烈时发作的，总不能不要脸地把这事怪到陆则头上吧？蒋建军的儿子服软了，劝他爸别再去网上发表意见。

蒋建军虽然还是很气愤，但比起争一口气来说，还是命更重要，听了儿子的话把微博APP卸载了，眼不见为净！

事情到这里理应告一段落才是，可就在当天晚上，有关部门公布了一批质检不合格、安全不达标的食品、药品名单，上面都是要入口的东西，有些还是价格高昂的保健品，不少人看到相关消息后留意了一下，还有人闲来无事顺着新闻提供的信息找到产品报告原件，追查发现在名单涉及的某家企业旗下的众多产品中，有问题的可不光是“上榜”的那些，还有致癌物质超标的保健品。

一时间不少人翻出家里老人买的这家企业的产品，拍照发微博讨伐黑心企业。

而在产品被查出致癌物后，这家企业没想过回收产品、减少受害者，居然把钱花在了危机公关上，藏着掖着不让事情被更多人知道！更可恨的是，这家企业的广告铺天盖地，天天给人洗脑，有这么多钱，他们却连合格产品都拿不出来！一时间对这家企业，说是人人喊打都不为过。

紧接着，有人想起了帮这家黑心企业拍广告的蒋建军。

网友们大骂黑心专家帮黑心企业坑人。没办法，这个企业的好几种产品拍了广告，但所请的专家中只有蒋建军开了微博。

蒋建军得知这件事后直接进了ICU（重症加强护理病房）。

他儿子见事态不妙，只能在网上发了病历表示他爸已经病了，求大家高抬贵手放过他，并宣布这个微博账号正式弃用，以后不会再发新微博。

所幸，蒋建军挺了过来。

只不过经过这件事，他想再接广告或节目赚钱是不可能了，他拍的广告、上的节目说不定会被抵制，谁乐意请个起反效果的人呢？

第二天一早，陆则跟着阎医生交班后，才知道昨晚出了这样一件大事。

对某些保健品的效果，很多医生、专家持怀疑态度。不过现代人很多处于亚健康状态，生活富足之后大多乐意在健康方面投资，所以保健品市场非常大且利润巨大。像这种挂个噱头、拍个广告就把廉价产品价格抬高几十倍甚至几百倍、几千倍往外卖的情况并不少见。要是能让这类企业的本质彻底暴露，扫一扫市场乱象，未尝不是件好事。

早上交班之后，陆则又迎来了难得的假期。

想到这两天发生的事，陆则觉得廉价但合格的产品以次充好，好歹是人品问题；要是拿不合格甚至有害的产品坑骗消费者，那就是没良心了。

陆则昨晚后半夜没什么事，休息得挺好，现在不需要回去补觉。反正闲着也是闲着，陆则给裴舒窈打电话："今天有空吗？"

裴舒窈说："有空。"

"有兴趣泡实验室吗？我想做个小测评，你有兴趣的话一起来啊。"

裴舒窈爽快地答应："好。"

陆则说的实验室不是学校实验室，而是卫氏医院的实验室。虽然医院还没转到他名下，但医院的实验室一向对他敞开，他什么时候想去都行。

陆则准备搞个以"你可以没用，但不能有害"为主题的测评活动，主要针对市面上售卖的各种保健品。其实这些工作有关部门也会做，不过这不影响陆则的兴趣。

敲定测评的大方向之后，陆则雷厉风行地在校友群里有偿征集了一批家在省会的师弟师妹，带着人浩浩荡荡地到了医院实验室。

医院的效率也很高，得知陆则要做保健品成分测定之后，把市面上能买到的保健品都给搜罗过来了，仓库里堆得满满当当。

仓库门一打开，积极应聘过来跟陆则做实验的师弟师妹们都惊呆了。

陆则没管师弟师妹们的心情如何，迅速把人分了组，让他们着手进行成分测定，分别测定有效成分含量和有害物质含量。

市面上的保健品种类繁杂，功效多样，一天肯定测不完，他们今天主要是拟个测评方案、做个测评示范。接下来几天自然是由师弟师妹们接力完成全部测评，实验器材随便用，报酬日结不拖欠，他们累了还可以召唤其他小伙伴过来接班！

裴舒窈疑惑，说好的只是做个小测评呢？

陆则和裴舒窈在实验室泡了半天。

虽然现在是假期，积极报名参加这次测评的人还是挺多的，后续几天的实验室档期排满了。

陆则还看到个前来兼职的熟人——单小云。一个学期过去了，单小云已经彻底瘦了下来，再没有以前胖乎乎的样子。她虽然不是省会本地人，可是过年不回家，只能用兼职赚的钱买些吃的、用的寄回去给外婆和两个侄女。

寒假期间她也找了兼职工作，不过看到陆则发的招聘消息后，马上辞了兼职工作来报到。这倒不全是因为陆则，还因为这活儿和专业沾边，而且钱给得多。

单小云过来时还找陆则打了招呼，陆则问有没有跟她一起来的人，得知有，便给她们分了个组，转头和裴舒窈接着商量怎么安排才可以更高效。

医院有专门的实验团队，倒是不用陆则一组一组地手把手地教，他只需要给出方案，团队负责人自然会麻利地执行。

负责人忙前忙后，非常殷勤。没办法，内部有风声说大老板准备把医院送给陆则当生日礼物。换句话说，这个年轻人即将成为他们的新老板！

陆则对负责人的讨好并不表态，只把跟裴舒窈讨论出来的实验方案交给对方，让对方去落实。

实验团队的副手是个中年男人，长着一张严肃的国字脸，一直比较严肃。他对陆则全程让新人动手的事有些意见，觉得陆则是在浪费实验经费，花的钱多，问题也多，劝了陆则一通：真想做测评的话可以请专业团队，算下来钱也差不多是这个数，结果还更具权威性。

陆则点头表示自己听进去了，但不打算改变："您说得很有道理，不过招聘已经发出去了，人也安排下去了，下次我会考虑您的意见。谁都是从新手过来的，给我们学校的师弟师妹多点儿动手机会也不错。”

虽然实验方向和实验思路很重要，但要是连仪器、试剂都没摸过，想凭空想象出好的实验方向和实验思路基本是不可能的。副手见陆则这么说，也就不再多说，尽责地组织测评实验。

难得休息一天，陆则下午还是要回家的。

两个人一个方向，裴舒窈没让人来接，直接坐司机王叔的车回去。三个人已经很熟悉了，陆则和裴舒窈一上车，王叔就笑着问：“这边的实验室好玩吗？”

陆则说：“挺好玩的。”

“先生知道了会很高兴的。”王叔笑呵呵地说完，没再打扰陆则和裴舒窈，让两个小孩儿聊天。许久不见，两个人确实有挺多话要聊，坐在后排嘀嘀咕咕一路，王叔基本没听懂。

车快到裴家时，两个人才说了点儿容易懂的话题。最近裴舒窈在家里弄了个小工作室，专门做些小模型。

她准备参加两天后的漫展，要给同学送些小礼物，想让陆则来帮忙。

陆则晚上没安排，答应下来：“好，我一会儿去你家。”两个人约定完，裴舒窈就回家了。

陆则也回家和家里人吃了顿饭，顺便告诉他们晚上要去裴家一趟。

得知裴舒窈要去漫展，卫子安积极举手，表示他也要去，到时可以一起玩。

卫子安还问陆则：“哥你有空吗？有空我给你弄张票。”

陆则说：“没有。”

卫子安有点儿失望，不过对裴舒窈的工作室更感兴趣，想和陆则一起去帮忙，如果真的好玩，他也在家弄一个。

陆则毫不犹豫地拒绝了他的要求：“你动手能力不行。”他是去帮忙的，又不是带人去帮倒忙的。

卫子安觉得他哥太瞧不起他这个弟弟了，他的动手能力也很强，昨天去探望摔伤腿的朋友时，他第一次削苹果都没削到手！

陆则吃过饭就出门了。

卫父批评卫子安不懂事："人家两个人约会，你去凑热闹，算什么事？"

卫子安睁大眼："他们在约会？"

卫父说："两个人一起做感兴趣的事，难道不是约会？"

卫子安被他爸说服了，说是约会似乎也没错。怪不得他哥铁口直断说他动手能力不行，原来是嫌他碍事！卫子安进行了深刻的自我反省，然后跑到旁边抱着手机打游戏去了。

陆则很快到了裴舒窈家的门口，守门的早认识他了，笑着和他打招呼。

陆则规规矩矩地回应："您好。"

陆则按照裴舒窈给的方位找到她的小工作室，发现另一个方向走来一个高大的男生，对方衣着讲究，顶着一头鬈发，看起来像个混血儿。见到陆则，对方有些诧异，用德语说："你好。"

陆则也用德语回了一句："你好。"虽然陆则不知道这人是谁，不过看着是裴家的朋友。想到裴舒窈要给同学们准备小礼物，肯定不想进行无意义的寒暄，陆则体贴地帮她把人拦下："舒窈有事要忙，你若是没什么要紧的事，可以明天再找她。"

那男生："……"其实他会说中文，就是想为难一下这个一看就很难缠的"情敌"。可恶，这人居然会说德语，而且这语气明显是以裴舒窈的男朋友自居，连人都不让他见，就直接把他打发走！

可看着陆则的脸，看看陆则的长腿，那男生发现自己毫无胜算。真正的聪明人要懂得扬长避短，既然站一起会显得自己样样不如人，他决定先做战略性撤退！

那男生说："既然是这样，我明天再来找窈窈。"

陆则点头。

在那男生要转身离开之际，陆则看了看他的气色，提醒了一句：“这两天最好别喝咖啡，或者抽空去医院看看你的肠胃。”

对方疑惑地看向他。

陆则说：“我是学医的。”说完陆则也没管他信不信，走向裴舒窈亮着灯的小工作室。

那男生觉得陆则故作神秘，陆则可能确实是学医的，但他远房姨父也是学医的，没见姨父提醒他什么！

很多时候，越是有人提醒你不能做什么，你就越想做什么，他明显也这样，回客房后反复想着陆则的话，越想越觉得不能信。他回国这么多天一直都好好的，怎么肠胃就有问题了？喝杯咖啡还能出问题？

他琢磨着，把邪恶之手伸向了咖啡……

陆则不知道自己的提醒反而让那男生有了行动的方向。他和裴舒窈会合之后，将自己把那个男生挡回去的事告诉了她。

裴舒窈对此没有半点儿意见。

她确实不太想应付这个有二分之一德国血统、细究起来根本没亲戚关系的表哥，主要是因为两个人没有共同话题，聊不到一块儿去。

陆则没再说别的，按照裴舒窈的需求帮她设置起3D（三维）打印机参数来。两个人忙活了一晚上，一排排精致可爱的自制小模型出现在工作台上。

陆则临回去前，裴舒窈把一份礼物给了陆则：“你生日那天我有事，提前把生日礼物给你。”

“谢谢。”

陆则提着礼物走向大门，看到一辆救护车从大门外开进来。他转回去一看，刚才那个男生被人抬上了急救推床，还得用上束缚带才能让他不满床打滚。

大概是他疼得厉害，才会叫救护车。

看到陆则，那男生立刻哭了出来："我该听你的别喝咖啡，啊啊啊，我要疼死了。"

陆则说："我帮你止一下痛，其他的到医院，医生会解决。"他上前帮男生来回按压了几处穴位，把刀割一样的剧痛给止住了大半，只剩下隐隐的抽痛感。

高大的男生激动地抓着陆则的手说："太神了，真的不痛了！你真是个好人，我决定不和你争窈窈了！"

这个人长相这么出色，医术这么高超，心胸这么宽广，作为情敌还好意提醒他，现在还帮他！他宣布，从今天开始他们就不是情敌了，他要和陆则化敌为友！

陆则听得一头雾水，刚过来看出了什么状况的裴舒窈也是满脑子问号。

男生的母亲陪着他上了救护车，跟着去了医院。

留下的众人一时无话。

陆则和裴舒窈倒是没什么特别的感觉，他们从小到大虽然朋友交得不多，但爱慕者从来不少，甚至直接上来表白的都有，对这种自称追求者的人早已见怪不怪。

陆则对审视般看着他们的伍心慈和裴正德说道："很晚了，我先回去。"

见陆则一如既往地乖巧老实，裴正德说："去吧。"

陆则走后，伍心慈才问裴舒窈："小陆怎么来了？"

裴舒窈实话实说："我让他来帮我点儿忙。"她刚忙活完，在暖气房里闷出一身汗，暂时不想闲聊，"妈，我去洗个澡。"

伍心慈没拦着，由着她上楼。只是人一走远，她就转头盯着裴正德，觉得裴正德是引狼入室。她这个朋友家的孩子回国，自然不会住不起酒店，是双方家长有意让两个小孩儿交往试试，才会让他过来。

她这个女儿样样都好，就是在感情上不开窍，虽说女儿还小，可早些为她的将来做打算总没错。

陆则这孩子她自然也是喜欢的，只是陆则家庭情况复杂，两个孩子之间看起来也不像有什么情愫，她无法想象这俩孩子谈恋爱的情景。

裴正德本来还真觉得陆则这臭小子很可能喜欢自己的女儿，看妻子眼里带着点儿埋怨，立刻维护起自己的学生来："你也说让他们先处处……而且窈窈乐意和谁一块儿玩就和谁一块儿玩。"裴正德不客气地指出事实，"照我看，你朋友家这孩子没戏，他的脑子跟不上。"

想到刚才那小子涕泗横流说要放弃竞争的场景，伍心慈也觉得这事成不了。这种类型的男生，她女儿确实看不上。唉，她在商海之中也算叱咤风云的人物，对上自己这个方方面面都很给她长脸的女儿却总是很头疼。

女儿已经很好了，又聪明又孝顺，很小的时候就懂得和她爸一起"照顾"她的心情，从不当着她的面找她爸讨论她听不懂的问题。可正是因为女儿千好万好，女儿的学业也不用她操心，她自然忧心起女儿的婚姻。对方家庭背景要简单一些，没有烦人又难缠的亲戚，脾气不能太大，要对她好，家底最好也要供得起女儿去做她想做的事，长得自然也要顺眼……

见妻子一脸愁容，裴正德宽慰道："这事不急，过了年窈窈才十九，哪用那么快开始找对象。就是窈窈想一辈子不结婚，我也不会逼她，反正我们家又不是养不起。"

夫妻俩算是暂时搁置了这件事。

此时，陆则已经带着裴舒窈给的生日礼物回到房间，又洗过澡，才把礼物拆封。

盒子里居然是几十个Q版（将人物缩小变形的夸张表现形式）人物模型，每个人的表情都不一样，四肢非常灵活，可站可坐，衣着差不多，不过领结或领带这些小配饰各不相同。盒子底部有两排椅子，是让小人坐上去摆姿势的。陆则把底座摆在书桌上，将小人摆在对应的位置上。

这是以第五次索尔维会议合照为主题的场景模型。

这次会议的主题是“电子和光子”，聚集了当时世上最有名的物理学家，包括爱因斯坦、波尔、薛定谔、居里夫人等大家耳熟能详的国际名人。合照上有二十九人，其中已经或者后来获得诺贝尔奖的就有十七位。

陆则对这样的盛会一直心向往之，想想要是能和那么多牛人齐聚一堂讨论学术问题，不知得有多么畅快开心。

对这张合照，陆则闭起眼睛都能回忆起有哪些人，这些人分别在什么位置上。他满意地把每个小人摆好，给它们拍了合照发到朋友圈：“很棒的礼物，谢谢。”

陆则发完朋友圈，顺便把日常社交“任务”做完。

陆则很少发朋友圈动态，很多人看到他出现以为自己眼花了，再一看内容，更是开始怀疑人生，纷纷留言——

“我怀疑师兄在秀恩爱，但是我没有证据。”

“好可爱，我也想要！求一个链接！全网都搜不到。”

“这我认识，就是那场超级厉害的会议！”

“定制的？”

“所以到底是谁送的？”

可惜陆则已经睡下了，压根没理会他们的“号叫”。

一批校友登录学校论坛：“憋不住了，关键词‘第五次索尔维会议’，懂的进。”误入此帖的校友看得一头雾水，等相互一打听，才知道是陆则谈恋爱了！

相比校友们关心的恋爱问题，外面的人更关心最近的保健品风波。

今天那家黑心企业将被严查的风声传了出来，原本处于观望状态的媒体开始朝它下刀，报道了不少相关新闻：有的揭露它曾经误导不少人错过接受治疗的最佳时机；有的揭露它如何进行传销式营销哄骗老人。总之，“扒皮”行动持续到晚上，那家企业注定要给大家一个交代了。

本来一切都已经和陆则没关系了，结果傍晚有不少应聘去做测评的人发图了。

有人在结束测评后特意问过负责人能不能拍照留念，对方说随便拍照没问题。实验室已经收拾过了，没什么不能外传的秘密。

至于这个测评本身，那自然也没什么好藏着掖着的，钱都花了，人也来忙活了，总得听个响不是？他们这些参与者先自由发挥热热场子，之后再正式宣传一番，勉强也算是一次回馈大众的公益活动了。得到许可，不少人开始自由发挥，纷纷上传照片和人分享这一看就很费钱的测评。

最博人眼球的当然是那一仓库保健品。

众所周知，保健品价格非常高，哪怕是一罐普普通通的蛋白粉，稍微包装一下就能卖个千八百块钱。其他一些五花八门的产品更不用说，价格大多不便宜！所以别的不说，光是这么一仓库的“实验材料”就不是一般人买得起的！

看到测评现场照和传播度最广的“实验材料”照，陆则的小粉丝们都蒙了。小陆医生不是在医院实习吗？他怎么一转眼又去招聘校友做实验？买测评样品要钱、请人测评也要钱，小陆医生又不打广告，哪里来的资金啊？

粉丝里有不少人因为所学的专业，也经常能接触到各类实验，打开现场照片一看，发现了更了不得的事：这实验室的仪器、药物明显都特别好，在科研领域，好的等于贵的，越好越贵！

有人麻利地给出镜仪器、药物标了价格，做成长图发出来做科普：“你以为只有实验原材料贵吗？这些东西才贵得你无法想象！”

除了粉丝们的热情转发，不少微博大V也闻风而至，准备紧跟热点再吸引一批粉丝。他们再一次以统一的格式转发了那位粉丝做的价格科普：“保健品测评”，等测评结果！

有“蒋专家事件”的教训，这次没人再跳出来说陆则是花钱买转发，气氛出奇和谐，连个抬杠的人都找不着。

马上要过年了，正是走亲戚、送年礼的关键时刻，谁都不想再上蒋建军那类所谓“专家”的当。既然要花钱，那当然得买适合的，不能白花钱还要被骂“傻”！

就这样，卫氏医院附属实验室还没有进行宣传，“保健品测评”这个话题已经有了足够的关注度。

实验室负责人还是头一次亲历这种盛况，心里莫名觉得有陆则这么个“新老板”在，以后他们医院可能不会寂寞了。

陆则借用一期节目，就把《养生大讲堂》往期的点播纪录给破了；陆则借用一下医院的实验室做个“小测评”，这个“小测评”又轻轻松松地上了热搜榜。负责人怀疑陆则买了热搜榜包年服务。

唉，现在的年轻人就是又虚荣又不稳重！

这一晚，很多人睡不着。

相对“陆师兄可能有对象了”这种传言，还是这个“保健品测评”更牵动人心，有些反应快的保健品企业认出“实验材料”里有自家产品，出面转发了相关微博，表示同样期待测评结果。

这就是身正不怕影子斜，趁机狠狠赚一次公众好感度。行业内虽然妖魔鬼怪横行，良心企业还是有的。

当然，也有不少企业或根本没有官方账号，或没底气发声，只能沉默地缩起来当无事发生。

有不少被坑骗过的消费者开始讲述自己的辛酸史。随着越来越多网友加入控诉行列，有些人坐不住了，甚至有人连夜拨打实验室负责人的电话，让对方高抬贵手放过自己。

负责人可不会听对方的，卫氏给的钱不够多吗？卫氏给的实验室不够大吗？他为什么要为了对方给的一丁点儿好处得罪东家？他又不是吃多了对方的产品，脑子进水！至于搞这样的“小测评”会不会得罪人，那就不是他该考虑的问题了。大老板都没喊停，他们操什么心？

身为卫氏医院大老板的卫父，对陆则这个“小测评”自然没意见。他在商海浮沉多年，什么腌臜事都见过，虽没有肃清行业风气的志向，却也不会拦着自家孩子去做这些事。年轻人有锐气敢作为是好事，真要捅了马蜂窝，不是还有他们这些大人兜着吗？

卫父不缺钱，不缺地位，财富积攒到一定程度，金钱就只是数字而已。所以他投资教育、投资医疗，想要在这个时代留下自己的印记，让后世子孙提起他时，不会只说“他是一个很会赚钱的人”。

对陆则这个孩子，卫父一开始也仅仅是爱屋及乌，相处久了才看出陆则的不凡之处。也许陆则会走到旁人无法企及的高处。

卫父能带着卫氏走到现在，别的不敢自夸，眼光精准这一点他是不会谦虚的。要知道只要给予足够多的支持，一个天才会带来任何奇迹。

只要陆则愿意接受他的赠予，这座原本注定普通的医院将来必定会变得璀璨耀眼，说不定还会成为医学史上一颗熠熠发亮的明珠。

然而，陆则可不知道卫父有这么多想法。

他一觉睡到天亮，心情非常好，稍微锻炼之后下楼和母亲徐淑珍一起用了早餐，才赶回医院上班。

昨晚，那个“小测评”一传开，很多人看向陆则的目光又不同了。

陆则这个实习生早从大一开始就来省院见习过，很多年长些的护士阿姨觉得他太老实了，到了社会上说不定会吃亏。现在他正式来医院实习，更是天天认真得和正经医生没区别，连值夜班也跟着阎医生一起。

大家很难想象这样一个踏实低调的孩子，居然能花大价钱做那样一个测评实验。

他们中有些人的亲戚家孩子是陆则的校友，据这些孩子说那个实验室的人都听陆则的，有个实验员指导他们时还提了一嘴，说陆则是他们家的“少东家”，明年那医院就真正属于陆则了。

众人再深究一下，那家医院不是属于卫氏的吗？人家说陆则是他们“少东家”，也就是说陆则是卫氏的“少东家”啊！至于为什么一个姓卫一个姓陆，这又不稀奇，万一陆则是子随母姓呢？而且现在离异再结合的家庭多得是。

好在能进省院的人都不是庸才，多少有点儿上进心，最多只是羡慕，倒也没到嫉妒或者巴结陆则的程度。

这次陆则闹的动静太大，连阎医生也难得地和他聊起了工作以外的话题：“你收下医院，好吗？”

他比其他人更了解陆则家里的情况，知道陆则和卫父只是继父子关系，陆则明显也不是会讨好长辈的人。商人永远不会做亏本的事，别人都觉得陆则赚大了，阎医生却怕陆则从此要为卫氏卖命。

陆则说：“我继父人很好。”他顿了顿，又补充了一句，“我自己也不缺钱。”。

阎医生说：“你的钱不还是你父母给的？能有多少？”

陆则说：“前几年，我和裴师妹出国参加比赛得的。”

阎医生回忆了一下相关比赛，摇头说：“这种青少年比赛虽然有奖金，但也只是象征性地给点儿而已。”

“我和裴师妹在街上走着，看到有人排队买彩票，决定支持一下社会福利事业。正好当天晚上就开奖，我们中了。”

阎医生眼皮跳了跳：“中了多少？”

陆则说：“八亿。”

阎医生：“……”

陆则补充：“美金。”

虽然扣除种种费用，到手的钱少了很多，但数目也颇为可观了。他和裴舒窈都选择匿名领奖，照常去参加比赛，最后开开心心地抱着奖杯回国。

理财这种事他们都不擅长，回到家后随手把钱交给了家长，让徐淑珍和伍心慈把一半拿去投资、一半用作慈善基金，主要用于医疗和教育等公益事业。

几个家长知道钱从哪里来的后，不知道该说什么好。这俩小孩儿出去比赛，“薅走”人家积攒了不知多少期的奖金，以后会不会被拒绝入境？

好在两家都有自己的公益渠道，这钱处理起来并不麻烦，很快把他们的想法落到实处。陆则剩下的那笔钱由卫父找人帮忙打理，虽然只留了一半，但这几年卫氏在发展，它也跟着增值。这些陆则没细说，不过阎医生也猜得出陆则不会把钱放在家里发霉。

阎医生想来想去，只能认真对陆则说：“下次出国进修或者开会，你记得多支持一下国外的福利事业。”

陆则也认真答应：“好……”

闲话说完，陆则跟着阎医生开始工作。

他们这次的病人住在医院的特殊病房。特殊病房价钱特别高，条件特别好，患者的身份也很特别，非富即贵，不然住不进去。

到了病房前，阎医生碰到了心内科的人。心脏问题大多从心内科看起，在他们省院进行介入治疗的病人也会被分到心内科。

阎医生负责的心外科做的都是大手术，一台手术就是大半天，使用的器材大多很便宜。

正因如此，心内科的主任才格外得意。不过好歹都是上了年纪的人，心内科主任笑眯眯地和阎医生打了招呼。

这次的患者确实很特殊，是个小孩子，今年不过八岁。

一群研究心脏的专家一起走进门时，小男孩儿正训斥跟他一起过来的两个女人：“我不要你们在这里，都给我滚。”听这语气这孩子像个“小霸王”。

医生们都摇了摇头，觉得现在的孩子越来越娇贵了。

小男孩儿是省里一个富商的儿子，说来也可怜，出生没几年他母亲就病逝了，他爸又是个一心扑在工作上的人，为了找个能照顾好儿子的老婆，特意娶了儿子的表姨进门。

没想到这年轻的继母三年抱俩，自己的孩子都带不过来，平时基本是保姆在照顾小男孩儿。两个女人中衣着和气质更出挑的那个是小男孩儿的表姨兼继母。见医生们来了，她忙迎上来说："医生，小卓就麻烦你们了。"

她神色憔悴。

心内科主任安抚道："戴太太不要急，不一定是风心病，我们先看看情况，等检查结果出来再说。"

所谓风心病，指的是风湿性心脏病。按照传统说法，是"风湿热"侵染心脏导致的，真正病因其实一般是链球菌感染。

这类链球菌的表面结构和人类心脏瓣膜细胞表面结构类似。链球菌感染人体之后，人体免疫系统会产生相应的抗体负责清理体内的链球菌。抗体经过心脏瓣膜时，会惊奇地发现这地方也藏着一批罪大恶极的链球菌，于是集中力量疯狂攻击心脏瓣膜，导致心脏瓣膜严重受损。

风湿性心脏病初期没有太多表征，后期会出现多种心衰症状。一般来说风湿性心脏病是先用药物控制病情，若是出现心功能Ⅱ级以上的症状就得考虑手术治疗。

而且由于患者的免疫系统对这类链球菌是有记忆的，一旦再次感染就会产生大量抗体随着血液流往全身搜索病原体，对有类似表面结构的心脏瓣膜造成更大的伤害，所以平时患者要注意预防二次感染。可惜的是患者在生活里很难杜绝和这类链球菌接触，因为在他周围的空气里很可能就有它们。

不管是药物还是手术，都不能根治风湿性心脏病，只能尽可能地保证患者的生活质量、延长患者的寿命。这么小的孩子，要是真的得了这病，以后要受的苦可就多了。即使家里再有钱也不一定买得来健康。

听到心内科主任的劝慰，戴夫人稍稍放心。

一行人看过小男孩儿的情况，去旁边的会议室讨论病情。

小男孩儿的检查结果很快送了过来，体内确实有感染情况，也出现了一些初期症状，不过彩超显示，瓣膜并没有明显损伤，心脏还是一颗活蹦乱跳的好心脏，只要药物控制得好，短期内应该不会发展到需要手术治疗的程度。

就这么点儿小问题还被叫过来会诊，阎医生心情不太好。这种小儿科用不了这么大的阵仗，真要做手术再通知他也不迟。

阎医生沉默地听他们讨论。要不是暂时没手术，阎医生都想一走了之。

会诊进行到一半，院长亲自来了。一进门，院长就对阎医生说："老阎啊，论起心脏这一块，你是我最信得过的。不瞒你说，这孩子是我一位老朋友的孙子，你可要好好帮我看看他。"

阎医生是个实诚人，坦言道："手术我在行，诊断方面我不如老徐。"

老徐就是心内科主任，虽然有些爱慕虚荣，但本性不坏。老阎夸他一句，他也顺势吹捧老阎，吹完了，他才慎重地和院长说明情况——感染是有的，也完全符合初期症状，暂时不需要做手术，不过患者一定得开始用药了。

阎医生耐着性子听到他们敲定治疗方案，才带着陆则往外走。到底是身处人情社会，这些人情往来阎医生再不想掺和，还是要捏着鼻子认了。

陆则也觉得治疗小男孩儿的病不需要出动这么多人，以小男孩儿的情况先由心内科诊治就差不多了，根本没他和阎医生什么事。

师徒俩抱着同样的想法率先走出会议室，却听那间特殊病房里有人在哭骂："我的乖孙啊，你上次来看奶奶时还好好的，怎么一下子就得了这种病？造孽啊，果然后妈就是靠不住！”

陆则从病房门口向屋内看去，只见一个头发花白的老太太正搂着小男孩儿，一副心疼得不得了的模样。他脚步一顿，观察起那个老人来。

“怎么了？”阎医生也停了下来，转头问陆则。

“有点儿问题，我去看看。”陆则说。

陆则不爱管闲事，但早上会诊时看到小男孩儿眼神倔强，他小时候也有过这样的时期，对身边所有人都竖起利刺，从不和任何人亲近。

那时他还不懂掩饰，不知道自己本性里的直白和冷漠会伤人，没能照顾好母亲的情绪，和徐家人也屡次起冲突。当初父母离婚，也许和他并不是一个讨人喜欢的小孩儿有关。父亲忙起来时会离家很长时间，家中只有他们母子二人，偏偏他又不和人亲近，母亲更容易伤心。过去的事无须再提，眼前的事他却不能不管。

这老人的声音听起来有点儿异样，明显喉咙不舒服。

很多风湿性心脏病感染初期表现为轻微炎症，比如扁桃体炎和咽峡炎之类的，和感冒咳嗽差不多，很容易被忽略。而且风湿性心脏病是免疫病，每个人患这种病的概率往往和个人体质有一定的关系，哪怕感染同样的病菌，携带者也不一定会演化成风心病。

这个小孩儿虽然平时大多由保姆照顾，但在衣食住行方面，可以看出来被照顾得不错。陆则观察常在男孩儿身边的继母和保姆的气色，也不像是被感染的样子。现在看到这个一上来就抱着孩子骂人的老太太，陆则心中不免怀疑。

陆则走到病房前敲了敲门，在那位年轻的继母疑惑的目光中走进病房，对那位老太太自我介绍：“您好，我是省院的医生。”

饶是陆则省略了“实习”两个字，旁边的老人还是用怀疑的眼神看着陆则，觉得这医生着实太年轻了：“你们院长和我们家老头子也是老相识了，怎么只派个毛头小子来看我孙子？光是这病房都费许多钱，省院就是这么收钱的吗？”

继母不得不替医院解释："刚刚专家们都过来会诊过了，这位小医生可能是有事要交代。"

"不管怎么样，派个年轻医生过来就是不行。"由于声音拔得有点儿高，老人的嗓子更嘶哑了，吸引了其他医生的注意，大家都停住脚步转到小男孩儿的病房外。

看到外面站着一群看着就资历不浅的医生，老人这才稍稍满意，转向陆则看看他有什么要说的。

陆则并不在意老人的态度，反而对她直来直去的性格非常满意——反感和不喜全表现在脸上多好，省了别人猜来猜去的时间。他平静地说道："您这半年内有没有接您这孙子到家里住过？"

老人被问得愣了一下。她和她家老头子有三个儿子、两个女儿，个顶个地有出息，都自己买了房，他们住习惯老宅子了，没跟孩子之中的任何一个住，只夫妻俩留在老宅里。日子过得挺舒坦，偶尔寂寞了，她当然会让儿女把孩子送过去住几天，给老宅添点儿生气。

"当然有，过年他们全回来了，年前小卓也被我接回去住了几天。"说着她又瞪了小男孩儿的继母一眼，骂道，"怎么？她一天到晚只顾着两个亲生的，我想孙子、疼孙子，把人接回去不行吗？"

陆则摇头说："您对孙子的一片慈爱之心当然是好的。"

老人这才闭了嘴。

陆则耐心地询问："请您再回忆一下，您和您的孙子有没有一起喉咙痛过？感冒引起的也好，咳嗽引起的也好，您都想想。"

老人心头一跳，色厉内荏地质问陆则："你什么意思？难道我孙子还是我传染的不成？我年前刚和老头子去体检过，身体好得很，心脏一点儿毛病都没有！"

陆则并不介意她的态度，语气平和地解释："每个人体质不一样，有的人感冒扛一扛就过去了，有的人可能会丢了命。我们也问过他和他母亲这段时间的饮食起居，想问出病因病源，这只是例行询问而已，您不要太紧张。不过您要是隐瞒不说，可能会耽误诊断和治疗，也会影响到以后的预防。这种病一旦得了，终身都得预防再感染，每次感染这类病菌都会加重心脏损伤程度。”

事关孙子健康，老人到底没有继续强硬下去，把之前他们祖孙俩一起生病的事说了出来。

她家住得离医院比较远，又不想找家庭医生，平时她会买些药回来备着。如果得了感冒、发烧、头疼、咳嗽……这些小毛病，她都自己挑些药吃，这种药不行就换另一种，总能把病治好的。

那一次他们都觉得喉咙痛，她觉得可能是要感冒了，就找出药哄孙子吃了，自己也跟着一起吃。

老人在农村长大，小病小痛都习惯忍着。他们那一代人，生了病可能连药都不吃，更别提费时费钱地去医院。哪怕丈夫和儿子都发迹了，她还是很节俭。

那天，她瞧着孙子也不是特别难受，吃过药又到处撒欢，觉得没事了，没再管，也没和儿子、儿媳提起过，过了几天就由着儿媳把孙子接回家。

老人一向自诩最疼这个可怜的孙子，觉得孙子的这个继母就是孙子的妈家里的穷亲戚，小门小户出身，配不上她儿子。瞧瞧，本来说是娶来照顾孙子的，结果自己反而生了两个孩子，一看就是个不安生的女人。

要说穷亲戚，老人身边有很多，对这些人再了解不过，这女人肯定是只想生个儿子分家产，根本不想好好对她表姐留下的孩子。带着这样先入为主的想法，老人怎么看这个儿媳怎么不顺眼，觉得孙子生病肯定是这个儿媳的责任。

现在听陆则这么问，老人真的慌了：“就是个小感冒，连鼻涕都没流，吃了药就好了。我活了这么多年，又养大了五个儿女，感冒咳嗽这点儿小病见多了，一直都是这么过来的，从来没出过什么问题啊！”

陆则说："您不要急，我听您的声音不太对，您现在是不是也有点儿喉咙痛？"

老人迟疑着点了点头。

陆则让老太太坐正，张开嘴。他看了看老人的咽喉，在她的咽峡处看到有明显的咽峡炎症状。他再一问，老人也有关节炎这种老年人的常见毛病。而且她比较特殊，一犯病还会喉咙痛。炎症的成因很多，有细菌性的，也有病毒性的，病原体数不胜数。

陆则心里已经有了基本判断，斟酌着建议道："要不您去做个检查，看看您的咽峡炎是细菌感染，还是病毒感染？"老人如果真是链球菌感染，小男孩儿的病原体大概可以确定了。

老人的面色很难看，不过她对孙子是真心爱护，想到陆则说二次感染会加重孙子的病情，决定去做检查。

老太太还是不能完全信任陆则，又拉住心内科主任问了一遍，才由保姆陪着去做检查。她心里已经相信了陆则的判断，但也拉不下脸向儿媳道歉，只能勉强给儿媳一点儿信任，让她留下看着孙子。

小男孩儿的继母向陆则道谢："谢谢医生。"要不是陆则进来提出让老太太去做检查，她不知还要被骂多久。她虽然家里穷，但自己努力考了大学，原本还找了份不错的工作，没想到表姐病故了，大她十岁的表姐夫提出要娶她。

她跟去世的这个表姐本来就是要好的两家长辈们口头认的亲戚，其实并没有任何法律上或实质上的血亲关系。家里觉得这婚事非常好，生怕"过了这个村，没这个店"，一个劲儿地让她抓住机会。虽然要当后妈，但光彩礼钱就是她一辈子都赚不到的，以后更有享不尽的福，有什么好犹豫的？家里人自作主张到单位帮她辞了职，要她安心备嫁。她抗争过，最后还是嫁了。

给人当继母真的很难。丈夫非常忙，有着传统的"多子多福"观念，婚后没多久她就怀孕了。她怀着孕照顾继子难免会有疏忽，婆婆劈头盖脸就是一顿骂；她教育继子语气稍微重点儿，也会被婆婆教训。

这些事她不能和觉得给她找了个金龟婿的家里人说，也不能和日渐疏远的朋友们说。所有人都觉得她捡了大便宜。她只能感激陆则这无意间的善意。

陆则点了点头，想转身离开，对上小男孩儿黑黑的眼睛时又停下脚步。

陆则抬头对小男孩儿的继母说："我能单独和他谈谈吗？"

小男孩儿的目光变得警惕。继母也有些犹豫，不是她不信任陆则，而是她这继子从小脾气大，她怕这孩子发脾气影响病情。

陆则与小男孩儿对视，走到病床前询问他："我要单独和你谈谈，你愿不愿意？"

小男孩儿一愣，没想到陆则会用这种语气和自己说话。陆则像是把他当成了平等的谈话对象，而不是将他当成小孩儿。

小男孩儿绷着脸说："谈就谈。"

第十章
父与子

太阳高照，病房采光很好，屋里满是阳光。一大一小两个人在对峙。陆则没急着说话，而是静静地和小男孩儿对视。七八岁的小孩儿刚有了是非观念的萌芽，却还不能准确地分清善恶，最需要长辈好好引导。

从今天早上的所见所闻来看，他家的情况比较复杂，他有一个一直不出面的爸爸、一个他爸娶回来的继母和一个看不起儿媳的奶奶。

这样的家庭结构，任谁想都知道小孩子过的是什么日子：爸爸不常在家，他大多时间和继母在一起，奶奶却总是毫不留情地当着他的面贬低继母、骂她是苛待继子的后妈。然而奶奶还不跟他住一起，平日里基本没人和小男孩儿亲近。

陆则不说话，小男孩儿不甘示弱地回视陆则。他不知道陆则要和他说什么，但本能地觉得陆则对他没有恶意。

两人安静地对视良久，还是小男孩儿忍不住先开口了：“你要和我说什么？”

陆则开门见山地问：“你觉得你做得对吗？”

小男孩儿怔住，不明白陆则为什么这么问。他哪里做得不对？他一直都是这样的，从来没有人说过他做得不对。他绷着小脸，拒绝回答这个问题。

陆则见小男孩儿一脸懵懂，循循善诱地道："你生病了，是谁第一时间把你送来医院的？"

小男孩儿嗫嚅片刻，还是没有吭声。每次他生病了，都是继母第一时间开车带他来医院，进进出出替他办住院手续，带着他去做各种检查。可是奶奶说，继母是坏女人，她嫁进戴家就是想取代他妈妈的位置，对他好都是装样子，根本就是不安好心。

陆则耐心地接着问："你到医院这么久，你的爸爸在哪里？"

小男孩儿听到陆则的这个问题，眼睛立刻蓄满了泪水。奶奶说有了弟弟妹妹，爸爸偏心弟弟妹妹，再也不会喜欢他了。现在他生病了，爸爸却到外地和别人谈生意，根本不打算来看他。

陆则回忆了一下小男孩儿的病历，注视着小男孩儿说："八岁，不小了。你不能只听别人说，要自己想。"陆则又问了一次，"你觉得你做得对不对？"

对上陆则的目光，小男孩儿憋不住了，委屈地哭了出来："我哪里不对？我才没有不对，都怪那个女人，要是她不和爸爸结婚，不生下弟弟妹妹，我还是爸爸最疼爱的孩子！"

"你爸爸很疼你的弟弟妹妹？"

小男孩儿说不出话了。

他爸爸在家的时间很少，对弟弟妹妹也没有特别疼爱。每年他们的生日礼物、生日派对都是让生活助理帮忙准备，要是有工作要忙，爸爸也不会回来陪他们过生日。

陆则轻易地从小男孩儿的表情里猜到了答案。一个人的本性不会说改就改，小男孩儿的父亲对第一个孩子不上心，对第二、第三个孩子也不会太上心。这样的家庭对子女的教育，大概就是现在许多人挂在嘴边的“丧偶式教育”，父亲把所有抚育儿女的职责都推到孩子的母亲身上，自己只在偶尔想起来时逗逗孩子，享受一下当父亲的乐趣。

真正关心孩子的父亲，绝对不会直接娶一个女人回来照顾孩子，自己就对此不闻不问的。

卫父就是一个很好的例子。在省内，卫父当得上“首富”这个称呼，平时工作很忙，可他几乎每天都会准时回家陪伴妻儿，还会要求孩子周末回家，一家人聚一聚，从来不会为了赚钱忽视家里人。

像这样的离婚再结合家庭，并不是每个都能像卫家这么和和美美。感情是需要经营的。小男孩儿的爸爸一个简简单单的“忙”字，就把家里的三个小孩儿全甩给妻子，完全是把照顾家庭当成妻子的专属责任。

陆则说：“恕我直言，你的爸爸并不是一个合格的父亲，更不是一个合格的丈夫。”

小男孩儿却不喜欢听陆则这么说，凶巴巴地质问：“你凭什么这么说我爸爸？要不是爸爸每天辛辛苦苦地在外面赚钱，谁来养我们？”这话明显就是小男孩儿的奶奶经常在他耳边念叨的。

赚钱养家确实重要，也确实是很了不起的付出。

对一些连饭都吃不起的家庭来说，愿意出去努力赚钱养家确实是个好爸爸。但是对这个小男孩儿的家庭来说，他们需要解决的已经不仅仅是温饱问题。论钱，他们一家人有普通人几辈子都花不完的钱。

陆则说：“你现在不缺吃不缺喝，平时想要什么都有人送到你手上，你想怎么玩就怎么玩。可我看你并不怎么开心，”陆则语气平和，“你觉得对你来说，你爸爸在外面努力赚钱就够了吗？”

小男孩儿没法违心地说“够了”。

陆则目不转睛地望着小男孩儿：“看来对你来说应该是不够的，那么你觉得他这样对他的妻子来说，算合格的丈夫吗？”

小男孩儿沉默了。

他想要爸爸陪陪他，想要爸爸和其他小朋友的爸爸一样去参加他的家长会，带他去游乐场玩，一家人开开心心地过节。

可是爸爸整天不在家，他的妈妈也不在了。他平时见得最多的人就是继母。大家说她不是好人，别人都这么说，难道这不是真的吗？

爸爸不陪他，不陪弟弟妹妹，也不陪继母，继母和弟弟妹妹也会和他一样难过吗？

小男孩儿的眼泪啪嗒啪嗒地往下掉，心里委屈极了。他被继母哄骗过，她说会把他当成自己的孩子，结果她很快就生了弟弟妹妹。他也觉得继母很坏，所以经常故意欺负弟弟妹妹。刚开始的时候继母还会说他几句，后来继母就不说他了，只让弟弟妹妹离他远点儿。

弟弟妹妹还有妈妈护着，他什么都没有。奶奶说他是家里的长子，以后家里的钱都是他的，他迟早得让继母和弟弟妹妹通通滚蛋。他才不稀罕那个女人当他妈妈。

“你要好好想一想，”陆则并不在意小男孩儿的抗拒，语速放缓，“是对是错，是好是坏，你不要光听别人说，要自己去判断。别人说什么你就信什么，你只会糊里糊涂地过一辈子。你要记住，哪怕只是言语上的恶意，那也是伤人的刀子，一刀砍下去，哪怕伤能好也会留下个永远抹不掉的疤。一旦人被伤得深了，就没有人愿意继续留在你身边了。”

小男孩儿想到继母对他越来越小心翼翼的态度，小小的拳头紧紧地攥了起来。

这一次，他没有再生气地反驳。以前从来没有人和他说这样的话，他们只会告诉他“她不好”“你不要信她”“你要提防她”，没有人教他自己去辨别对错、辨别好意和歹意。他欺负弟弟妹妹，他们都说他干得好；他说爸爸和后妈偏心，他们立刻应和“有了后妈就有后爸”。

事实上他爸爸没有娶继母的时候，他也很少见到爸爸。

安静了好一会儿，小男孩儿才说：“我知道了。”

陆则抬手揉了揉他的小脑袋：“男子汉大丈夫，不要把情绪发泄在无辜的人身上，要是觉得自己做错了，就好好改正；要是觉得有愧于别人，就好好道歉；要是想要什么，就自己去争取。”

小男孩儿似懂非懂地点头。

他偷偷地瞄了陆则一眼，感觉刚才摸在自己脑袋上的手掌热乎乎的。若是换成别人把他当小孩子揉他的脑袋，他一定会很生气，要对方滚远点儿，可陆则这么做让他莫名地开心。小男孩儿忍不住看向陆则的胸牌。

原来这个医生叫陆则，他已经记下来了，不会忘!

见小男孩儿的情绪稳定下来，没有了一开始那副对谁都张牙舞爪的模样，陆则没再逗留，出去和负责小男孩儿的心内科主任交代了刚才的事。这是心内科主任负责的患者，这些情况得和他的主治医师说清楚，不能让别人觉得自己在抢着表现。

心内科主任刚才已经安排小男孩儿的奶奶去做检查了，见陆则特意过来说明情况，笑呵呵地说：“我知道了，放心吧，这样的病人我每年接诊没十个也有八个，会让他健健康康地回去上学的。”

陆则诚恳地点了点头。

心内科主任也了解过陆则的性格，不在意他寡言少语。陆则敏锐、细心，又有一副热心肠，做事踏实又周到，这么好的年轻人上哪儿找去?

心内科主任开始挖老阎的墙脚：“我记得上回你参加过手术机器人项目，要不要转到我们心内来啊? 我保证，你要是转过来了，心内科楼上那台手术机器人随你用。”

陆则说：“我现在在心外科待着挺好。”

心内科主任也没多失望，和蔼地拍拍陆则的肩膀，让陆则忙自己的事去。他可早就听说了，首都的那些同行都跟自己动了一样的心思。既然陆则没答应他们，他只是随口一提，也没觉得自己真能把人挖过来。

这个年轻人还没毕业就成了香饽饽，以后前途不可限量啊！

陆则没心内科主任那么多感慨。按理说那个小患者最终归了心内科，他不该横插一脚，但是遇到事情不解决，他总觉得浑身不自在。

这可能是被叶老头儿折腾出来的毛病！

陆则回了心胸外科。没想到他刚到科室门口，就听阎医生招呼他：“走，急诊科有事。”

阎医生话少，还是护士小朱在路上和陆则解释了具体情况。

“煤矿瓦斯爆炸，伤了很多人，重症患者就有将近四十个。就近的医院条件不好，急救指挥组决定分流治疗，其中十二个能够承受转运的患者被紧急转到我们医院来了。我们院里已经成立应急医疗小组，阎医生今天手术安排得不多，也被临时抽调过去了。”

陆则礼貌地说：“谢谢。”

这种紧急情况大家一向非常重视，阎医生带着陆则加入医疗小组时，市里的领导也过来了。这位领导显然被这天降横祸弄得焦头烂额，简单地交代几句后就把指挥权交给这次的医疗小组组长，让他们抓紧时间做好接收这批患者的准备。

联络小组在和转运组接洽，实时了解患者的情况，护理小组在进行应急准备，烧伤科的医师们也全都赶了过来。

由于重症烧伤患者不宜转运，烧伤科已经有几位专家紧急出发去临近爆炸地点的医院进行会诊，留守的是烧伤科副主任。常年和烧伤患者打交道，副主任也算见惯了各种天灾造成的烧伤。听说这次煤矿事故这么严重，副主任虽然心中叹息不已，但还是打起精神，插科打诨调节完气氛，才把工作安排下去。

等自己科的人都安排完了，副主任才和阎医生闲聊起来：“说起来，好久没和老阎你合作了。好端端的，也不知怎么突然出了这么件大事。”

事故发生在上班时间不久，伤的大多是煤矿工人，如果伤势太重，他们以后不知该怎么养家糊口，还有那么多连转运都承受不了的重症患者，命能不能保住都不一定。

阎医生一板一眼地说："事故原因不归我们管，有关部门自然会去调查。"

副主任被他噎了一下，又把目光转向陆则："小陆啊，毕业后考虑一下我们烧伤科怎么样？我们省院的烧伤科，在国内也是排得上号的。"

陆则的精力一直很旺盛，他除了跟着阎医生之外也曾去烧伤科见习。那时他虽然只是个见习生，对病情的判断却非常准确，提出的治疗方案操作性也强，和副主任有着连夜反复抢救重症烧伤病人的交情。

对这个踏实肯干的小伙子，副主任很欣赏。

陆则说："心胸外科挺好。"陆则现在还没当过一次心外主刀医师，作为一个万事都很有计划性的人，他不允许自己的"心外计划"付诸东流。

副主任遗憾地继续找其他人聊天。

烧伤病人在转移小组的陪护下很快转运到省院，其中有几个已经进行了气管预防性切开，需要紧急会诊。烧伤科井然有序地忙碌起来。

陆则这个实习医生依然是个打杂的，老老实实地跟在阎医生身边积极参与施救。

烧伤患者除了皮肤表面烧伤之外，往往还会伴随着吸入性损伤，有时候吸入性损伤可能更为致命。

陆则看到这批烧伤患者的惨况，心里替他们难受，能转运过来的伤患尚且如此，不知那些只能就近接受治疗的患者情况得有多严重。陆则打起十二分的精神跟着阎医生对路上出现心肺功能问题的烧伤患者进行会诊。

由于情况严重的患者需要反复施救，他们这一忙就忙到下午。

这次转移到省院的患者里面唯一的一个女孩子是煤矿的财务人员。她也是倒霉，早上上班后被领导叫去确认数据，结果被这次煤矿事故波及，她受困时吸入了不少有害气体，身上也有不少部位被烧伤。

陆则跟着阎医生忙活完他们能做的事后，还被烧伤科副主任拉着一起讨论患者的烧伤整形方案。

只要患者脱离了生命危险，烧伤科就需要考虑患者治疗后的日常生活问题，选择适合的治疗方案，让烧伤患者外观的损伤降到最低。

陆则早些年间学过绘画，也学过如何用文身掩盖胎记或伤疤，对伤处的处理有着极强的敏感度，哪怕疤痕没办法彻底去掉，他也能想办法让它由丑变美，让患者能够积极自信地面对以后的人生。

烧伤科技术好的医生不少，只要讨论出适合的方案，他们实施起来并不困难。

烧伤科向阎医生借调陆则过去帮忙，对这种动辄想挖墙脚的人，阎医生见多了，大方地借人。

陆则亲自看过这批烧伤患者的情况，讨论时几乎不必看资料就能回忆起烧伤部位、烧伤面积和烧伤程度，还能迅速地模拟出数种烧伤整容方案分析其优劣性。

整场临时会议开下来，原本觉得副主任拉个实习生过来参与讨论有些儿戏的人服气了，怪不得陆则还没到大五就能被老阎带去跟项目，人家这脑子本身就和一般人不一样，搁到哪行哪业都是顶尖的那类人。

陆则被拉壮丁，一直忙到临近下班，甚至还被心理科医生拉着一起去查了房，对患者和患者家属进行心理疏导，以免他们出现创后心理问题。

省院的条件不错，除了送进重症病房的几名患者，其他患者的情绪都已经在陪护下逐渐稳定。

来陪护的大多是煤矿工人的家属，说起话来夹带各种口音，陆则耐心地听完他们的问话，替他们解答了一些基础问题，甚至当场学会了几句他们的家乡话。他查到后面几位，家属们都大为惊奇，直问他是不是老乡，可没听说他们那边出了这么年轻的医生啊。

陆则微笑着说：“现学的。”他又给他们说了几句其他家属的家乡话。

家属和患者原本沉重的心情舒缓了许多，只觉得高才生不愧是高才生，学什么像什么，真是太厉害了。而且，这小伙子接地气，没觉得他们的家乡话土里土气，也没看不起他们穷，还这么和和气气地回答他们的问题，就算有人因为他太年轻而质疑他的话他也不恼火，耐心地重新解释一遍，说得对方都不好意思难为他了。

等他们夸奖完陆则，有个患者家属凑上前，操着一口方言问陆则：“小医生，我儿子平时爱玩这什么‘爱屁屁’，现在他的手被烧伤了玩不了，叫我帮他拍了段视频。这不，就是这段，他让我来问你能不能发到网上去。”

陆则看了一下，录的是他刚才学方言的情形，虽然画面时不时抖一下，但录得还挺完整。他点头答应：“没问题。”

这位患者的父亲已经六十多岁，满头白发，脸上的皱纹很深，皮肤也因为长年曝晒变成了古铜色。他骄傲地对陆则夸起了自己的儿子：“别看我儿子天天下矿卖苦力，他的账号有很多粉丝，足足有一千多个，是他们那群小伙子里粉丝最多的。他用的手机都比其他人好，花一千多块买的，幸好他平时去上工都舍不得带，要不然可能就被火烧了！”

陆则应和了两句，和最后几个病人聊完才下班。

陆则在食堂和阎医生会合，阎医生向他了解了烧伤科的情况。

陆则正吃着晚餐时，护士小朱过来和陆则分享起省院官方账号转发的最新视频，高兴地说道：“陆医生，看来你要带活我们省院这个账号了！”

众所周知，很多官方账号是“僵尸号”，平时机械性地发一些官方资讯，枯燥无趣，每次发布新视频或者新动态，回应者寥寥无几。哪怕现在不少官方账号积极卖萌，让人记住的还是很少。

这次不一样，才一顿饭的工夫，省院官方账号发出的“陆则学方言”的视频就吸引了无数目光。省院账号还很调皮地配了个标题：“据说，天才都精通多种语言！比如小陆医生！”

陆则后援会第一时间转发了视频。不管是不是粉丝，不少人被标题吸引了——

“点开之前我以为会看到我陆哥穿梭在高大上的会场里，从容自若地说着流利的德语、法语、葡萄牙语。”

“看视频上的图标，这是首发在某个土味视频APP上的？”

“我听说小陆医生那边发生了重大煤矿爆炸事故，这病房里的是不是烧伤患者啊？”

“是的，看新闻，好严重啊，祈祷。”网友还贴心地附上了新闻报道的链接。

“我觉得他不是在炫技，是在转移他们的注意力，用这种方法安抚患者和家属的心情吧？”

“我要去看书了，我以后也要当跟陆哥一样的好医生！”

有夸的自然也有骂的。

陆则的“语言天才”人设在网上被吹捧起来，有人看不下去了，开始在各个社交软件里冷嘲热讽。

陆则后援会没有冲上去吵架，而是由陆则的师弟师妹们整理出陆则引用过的外文文献和翻译过的外文专著名单，据理力争，表示“陆则是语言天才”的说法其实并没有水分。还有人找出陆则当初在国外参加比赛做概述的视频，不少人默默地闭了嘴。

又不是什么重大新闻，像这种网络话题的热度一般不会超过三天。过了两天，网上的热闹慢慢降下去后，一切又回到了正轨。

不过这一天的省院，却十分热闹。有人来给陆则“送花”了，是那个名叫戴卓的小患者。

虽然戴卓被确诊为风心病，但病情还在可控范围内，病原体也找到了，他的奶奶一并接受了治疗，同时他家进行了彻底的清扫和检查。

戴卓是个非常聪明的孩子，听了陆则的话后把“小霸王”脾气收敛起来，出院后分别和他奶奶及继母谈过。因为害孙子生病在前，他奶奶对他继母的态度倒是好了不少，一家人的关系有所缓和。

戴卓在出院后提出要给陆则送花，这花不能只开一次就枯萎。所以他准备将陆则的办公室窗户外种满花，这样每到花期，陆则都能收获一片花海。

戴卓年纪虽然小，但是他家有钱，家里也有常驻的园丁，让园丁组织人手实现这个想法并不难。园丁听了戴卓的要求，点头说：“要是医院答应，倒是没其他问题。”

戴卓一脸认真地说：“我叫爸爸的助理和他们商量。”

园丁知道这事十拿九稳了，又问：“不知道你想种什么？”

“现在什么花能开啊？”

“这个季节，不冷不热，还算温暖，山茶花开得挺好。”园丁稍一思索，给出了答案。

“那就种山茶花，花要大朵的，最好种下去马上能开，还得特别显眼！”戴卓进一步提出要求。

“好的，我联系一下园林公司，他们应该有现成的花可供移植。”

戴卓非常满意，打电话给他爸说了这件事。

他爸听完他的想法觉得不过分，甚至可以说出去吹一吹孩子聪明懂事，很快就让助理答应了他的小要求。

于是转天，园林公司的人便到戴卓指定的地方实地勘察，看看适不适合种山茶花。巧的是，这位置土壤肥沃、阳光充足，竟是非常适合山茶花生长的好地方。

得到院方同意，戴家的工作人员将这块廉价草坪挖出很多坑，把园林公司运来的山茶花一一种下，精心地施肥浇水。

陆则跟完一台手术，就看到几个同事走到窗边往外看，见他和老阎回来了忙打招呼：“老阎、小陆，过来看看，楼下草坪种了山茶花，瞧着开得还挺好。草坪前头还多了个牌子，谁眼睛好看得远，快瞧瞧上面写的是啥。”

另一个同事说：“这个简单，看我的。”他掏出手机，对着楼下草坪上竖起的牌子拍了照，然后将照片放大。

其他人都凑过去看，嘴里说道：“哟，还有这招，你这手机不错啊，新买的吧，拍得可真清楚。”

拍照的同事点头说：“刚买没几天，不过这点儿距离，一般手机也能拍下来。”

最开始说话的同事对着上面的字念了起来：“我看看，上面写的是‘感谢陆则陆医生对我的爱，喜欢你所看到的吗？’”

整个科室顿时安静下来。

这是有人承包了医院的绿化带，向陆则告白？这人好像还挺用心的。

陆则也看见了照片上的内容，借了同事的手机把那张放大的照片往下移了移，露出了牌子底部的署名：戴卓，就是上次那个八岁的风心病小患者。

这小孩儿在病情稳定下来后，倒是开始显露出平时喜欢胡搞的本性，连送花表达谢意都干得这么与众不同。

陆则解释了几句，其他人才从震惊中回过神来，对陆则的各种际遇羡慕不已。要知道现在管得紧，收红包、收礼物都是不允许的，患者给医生送几朵花已经是极限。这种感谢方式就很好了，不管花长得好不好，至少走过路过的人都能看到。这患者明里是送花，实际上是用大手笔给陆则的名气添砖加瓦啊！

对医生来说，不仅医术重要，医德也十分重要，有个好名声，不管是在工作上，还是在生活中都大有益处。而且这片透着蓬勃生机的花田，也着实让看到它的人赏心悦目。

关注这片山茶花的人自然不只省院的医护人员，一些患者和患者家属也注意到了。

在医院看病养病本就苦闷，乍一看到这么一片姹紫嫣红的花，不少人聚集过去拍花、自拍。等众人看见立牌上写得横七竖八、十分霸气的感谢语，又当机立断地把牌子也拍了下来，连花带这句话一起分享给朋友圈的亲朋好友。

陆则又轻轻松松地成为称霸省会朋友圈的风云人物。

小患者戴卓是谁？有人打听清楚了。他是戴氏集团当家人的长子，家里富得流油，怪不得这么任性。戴卓还是个七八岁的孩子，会写下那句充满稚气又好笑的感谢语也就说得通了。戴父在物质上从不亏待家人，却很少给予陪伴，所有精力几乎都放在工作上，现在遇到这种可以打响自家品牌名气的好机会怎么可能错过？戴氏集团的官方账号和所雇用的网络水军迅速加入刷屏大军中，宣扬自家小公子知道感恩，趁机宣传自家集团的企业文化。

与此同时，裴正德正在拜访江老。

中医可是越老越“值钱”的行业，目前中医界又面临人才断代的困境，一个像江老这样的老中医不愿再接诊，对中医界来说打击颇大，尤其是江老退休之前和协会闹翻，对那些因为江老而相信中医的人来说，协会的公信力也随之被大大削弱。

当初的事，裴正德也认为是协会的几位发言人有问题，已经有动物实验显示马兜铃酸确实有一定毒性，“中草药肾病”的患者又越来越多，协会却咬死不承认有问题，非说“不能用西医标准来要求中医”。当时江老没能拦下这通发言，和几位负责人彻底翻脸，从此不再参与协会的任何活动，到了退休年龄直接退休，没再接受返聘。

江老一走，省院的中医科名气一落千丈，一时找不出能接江老的班的人，至今中医科都还在省院当陪衬科室。

裴正德已经和陆则商量过，准备让陆则跟江老学几年，既能让陆则走师承关系去考中医证，也能让江老的医术传承下来。陆则答应了，江老却一直没被说通。

好在江老就住在医学院附近，裴正德平时下班后时不时散步过去碰运气，遇上江老就游说一番，一点儿都没有当院长的派头，反而像块甩不掉的“牛皮糖”。

这天裴正德下了班，又去了江老的药堂。他运气不错，正好碰上江老在那儿坐诊。

裴正德堂而皇之地进去，和江老讨茶喝。茶喝到了，自然要聊一聊。他先给江老分享陆则安抚烧伤患者和患者家属的视频，又分享朋友圈正在热转的山茶花图，大夸特夸，说他这个学生不仅专业水平好、临床实践力强、科研能力高，道德感和责任感也强，真心关爱病人，平等地看待每位患者和家属，任谁收了这学生都会满意。

江老沉得住气，一边听裴正德夸自己的学生，一边慢悠悠地喝茶。直至裴正德无话可说了，他才终于松口：“先约个时间见一面，见过再说。”

江老遇到过陆则几次，但那时只把陆则当个普通晚辈看待，虽然觉得陆则非常出色，却没动过收他为徒的念头，自然没有认真考察他的品行和心智。

现在听裴正德卖力地吹捧了这么久，江老也动了见见陆则的心思。要是陆则当真有传言中那么优秀，他出面带带陆则，给陆则铺条路是不成问题的。他潜心学了大半辈子的医术，也不愿意把它带进棺材里去。

接到裴正德的电话，陆则才想起元宵那天和裴正德的谈话内容。陆则一直颇为敬佩江老，得知江老愿意和他见面谈谈，欣然答应。

两边敲定了晚上见面的时间，裴正德牵头组饭局，让他们边吃边聊。裴正德甚至还暗暗叫人备了拜师茶，要是两边谈拢，直接上茶，省得夜长梦多。

下班后，陆则正琢磨着是不是要坐地铁去赴约，忽然听到有人喊他，说有个女生在楼下等他。

陆则下楼一看，只见裴舒窈站在那里朝他笑，见他走近了喊道：“师兄。”

周围投来不少好奇的目光。

陆则突然看到她，心像是被什么撞了一下。他分析自己的身体反应，觉得自己很健康，没什么问题，大概是因为见到裴舒窈高兴。

他问：“你没有回首都吗？”

裴舒窈说道：“暂时没事，先不回去。我新买了辆车，要多开开练练手，所以自告奋勇地替我爸来接你了。”她已经听陆则和裴正德提到过拜师的事，对这个饭局也不意外。

陆则跟着她一起去了停车场。从外科楼到综合楼，一路上有不少认识陆则的人，看到了两个小年轻并肩往停车场走。

小道消息飞速传开。枯燥乏味的生活正需要这样的花边新闻调剂一下。

正是吃饭时间，省院职工大群、外科群、内科群、心内群、心外群、护士群等即时聊天软件上的大群小群里很快开始讨论，都在研究来找陆则的人是谁，这个很多人盯着的香饽饽小帅哥已经花落谁家，然后话题逐渐变成了“不知道他们什么时候结婚”“他们生的孩子一定很漂亮吧”。在陆则不知道的时候，大伙已经讨论到他家的一胎是男是女、要不要生二胎的情况。

陆则对此一无所知，坐上副驾驶座，跟着裴舒窈一起前往目的地。

组局的是裴正德，裴舒窈一起吃这顿饭也没问题。不过裴舒窈把陆则送到后，笑眯眯地说：“今晚我有约，就不去你们这个严肃的饭局了。”

陆则问：“有什么约？”

“同学会。”裴舒窈说，“虽然我只和大家同窗一年，不过这几年还有联系，今年他们有一批人留在省会上大学，周末正好聚聚。”

裴舒窈读书时经常跳级，同窗情谊也和陆则一样淡薄，不过她兴趣爱好广泛，在同学之间很受欢迎。有同学聚会，大家都会邀请她。

陆则表情严肃地说：“不要喝酒，酒驾要拘留十五天。”

裴舒窈点了点头，把车停好，目送他下车。

他察觉裴舒窈一直看着自己，打开车门后回头与她四目相对。想了想，陆则如实对裴舒窈说：“今天见到你，我很高兴。”

裴舒窈闻言，朝他笑弯了眼睛：“高兴就好。”

陆则不知道怎么接这句话，只哦了一声，关上车门往电梯口走去。

裴舒窈看他走进电梯，才抿着笑开着车走了。陆则在她面前一直很坦率，有什么就说什么，从来不会故意说甜言蜜语，他说高兴就是真高兴。

陆则父母的事，她也有所耳闻。

陆则的妈妈与陆则的爸爸年轻时肯定是相爱的，只是陆则的爸爸的性格大约和陆则比较像，一般人的思维和他们不在同一个频道，陆则的妈妈在一次次失望之后，选择了离婚。

裴舒窈一开始只把陆则当志同道合的伙伴，不过上次经那个所谓表哥一闹腾，她倒是考虑了未来的事。

她一直觉得自己离恋爱结婚的年龄还有很长时间，从来没有往这个方向想过。上次的事，让裴舒窈也察觉自己和陆则之间有着有别于其他人的亲近。他们总是有聊不完的话题，很多时候不必把话说透，对方就能默契地理解自己的意思；他们有许许多多的共同爱好，仿佛任何事都能一起去做。不得不说，这种感觉是很美妙的。

裴舒窈只考虑了几天，发现她不想把他身边的位置拱手相让，让自己再没有办法理直气壮地约他出去，再也没有办法坦坦荡荡地和他去做想做的事。她有自己的独占欲和小心思。只是她熟知陆则在感情方面近乎迟钝，所以不会贸然表明心意，也不会逼迫陆则接受她。能得到陆则一句“见到你很高兴”，她已经很满意了。她知道这已经是陆则最大限度的回应。

裴舒窈高高兴兴地去了同学会，陆则却在电梯里想着刚才的对话。师妹看起来好像很开心的样子，所以他坦言相告好像是对的。

在和人往来这件事上，陆则一向是边学边做。人类这种生物实在太复杂，他更擅长单刀直入，不太能感知过于复杂和纠结的情绪。不管怎么说，如果他这样做没错，下次再有同样的心情，他也直接告诉师妹好了。陆则想清楚后，浑身轻松，迈步走向裴正德预订的包间。

裴正德很快把江老接来了，早到一步的陆则起身向他们问好，态度十分恭谨。

江老这一次认真打量了陆则，发现陆则的相貌比他印象中更出色，怪不得网上有那么多人光是看脸就成了他的粉丝。江老不是个老顽固，在网络上也挺活跃，时不时和陆则一样在网上解答一些专业问题，知道陆则在网上有多受欢迎。

两个人都不是爱废话的，菜还没上，就已经进入正题。

江老开始考校陆则。他先问陆则都读过哪些中医典籍，得知陆则把能找到的多数典籍读完了，还根据这些典籍的内容提出一些疑问，这些疑问明显是用心读书之后才能提出来的，江老心里十分满意。

他又问了陆则关于岐山派的事。

陆则只说自己岐山派的师父早已仙去，他会录制《养生大讲堂》是因为感念对方教了他许多东西，所以想要完成对方的遗愿，宣扬岐山派医术。

一老一少交流许久，发现彼此的许多理念非常契合，行事风格也颇为相似。从陆则过去管的“闲事”来看，他既有折不断的脊梁，又有不弯腰的底气，这样的年轻人已经不多了。如果是陆则遇到当初那件事，肯定也会第一时间站出来。能遇上这样的好苗子，江老怎么能不心动?

江老已经做了决定。

裴正德把两个人的投契看在眼里，当即叫人把拜师茶端了进来，自己当见证人，让他们定下师徒关系。兴许过不了几年中西医行医证就能同时生效，到那时陆则正好结束所有学业，未来想往什么方向发展都没问题。

这种紧要时刻，叶老头儿忍不住出来，心里酸溜溜地看着江老。

同样是老师，自己都没喝过陆则奉的茶，要不是先拜了自己为师，陆则也不会再拜一个可以在现实里能带他走师承关系拿证的老师。不过不管如何，以后陆则都不能一头扎在手术上了，好歹一周也要分出一两天积累中医经验。叶老头儿发现自己被陆则拒绝的次数多了，现在已经很容易满足了。等陆则跟着江老搞中医临床，他就能看到很多现代特殊病例了。

对一个嗜医成痴的人来说，能够接触各种疑难病例无疑是最快乐的事。几百年的幽闭时光可把叶老头儿给憋坏了，恨不得江老立刻带陆则出山。

不过江老就算接受返聘，也要走程序，陆则的实习安排也要跟着变动，一时半会儿没那么快确定。双方聊完正事，裴正德才说起家常，问陆则："刚才是窈窈去接你的？"

陆则点头。

裴正德说："窈窈都买车了，你要不要也买一辆车？休假回家也方便些。"虽然卫家经常派司机来接他回家，但他自己有辆车更方便，陆则又不缺钱。

裴正德说，"你也别一天到晚扑在工作上，该出去玩还是要出去玩，不要年纪轻轻就活成快退休的架势。"

陆则觉得裴正德的话也挺有道理，说："那我回头和师妹去看车。"

裴正德默然。这个建议是他给的，陆则和他女儿最熟，想到要他女儿陪着去看车也很正常，但是听起来怎么就那么刺耳？

陆则不觉得自己的话有什么不妥。他很少有物欲上的需求，主动去买东西也多是和裴舒窈一起买的。现在裴舒窈又正好刚买了车，他让裴舒窈帮忙选车，不是很正常吗？

饭局散了，裴正德送江老回去。

本来陆则也要搭顺风车，没想到裴舒窈打来电话说她被劝着喝了酒，想让陆则给她当代驾。

陆则很耿直地和裴正德说了，裴正德本来想说“直接打电话给司机就行了”，话到嘴边又艰难地咽了回去，无可奈何地说：“正好顺路，我先送你过去。”

陆则点头答应，这才上了车。

他们抵达目的地后，裴正德目送陆则坦坦荡荡地下车，心情非常复杂。两个小孩儿要是能水到渠成地在一起，他乐见其成，现在的问题是，陆则这小子好像还没开窍，倒是他女儿隐隐动了心。这可把裴正德愁坏了，怎么想心里都堵得很。

江老长了一双慧眼，看出裴正德在纠结什么。他都七十岁出头了，什么事没见过：“儿孙自有儿孙福，担心那么多也没用，他们自己高兴就好。”

裴正德只能点头表示认同。他不认同也没辙，都二十一世纪了，当爸爸的还能棒打鸳鸯不成？

陆则按照裴舒窈发的地址，到了他们的聚会地点。

裴舒窈同届的同学留在省会念大学的不少，林林总总坐了一大圈人。

裴舒窈年纪小、长得好看，不管她自己喜不喜欢，她向来都是走到哪儿被捧到哪儿，有着“众星捧月”的待遇。

他们吃饭之后当然有不少人想续“摊儿”，去KTV唱歌或者去酒吧玩，裴舒窈想走，其他人都不让，男生们想创造机会追裴舒窈，女生们则要让裴舒窈吸引更多男生留下，毕竟裴舒窈再好，她也只能有一个男朋友，剩下的她们不就有机会了？

大学生们精力旺盛、时间充裕，他们中的很多人参加聚会的目的非常简单：找对象。裴舒窈的“同学缘”浅，一开始没多想，来了之后才发现不少人抱着类似的想法。

裴舒窈留下吃完饭，对接下来的活动却没多大兴趣。男男女女都拦着不让她走，一定要拉她去酒吧逛一逛，裴舒窈只能试着联系了陆则，看看陆则能不能来接她。

陆则到达包间门口时，看到有人正给她敬酒。裴舒窈摇头说自己不会喝酒，对方说：“裴裴，你太不给面子了吧？还说自己不能喝酒，你们女孩子就是爱找借口，刚才大家一起干杯的时候，你不是喝了吗？”

陆则不轻不重地敲了敲包间门。

裴舒窈第一个转头看向他。

陆则见其他人都有些讶异地看过来，面色十分平静。他走到裴舒窈身边，挡住凑到裴舒窈身边想要接着劝酒的人，对方有些奇怪地看着他。

那男生不由自主地挺直了腰杆问：“你是谁？”

陆则淡淡地说：“我是陆则，窈窈的师兄。”陆则看了眼那个男生，见他气质平平，看起来也不像学习好的样子，说道，“窈窈为什么要给你面子啊？你的面子很大吗？”

那男生一下子涨红了脸。

“还没毕业，就学会了社会上那一套，逼自己的女同学喝酒，你也真好意思。”陆则虽然不擅长人际往来，但擅长观察和学习。这些酒桌上的事他从小到大看多了，甚至经历过好几次他爸因为不喜欢这类聚会，甩脸色走人的事。由于他爸撂挑子的次数太多了，领导不再安排他爸出席这些聚会，还专门安排了人帮他爸负责所有需要和别人打交道的事。

“找借口不喝才是给你留面子。”对这个明显蹬鼻子上脸的男生，陆则丝毫没给他留脸面，“照我说，以后但凡有你这种听不懂拒绝的人在场，窈窈就都不来才对。”

那男生说：“你……你不要太过分！”

陆则依旧镇定自若：“非要给一个单独来参加聚会的女孩子灌酒才叫过分。”他转头看了眼裴舒窈，见裴舒窈没有反对自己的意思，才接着说，“年纪轻轻的，不要一天到晚动歪心思。”

裴舒窈起身站到了陆则身边。

“我先走了。”裴舒窈朝其他人抱歉地笑笑。

其他人也有点儿懊悔没阻止那个男生的咄咄逼人，弄得裴舒窈要搬救兵来解围，下次想再约她出来怕是难了。

陆则和裴舒窈一起离开聚会的包间。他们走出一段路后，陆则才问：“我这样对你的朋友没问题吧？”

裴舒窈笑着说：“我和他也不算朋友。”

陆则放下心来：“我刚才就觉得他不是。”对方要真是裴舒窈的朋友，陆则多少会给点儿面子，可他觉得裴舒窈眼光没那么差，“下次这种聚会还是不要参加了。”

“也有两三个玩得好的朋友，挺久没见了，正好聊几句。”她有些遗憾，“有时候一个阶段过去了，那个阶段交的朋友难免会渐行渐远，大家都有各自的人生，见面后也没太多话可说。”

裴舒窈很少这么感慨，这次是因为同学会上发现当初思想单纯的少男少女都变了样。

陆则听裴舒窈这么说，认真地想了想，觉得她的话有道理。人生本来就是这样的，某段时间形影不离的好友，过了那个时期可能连见面的机会都少。哪怕现在网络发达、联系方便，也得有共同的话题或爱好去维系情谊，干巴巴地问候对方“你最近过得好吗”只会让双方都觉得无聊。陆则笃定地说：“我们不会这样。”

裴舒窈转头看着他。

陆则说：“我们能聊的东西可多了。”除非裴舒窈对新的知识、新的领域再也没有兴趣，不然他们永远不会无话可说。那种情况也是绝对不可能发生的，他师妹怎么可能不爱学习！

裴舒窈甜甜地笑了，说道：“对。”

陆则跟着裴舒窈去停车场找车，顺便把裴正德的提议和她说了，看看她什么时候有空陪他去买车。

裴舒窈说：“没问题，你下次休假我陪你去。”她坐到副驾驶座上把安全带系好，转头静静地看向正认真熟悉车子配置的陆则。

陆则研究了一会儿，也系上了安全带。他冷不防对上裴舒窈的目光，顿了顿，补了句：“麻烦你了。”

裴舒窈轻轻地摇头，说：“我今天不也麻烦了你？”

陆则没再多说什么。

既然要送裴舒窈回去，陆则索性在卫家住了一晚，开车前提前打电话和徐淑珍说了一声。

陆则专注地开车上路。他很少开车，驾照是之前的暑假考的，属于半个新手，所以一路上没怎么和裴舒窈聊天，都在认认真真地观察路况。

裴舒窈知道陆则做什么都认真，也没打扰他开车，拿出手机看消息。她的同学群、私人群和私聊里，不少人在问陆则是她的师兄还是男朋友，还有人说“你师兄好‘刚’啊”“李硕那脸色别提多精彩了”“给我和你师兄牵个线吧”，还有不少人越想越觉得陆则眼熟，上网搜了搜，发现陆则居然是有“百科词条”的人！

陆则的百科词条经过陆则后援会精心整理，罗列了陆则获得的一系列奖项、上过的一系列热搜，基本上看完内容的人都会佩服得五体投地：“你师兄真的是那个陆则吗？”

“我第一次离风云人物这么近！”

“他说得太对了，有的人就是专门挑女孩子欺负！”

裴舒窈简明扼要地在同学群里回了一句：“是他。”更多的问题，她就不负责解答了。

裴舒窈看完消息，陆则也稳稳当当地把车开进了裴家大门。他帮裴舒窈把车停好，表情严肃地对裴舒窈说："下次开车不要喝酒。"

裴舒窈一口答应，又向陆则解释："刚才三十来人全喝了，我一个人不好不喝。"她朝陆则浅浅地笑道，"我也是想着你和我爸在那附近吃饭才喝了点儿。"

"嗯，你心里有数就好。"

人送到了，陆则回了卫家。第二天一早，卫家司机把他送到医院门口。

陆则下了车，对司机王叔道谢："这么早让您送我过来，麻烦了。"

王叔笑呵呵地说："不麻烦。"

陆则和王叔分别，往医院正门走去。没想到他还没进门，就听见门卫说："小陆啊，你来得正好，有访客找你，正在我这儿登记呢。"

陆则一愣，抬头往门卫室看去，只见一个穿得跟因纽特人似的男人正在那里一板一眼地填写访客登记表。他不仅穿着厚厚的大衣、戴着厚厚的皮毛帽子，还留了一脸的络腮胡子，怪不得人家门卫要拦下他。

陆则努力辨认了一下，才开口喊道："爸？"不能怪陆则认不出他，主要是父子俩挺久没见，陆爸爸又是这身打扮，谁能认出来啊？

这时，陆爸爸也刚好把最后两笔写完，转身朝陆则打招呼："小则。"

陆爸爸简单地和陆则说了情况。陆爸爸是被人送过来的，现在对方走了，只剩他一个人，身上又没有钱，毕竟平时他都是直接让人把自己的工资打到陆则的卡上的。就这样，陆则捡到了一个身无分文的大型"吉祥物"。

陆则无奈地给阎医生打了电话，说自己今天有事，需要请假。没办法，他爸来得毫无征兆，他也不能不管，要知道他爸的生活自理能力基本为零。

陆则和阎医生请好假，见陆爸爸小心翼翼地看着自己，在门卫欲言又止的表情中拉着陆爸爸往外走。

“你请假没问题吧？你的工作有人接替吗？”他做工程安排时不喜欢意外，每次有人意外缺席他都必须重新调整计划，务必调整到自己满意为止。

陆则说：“我只是个实习医生，工作不怎么重要，能接手的人很多。”

陆爸爸哦了一声。

陆则看着他爸的这身打扮，觉得有点儿棘手。他想了想，给裴舒窈打电话，让裴舒窈给他介绍一家理发换装能一站包办的造型设计中心。他爸浑身上下没一处是正常的，一样样解决太麻烦了。

裴舒窈忍不住问：“怎么突然要去做造型？”

陆则把陆爸爸突然出现的事告诉了裴舒窈。

裴舒窈说：“你还没买车，两个人来回走也不方便，我先帮你预约了，顺便过去接你们吧。伯父可能没吃饭，你先带他去吃点儿饭。”

陆则还没想到这一层，谢了裴舒窈以后才转头问陆爸爸：“吃东西了吗？”

陆爸爸说：“距离上次进食刚过去十小时零五分钟，路上大半时间在睡觉，没消耗多少能量，也不是很饿。”

陆则听懂了，他只在昨晚吃了晚饭，之后都没吃东西。

现在正是早餐时间，陆则带陆爸爸去附近的早餐店找了个位置坐下，先给裴舒窈发了定位，才帮陆爸爸点菜。医院附近也没什么特别的早餐，陆则给陆爸爸点了一碗面，又点了碗馄饨，都让人送到陆爸爸面前。

陆则没给自己点，陆爸爸一看就知道陆则已经吃过了，把面和馄饨都吃了。陆则给他爸倒了杯白开水，圆满完成了一次“投喂任务”。

这时裴舒窈到了。陆则领着陆爸爸走出早餐店。

陆爸爸看到下车来接他们的裴舒窈，愣了一下，然后看向陆则。

陆则提示道：“和我一起拿过奖。”

陆爸爸马上想起来了，是那个聪明好学的女娃娃。

他朝裴舒窈说："麻烦你跑一趟。"

裴舒窈说："不麻烦，师兄也经常帮我的忙。"她接到人，径直载着他们去了熟悉的造型设计中心。

这家造型设计中心在省内挺有名，不少过来做活动的明星会来这里做造型。一站式服务确实很方便，就是价格也比较吓人。

陆则对价格不介意，耐心地对陆爸爸解释："爸，你这次应该可以住大半个月吧？虽然还在冬天，但这里到处都开暖气，你这套行头实在不适合，我让人给你理发、刮胡子，衣服也换一换。"

陆爸爸点头。从某种程度上来说，他在生活里像个孩子，只要不影响他工作，他是非常好养活的。可惜一进入工作状态，他就会变得莫名的执拗，很难听别人的话。

难得到了陆爸爸的假期时光，平时负责他的生活起居、人际往来的助手放假了，也不知对方在跟进这次长期工程时，到底遭遇了什么可怕的事，居然直接把陆爸爸扔到医院门口就走了。

陆则丝毫不怀疑陆爸爸有逼疯助手的实力。

好在现在是"乖孩子"状态的陆爸爸听完陆则的解释，乖乖跟着造型师去拾掇他那一脸过于茂密的毛发。

陆则和裴舒窈坐在不远处的沙发上一边看着造型师捣鼓，一边讨论买车的事。既然陆爸爸回来休假，这事就不能再拖了，得赶紧提上日程，平时陆则想带陆爸爸去什么地方也方便。

有位店员一直站在一边留意他们有没有什么需要，见他们聊起买车，不由得插了句嘴："你们要买车，车牌摇号了吗？"

裴舒窈笃定地说："摇号很容易的，我上次申请一次就摇到了。"

店员一脸"你不要骗我，我会当真的"的表情。他分享了自己一个朋友的经验："我有个朋友申请了八次都没摇上号，可惨了，买了车一直没法上牌。"

陆则说："昨天老师建议买车之后我就提交了申请，今天正好出摇号结果，一会儿看看就知道了。"

店员对陆则和裴舒窈这种"我肯定一次摇中"的信心很是不解，不过顾客就是上帝，他也没泼冷水。陆则真要和旁边那个女孩儿一样一次摇中，他就给那摇了八次的朋友说说这事，让对方更伤心点儿！

来都来了，光喝茶很无聊，裴舒窈叫人送了两本书过来，拉着陆则一起在疗养房里做足疗。

陆则也不想干坐着，跟着去了，和裴舒窈一人分了一本书，一边看一边交流书里的内容。

陆爸爸正安安静静地被人摆弄，让低头就低头，让抬头就抬头，一切都很顺利。不过他的胡子剃到一半时，有个学徒过来找正给陆爸爸做造型的造型师，说是有位客人点名让他去做造型。

那位客人好像大有来头，外面跟来一大群人，差点儿没把造型设计中心的门给堵死。看这架势，对方应该是个颇有名气的明星。

开门做生意，最要紧的就是诚信，既然自己已经接了裴舒窈这单，哪有做到一半临时换人的？造型师摇了摇头，让学徒去回绝那位客人。

这一拒绝，却拒绝出事来了。

对方倒是没说什么难听的话，就是神色忧伤地等在接待处，活脱脱一个偶像剧里的忧郁美男子。不少粉丝在外面眼巴巴地看着他，见他半天没等到造型师，还乖乖地等在那里，顿时心疼了。有几个粉丝悄悄商量了一下，发挥平时追踪偶像的能力悄无声息地进入造型设计中心，偷偷去找那个造型师，气势汹汹地想问问对方到底为什么把他们的偶像晾在接待室里。没费太多工夫，他们找到了正在给陆爸爸做造型的造型师。他们见这间工作间装修得非常高档，有些怯场，但最后对偶像的爱还是战胜了内心的胆怯，闯了进去。

见到坐在镜子前被人伺候着刮胡子、造型十分狂野土气的陆爸爸，他们顿时气不打一处来，高声质问：“我们高逸哥哥赶着去参加活动，你们为什么不先给高逸哥哥做造型？这乱糟糟的头发和胡子随便哪个理发店来弄，不行吗？”

这家造型设计中心平时接待的都是有头有脸的客人，还是第一次遇到这种蛮不讲理的人，因此没有什么应对经验。造型师觉得和这种人交流就是浪费时间，直接叫来保安。大概是平时的客人都很有素质，这里的保安没什么警惕性。

粉丝见造型师不理会他们，顿时急了：“你什么意思？高逸哥哥来你们这儿做造型又不是不花钱，你们怎么有钱都不赚？”然后他们指着陆爸爸说，“他出了多少钱，说个价，我们出双倍！”

陆爸爸刚才一直没说话，此时皱起了眉头。他不擅长处理这些事，要是对方好好说有多需要这个造型师，他让给对方也不是不可以。现在对方满怀恶意地来抢人，陆爸爸就不高兴了。

陆爸爸疑惑地看着他们，好奇地问：“你们听不懂拒绝吗？”凡事都有先来后到。

陆则听说有人闹事闹到他爸面前，便放下书走出疗养房，去找他爸。

此时的陆爸爸显然没有感受到那几个粉丝的愤怒，正在给对方讲解“你也乱来，我也乱来，世界怎么能井然有序地运作下去”的道理。按照陆爸爸的人生准则，你按照规则来就是对的，你要扰乱规则就是错的，对错非常分明。

对方被迫听了一堆大道理。等保安赶到，他们甚至有种如释重负的感觉。

他们被保安请了出去，那个叫高逸的明星才闻讯而来，说想当面向造型师道歉。造型师在业内颇有名气，面对高逸的歉意无动于衷，只叫人告诉对方下次若是还想来，最好不要带着粉丝，弄得像是在他们这里开粉丝见面会似的。

高逸得到安保队长转述的话，脸色有些不好看，不过他是本省人，以后在省内做活动的机会肯定不少，不想得罪这位造型师，灰溜溜地走了。

只不过在他离开时，又出了意外。粉丝们见他没做造型就出来了，觉得他受了委屈，都拦着他安慰。

高逸是个拥有很多忠实粉丝的年轻艺人，被粉丝簇拥着顿时有些得意忘形，心想造型师那么多，他也不是非要这个造型师不可，一时间刚刚想息事宁人的想法没了。

高逸面带忧郁地朝粉丝叹了口气，摇了摇头说："乖，你们不要闹，我只是个普普通通的小明星，怎么能和别人比。"

高逸在人群中感叹了几句，才坐上保姆车，带着温柔的笑容和粉丝们道别，然后赶往其他造型设计中心。等车窗完全关上，他才冷下脸说："这家店，以后我们不来了。"在这里碰了一鼻子灰，他才不想再照顾他们的生意。

只是个小活动，经纪人没跟他过来，只有高逸的助理在。助理是高逸的远房表姐，是他妈塞到他身边的。她也觉得这家店太过分，有钱不赚不说，连道歉都不让人进门，真是店大欺客。有些话高逸自己不好说，助理却可以说。她暗中联系粉丝，要他们把高逸被欺负的事扩散开，要着重强调造型师的高傲自负，不仅再三把高逸挡在门外，而且叫保安驱赶无辜的粉丝。不就是一家有点儿名气的小店吗？他们在一个小地方开店久了，觉得全天下的人都会忍气吞声？

他们秘密张罗着买热搜博取同情的事，给高逸提高存在感，顺便让这家造型设计中心翻不了身。

然而，留在造型设计中心的人对此完全不知情。陆则见闹事的人走了，造型师又说给他们打八折作为补偿，就没再在意这件事。

陆爸爸也没受到影响，当别人做了他认为不对的事情后，他有很多办法把人逼疯，比如刚才的"自说自话讲道理"。他自有一套逻辑，丝毫不受别人干扰，会认认真真地把自己的想法灌输给对方，直至对方"改正"为止。

现在闹事的人走了，陆爸爸又变回了“乖宝宝”，由着造型师给他刮胡子。陆则和裴舒窈也不做足疗了，窝在沙发里看书。

两个人把书看完，陆爸爸的造型也差不多做好了。

裴舒窈问陆则：“你准备让伯父住哪里？”

陆则也在琢磨这个问题。他现在寄住在阎医生家，阎医生家虽然还有空房，但他也不好拖家带口地住进阎医生家里；休假时他会回卫家，可也没有让陆爸爸住进前妻的现任丈夫家里的道理。

事发突然，陆则发愁，一时也没想出好的安顿方案。

“不如让伯父住我家，平时有用人在，你也不用另外请人了。”裴舒窈知道陆则有空置的屋子，但是一年到头没人住，不仅收拾起来麻烦，没人照料陆爸爸的日常生活也是个大问题。要是没人照顾陆爸爸，陆爸爸甚至都想不起要吃饭。

两个人对彼此都很熟悉，裴舒窈既然这么说了，肯定是能做家里人的主的。陆则听了觉得不错，没跟她客套，点头说：“那我一会儿和老师说一声。”

裴舒窈说：“我和爸说就好。”裴舒窈当下拨了裴正德的电话，和他说了这件事。

裴正德听后，觉得这简直是晴天霹雳！

他们的恋爱关系还没确定，怎么就要见家长了，还要请对方来家里住？虽然卫父和徐淑珍他都见过了，也觉得他们都是不错的人，但是陆爸爸不一样。当初陆则的父母离婚，陆则可是被判给了爸爸的，算下来陆爸爸才是正儿八经的家长。

虽然这家长不怎么靠谱。

当初裴正德在南方捡到陆则时，陆则一天到晚不知在干什么，东学学西学学，裴正德看在眼里非常心痛，他有大好的天赋怎么去学什么文身、拉二胡。要是正经学声乐就算了，没学几天，他又跑到街头，每天蹲在补鞋的盲人师傅身边学补鞋……

作为教师，裴正德第一反应是了解这小孩儿的家庭背景，看看他的家长怎么回事，怎么教出这么个怪胎来？没想到裴正德一问才知道，这还是有人管的结果，以前这小孩儿跟着他亲爸差点儿连命都丢了！他小姑姑接他到身边照顾后，觉得他高兴就好，侄子学什么，她为什么要管？

裴正德更加痛心疾首，每天变着法子引导陆则走正途，好歹帮他定了学医的方向，把陆则拐来当了他的学生。一开始陆则不怎么上心，后来他妈妈病了，他觉得有自己的责任，于是一边陪伴徐淑珍解开心结，一边开始认真学医。

陆则的这个爸爸，裴正德没见过，不过从各个渠道都听说了不少关于他的事。没想到他居然突然回来了。

女儿主动邀请，裴正德说不出拒绝的话。他是疼女儿的好爸爸，怎么能不给女儿面子？正好，他也可以看看陆则的亲爸到底是怎么样一个人。

裴正德答应了，并决定下班后去生鲜市场。

他叮嘱女儿："晚上你们不要出去吃，我给你们煲汤啊！"

裴舒窈挂了电话，把裴正德又一次燃起煲汤热情的事告诉陆则。

陆则也沉默了。

裴正德煲的汤味道不差，他爸忙活了这么久，喝点儿补补身体好像也不错。

两人说话间，陆爸爸的形象已经焕然一新。经造型师一拾掇，陆爸爸立刻从粗犷大叔变成帅叔叔，看上去年轻了十几岁。陆则父子俩本就长得有点儿像，远远看去可能有人会以为他们是兄弟。

陆则夸道："不错。"陆则把钱付了，和陆爸爸说起让他住在裴舒窈家的事，顺便告诉陆爸爸自己和裴正德的关系：裴正德对自己跟亲儿子似的。

陆爸爸见陆则这么说，点头表示自己没意见。

裴舒窈开车带他们回家。

裴家也是带花园的别墅，客房多得很，陆爸爸住在那儿不算什么麻烦事。陆则让人把给陆爸爸预定的衣服送到裴家，和裴舒窈一起带着陆爸爸看了卧室、书房和餐厅。

陆爸爸休假期间，日常生活内容就是吃、睡和看书，没别的需求。果然，看到裴家丰富的藏书，陆爸爸满意极了。等走到书架前看到某些熟悉的书时，陆爸爸觉得书房的主人很有眼光，连版本都选得很好。他想了想，总算想出一句寒暄话，对裴舒窈说："打扰了。"

裴舒窈落落大方："伯父不用客气，当这里是自己家就好。"

陆爸爸没再多说什么。窝在人迹罕至的地方天天工作，他对这两年出的新书很感兴趣，不过到底是在别人家，陆爸爸没好意思直接坐下看书，只眼巴巴地看着陆则。

陆则非常了解他爸，知道他爸是"馋"书了，挑了几本放在书桌上说："您在这里看吧，等吃饭了我们再叫您。"陆则又把自己带来的一台电脑放到陆爸爸手边，"有些书不好买，电脑里有电子版的，您自己挑着看。"陆爸爸这才坐下。

陆则和裴舒窈退出房间。

脱离了工作状态的陆爸爸就像个需要人照顾的孩子，这一点陆则早有体会，裴舒窈却是第一次见。她想起陆则其实也是这种万事不理的性格，不过也许是因为从小天南海北地走，结识各行各业的人，他与陆爸爸又有极大的不同。

陆则已经自己学着长大了。